Max Kruse • Im weiten Land der Zeit

cbt

Foto: © privat

DER AUTOR

Max Kruse, 1921 in Bad Kösen an der Saale geboren, machte das Abitur in Weimar und begann sein Studium in Jena, das er jedoch wegen des Krieges nicht beenden konnte. Nach der Enteignung in der damaligen Ostzone baute er die Puppenwerkstätte seiner Mutter Käthe Kruse in Westdeutschland wieder auf. 1958 übergab er die Firma an seine Schwester und widmet sich seitdem seiner eigentlichen Berufung, dem Schreiben.
Bekannt wurde er vor allem durch seine Kinder- und Jugendbücher, besonders durch »Urmel aus dem Eis«. Viele seiner Bücher wurden für das Fernsehen verfilmt und in mehrere Sprachen übersetzt. Außerdem hat er Reisebücher über Asien, Ägypten und China geschrieben. Einige seiner Bücher standen auf der Auswahlliste zum Deutschen Jugendliteraturpreis. Er ist Mitglied des P.E.N., Träger des Bundesverdienstkreuzes, erhielt den Kulturpreis der Stadt Penzberg 1999 und den großen Preis 2000 der Deutschen Akademie für Kinder- und Jugendliteratur.
Max Kruse lebt im Süden von München und ist mit der chinesischen Musikerin und Malerin Shaofang verheiratet.

Max Kruse im Urteil der Presse:

»Gemessen an dieser Zeitreise schrumpft Steven Spielbergs Dinosauriergehege zum Flohzirkus, ›Zurück in die Zukunft‹ zum kleinen Gag, ›Sofies Welt‹ zur Simpelei.«

Darmstädter Echo

»Was für ein Werk!«

Darmstädter Echo

Von Max Kruse erscheint bei cbt zeitgleich:
Im weiten Land der Zeit. Welt des Glaubens **(30120)**
Im weiten Land der Zeit. Welt im Aufbruch **(30121)**
Im weiten Land der Zeit. Zu neuen Welten **(30122)**

Weitere Titel sind bei OMNIBUS erschienen.

Max Kruse

Im weiten Land der Zeit

Welt im Werden

cbt

cbt

Band 30119

cbt – C. Bertelsmann Taschenbuch
Der Taschenbuchverlag für Jugendliche
Verlagsgruppe Random House
München Berlin Frankfurt Wien Zürich

www.bertelsmann-jugendbuch.de

Umwelthinweis:
Alle bedruckten Materialien dieses Taschenbuches sind chlorfrei und umweltschonend.

1. Auflage
Überarbeitete Neuausgabe November 2003
Gesetzt nach den Regeln der Rechtschreibreform

Das dieser Ausgabe zu Grunde liegende gebundene Buch erschien 1997 unter dem Titel »Im weiten Land der alten Zeit«.
Bearbeitung und Lektorat: Monika Hofko, Scripta Literatur-Studio
Umschlagillustration: Peter Klaucke
Umschlagkonzeption: init.büro für gestaltung, Bielefeld
lf • Herstellung: IH
Satz: Uhl + Massopust, Aalen
Druck: Clausen & Bosse, Leck
ISBN 3-570-**30119**-2
Printed in Germany

Vorwort

In meiner Kindheit erschien ein Buch von Hendrik van Loon: »Die Geschichte der Menschheit«. Meine Mutter las mir daraus vor – um mich zu bilden, wie sie hoffte. Der Autor entwarf darin ein schlichtes Panorama der menschlichen Geschichte, von den Uranfängen bis zur damaligen heutigen Zeit, den »goldenen Zwanzigerjahren«. Dieses Buch hatte seine großen Verdienste, vor allem als erste Einführung in ein riesiges Thema. Später folgten ihm viele andere, gründlichere Werke.

Warum also noch einmal eines schreiben? Warum noch eine Kulturgeschichte, da es doch schon so viele und so hervorragende gibt?

Nun, wenn sie erwähnenswert sind, so bemühen sie sich um eine sachlich-richtige Darstellung. Wir erfahren, wie sich die Leute früher kleideten, welche Transportmittel sie benutzten, welche Unterhaltungsmöglichkeiten ihnen zur Verfügung standen, welche Kirchen sie bauten – und so weiter. Wir werden auch über die geistigen Strömungen und Religionen unterrichtet. In gewissem Sinne sind diese Bücher sozusagen »wertfrei«, das heißt, sie bewerten nicht. Die sachlichen Berichte, die Tatsachen überwiegen.

Ich maße mir selbstverständlich nicht an, mit ihnen in

Konkurrenz treten zu wollen. Dennoch fehlt oft ein Fakt. Auf eine ganz einfache Formel gebracht: In den vergangenen hundert, in den vergangenen fünfzig, sogar in den vergangenen zwanzig Jahren haben Wissenschaft und Technik unser Weltbild so gewaltig erweitert wie niemals zuvor. Und dieser Prozess befindet sich in beschleunigter Entwicklung.

Zwar ändert das nichts an der Vergangenheit, wohl aber an unserem Blick zurück und an unserem Blick auf die Spezies Mensch, zu der wir gehören.

Versuchen wir es uns vorzustellen: Wie sah das Weltbild unserer Vorfahren aus? Auch sie waren ja reich an Kunst, an Können, an Wissenschaft – und sie wussten doch so wenig. Immer gibt es Ausnahmen, doch in der Regel kannten sie nur die sichtbare, die belebte Welt. Zu dieser erschufen sie sich ein Reich der Fantasie, der Hoffnung, des Glaubens. Sie kannten nur ihr Leben und das ihrer Nachbarn, bestenfalls das einiger Zeitgenossen, und erhofften sich ein Weiterleben im Himmel. Sie ahnten nichts vom Urknall, vom Anfang des Weltalls. Das unermesslich große Universum wäre ihnen noch viel unbegreiflicher gewesen, als es uns ist. Sie kannten weder Galaxien noch Sternenhaufen, sie kannten nicht einmal unsere Weltkugel mit all ihren Erdteilen und Ozeanen, oder sie hatten die lückenhaftesten Vorstellungen. Sie konnten nicht über ihren Horizont hinausblicken, denn da war nichts, was sie hätten sehen können.

Tatsache ist, dass wir die erste Generation sind, die unsere Weltkugel frei im Raum schweben sieht. Bisher konnte man sich das bestenfalls vorzustellen versuchen, aber die Sinne der Menschen blieben auf der Erde. Jetzt ist es anders – die Bilder der Erde, vom Mond aufgenommen oder aus dem Orbit, kann jeder sehen, in luxuriösen Büchern, im Fernsehen, in Filmen.

Sollte das nicht unsere Einstellung zu uns und zu diesem einzigartigen Planeten ändern?

Es wäre höchste Zeit dazu.

Der Mensch früher wusste auch so gut wie nichts über seine Vergangenheit. Er kannte kaum diesen Begriff. Er lebte im Jetzt, weder dachte er an ein Vorher noch an ein Nachher. Diese Jahrtausende andauernde geschichtliche Ruhe ist für uns nicht mehr begreifbar. In der Vorstellung der Menschen stand die Zeit gewissermaßen still, nichts bewegte sich, außer Geburt und Tod. Ein »Geschichtsbewusstsein« kannte man selbst im Mittelalter nicht, nicht einmal im Barock oder im Rokoko. Die Menschen früher empfanden ihr Leben nicht als eingebettet in Entwicklungen, als ein Fortschreiten, als eine Reise auf dem Zeitpfeil, sondern als ein Dasein in dauernder Ruhe, als ein sich drehendes Rad, als Wiederkehr des immer Gleichen.

Erst wir sind es, deren Blick weiter in die Vergangenheit zurückgehen kann als der aller anderen Menschen vor uns. Ganz einfach deshalb, weil das Wissen erheblich zugenommen hat und weil es heute durch die Massenmedien jedem zugänglich gemacht wird. Aber wir sind auch die erste Generation, die das Ende unserer Spezies einkalkulieren muss, und zwar schon bald, mit weit größerer Gewissheit, als dies Jesus von Nazareth tat, der das Weltende noch für seine Generation vorhersagte.

Von der Apokalypse und ihren Verkündern abgesehen,

konnte sich keine Generation vor uns eine Erde ohne Menschen vorstellen. Es gab aber auch keinen Grund dazu.

War die Erde nicht von Gott für uns erschaffen? Noch vor hundert Jahren lebte jeder, ohne die Folgen seines Handelns für diese Welt bedenken zu müssen. Heute zweifelt kein vernünftiger Mensch mehr daran, dass wir an der alles entscheidenden Wende stehen.

Die Wissenschaft hat unser Weltbild gründlich geändert, seit Jahren, Jahrzehnten, und sie tut es immer schneller. Der amerikanische Astronom E.P. Hubble öffnete unsere Augen für das unendliche Universum – über den engen Rahmen unserer Milchstraße hinaus. Er gilt deshalb als Begründer einer modernen, extragalaktischen, also über die Grenzen der Galaxis hinausschauenden Astronomie.

Gleichzeitig mit diesem Vorstoß in unvorstellbar große Räume dringen wir immer tiefer in den Mikrokosmos vor. Wir finden Teilchen, die sich nicht mehr erkennen lassen, kleiner als Atome, kleiner als Neutronen und Protonen, sogar kleiner als Quarks.

Wir wissen nicht nur, dass menschliches Leben im Mutterleib entsteht, wie und warum es zu Stande kommt, wir können es sogar in allen Phasen sichtbar machen, vom Samenfädchen bis zur Geburt. Mehr noch, wir sind dabei, die Bausteine des Lebens zu entschlüsseln und zu verändern.

Aber – auch wenn wir die Ersten sind, die im Makrokosmos bis zum Beginn des Universums schauen können und im Mikrokosmus bis dahin, wo jedes Erkennen aufhört, auch wir finden keine Erklärung für das Davor, Dahinter und Danach.

Vermutlich wird immer ein unerklärbarer Rest bleiben.

Die Wissenschaftler der Zukunft werden uns gewiss im Erkennen weit überlegen sein, aber auch sie werden die letzten Geheimnisse wohl nicht lösen können.

Auch dieses Buch löst natürlich keines der großen Rätsel. Aber es fragt danach, es streift sie. Sie bilden seine Basis.

Auf den europäischen Raum habe ich mich beschränkt, weil unsere Zivilisation, die alle Kontinente gleich einem Pilzgeflecht überwuchert, ihren Ursprung im Umkreis des Mittelmeeres hat. Die kulturelle Evolution, die kulturelle Entwicklung der Menschheit, so wie sie sich uns heute darbietet, hat ihre Wurzeln in Europa.

Das Mittelmeer – kein anderer geographischer Raum lässt sich mit ihm vergleichen, besonders nicht an kultureller Bedeutung, es sei denn der asiatisch-chinesische. Aber dieser verharrte nahezu unbewegt über Jahrtausende hinweg, am Mittelmeer brodelte es immer. Die technische Zivilisation, alles, was wir »den Fortschritt« nennen, ist das Werk des abendländischen, also des mittelmeerischen Menschen.

Selbstverständlich hat es andere bedeutende Kulturen gegeben, auch auf den süd-, mittel- und nordamerikanischen Erdteilen, in Indien und in Afrika. Aber alle waren wie Organismen, die selbstgenügsam aus sich heraus, für sich lebten und sich damit begnügten.

Vielleicht war das ja eine größere Weisheit, aber es hatte nicht diese weltumspannende Wirkung. Europa ist das Herz der Erde und war es, seitdem es kulturell in Ägypten zu schlagen begonnen hat. Die Evolution hat den mittelmeerischen Raum »bevorzugt«, und zwar in jeder Beziehung, nicht nur in Technik und Wissenschaft, wenn auch hier am deutlichsten, sondern auch in der Kunst, in der Musik. Vom Mare Mediterraneum hat sich unsere Zivilisation über die ganze Welt verbreitet – zu Segen und Unsegen.

Daher meine Beschränkung auf diese Region, zumal eine Geschichte der Entwicklung aller Kontinente schon von der Fülle des Materials her ein unmögliches Unterfangen gewesen wäre.

Die Aufgabe war auch so groß genug. Ich bin auch nicht darangegangen wie ein Wissender, sondern wie ein Lernender. Natürlich konnte ich nicht schreiben, ohne viele, sehr viele andere Bücher zu benutzen. Ich habe aber nicht nur viele Quellen benutzt, sondern auch Notizen, die ich mir vor Jahren, Jahrzehnten machte. Ich erfuhr auch, dass nicht alles richtig ist, was in den Schulbüchern steht. Auch dort halten sich hartnäckig Irrtümer und falsche Darstellungen, die von Ausgabe zu Ausgabe übernommen werden. Man lernt bei einer solchen Arbeit täglich hinzu, immer wieder verändert sich das Bild, im Grunde ist alles falsch oder doch nur ein winziges Steinchen aus einem riesigen Kaleidoskop, das ein immer anderes Mosaik ergibt, wenn man es schüttelt.

Der niederländische Kulturphilosoph Huizinga schreibt im Vorwort zu seinem Buch »Homo Ludens«: »Alle Wissenslücken erst noch auszufüllen, war für mich ausgeschlossen. Es hieß für mich: jetzt schreiben oder gar nicht schreiben. Schreiben einfach über etwas, was mir am Herzen lag. Also habe ich geschrieben.«

Dabei wurde mir immer klarer: So wenig, wie es jemals Vollständigkeit geben kann, so wenig kann es Richtigkeit oder Wahrheit geben. Über diesem Buch könnte als Motto also auch diese Maxime des französischen Philosophen Bernard Le Bovier de Fontenelle (1657-1757) stehen:

»Man möchte den Mut verlieren, wenn man nicht durch ein Korsett von Irrtümern gestützt würde.«

Ich möchte dem hinzufügen, dass es überhaupt keinen anderen Weg gibt als den über Irrtümer, gleichgültig, wohin man gelangen will. Das betrifft nicht nur Bücher, das betrifft das ganze Leben. Man kann ein solches Buch nicht schreiben, ohne Fehler zu begehen. Das liegt nicht nur daran, dass man als Autor selbst ein fehlbarer Mensch ist, oft widersprechen die Quellen einander, je nach politischen, religiösen oder wissenschaftlichen Ansichten, je nachdem, ob ein Verfasser christlich, antikirchlich, atheistisch, ökonomisch, sozialpolitisch, kapitalistisch, naturwissenschaftsfeindlich, naturwissenschaftsgläubig ausgerichtet ist.

Kann man die Entwicklung der europäischen Menschheit nur vom Beginn ihrer Hochkulturen aus betrachten, ohne die Evolution vom ersten intelligenten Halbaffen, vom Homo habilis, über die Eis- und Steinzeit, die Entwicklung der Werkzeuge, die Entwicklung des Landbaus, die Vernichtung der Wälder und die langsame Entwicklung der Intelligenz mit einzubeziehen?

Ich glaube nicht. Sogar die Entstehung unserer Erde aus dem Unerklärbaren und aus den ersten Zellen im Urschlamm öffnet unseren Blick für die menschliche Besonderheit. Zudem gehören unsere Herkunft, Gegenwart und Zukunft untrennbar zusammen. Wie kann man zum Menschen eine Einstellung gewinnen, wenn man nicht bedenkt, was er vom

Ursprung her ist? Nur von daher lässt sich seine Kulturleistung begreifen, würdigen und – infrage stellen.

Das Thema ist also überwältigend, die Beschränkung zumindest auf diesen einen Raum ist von daher eine Notwendigkeit. Trotzdem war ich immer noch zum Auslassen, zum Übergehen gezwungen, wollte ich einen roten Faden behalten und nicht in Details ersticken.

Über allem aber stand immer die Frage, was einem jungen Menschen von heute, der in einer Welt des maßlosen Überflusses lebt und davon nur noch gelangweilt ist, der aber gleichzeitig wach genug ist, die auf ihn zu kommende Problematik zu erkennen – über allem stand also die Frage, was einem solchen jungen Menschen die menschliche Entwicklungsgeschichte sagen könnte. Diese Frage zu beantworten kann nur ein Versuch sein, gewiss, erreichen konnte ich das nie, zumindest aber wollte ich ihm alles so nahe bringen, dass er spürt: Das geht mich an, da komme ich her, da gehöre ich hin.

Daher lag mir mehr daran, farbige Bilder zu zeichnen, als ein Lehrbuch zu schreiben. Es war mir wichtiger, zu fragen, als Behauptungen aufzustellen. Deshalb habe ich auch keine Quellenangaben in den fortlaufenden Text eingefügt, dafür gibt es eine ausführliche Bibliografie am Ende jedes der vier Bände.

Ich dachte also mehr an Verläufe als an Feststellungen, an eine Art Roman der Entwicklung. Denn es ist ein Roman: Wie der Mensch – aus dem Chaos des Universums kommend – aus den schlammigen Wassern steigt, sich aufzurichten beginnt, sich artikuliert, wie er zum Beherrscher des Feuers wird, zum Jäger, Ackerbauern, Händler, Bildner, Denker, wie er die Welt bis in ihren letzten Winkel erobert und wie er lernt, die Natur zu beherrschen – und sie dabei zerbricht. Daran könnte er auch zu Grunde gehen, und das wäre nur logisch, denn er ist selbst ja Natur. Und indem er die Natur zerstört, zerstört er sich selbst mit ihr.

Die Frage, ob es möglich ist, den Untergang noch abzuwenden, spielt auch eine Rolle in dieser Geschichte. Wir Menschen schätzen die Moral zwar bei den anderen, machen selbst von ihr aber recht wenig Gebrauch. Das ist die Beigabe der Natur, die uns in eine so harte Umwelt hineinschuf. Hoffnungsvoll stimmt aber, dass soziales Verhalten ebenfalls zu den Notwendigkeiten des Überlebens gehörte und gehört.

Ich möchte auch zeigen, wie sich der Mensch eingerichtet hat auf unserem Planeten, wie er Verstand entwickelte, um zu überleben, wie er versuchte, sich von der Fron und Last der Arbeit zu befreien, sich das Leben angenehmer zu gestalten, wie er sich der Kunst zuwandte, sein Leben verschönerte und mit neuen Inhalten versah. Wie er Religionen erfand, wie er sich über die Welt und sein Leben Gedanken machte und beide philosophisch zu durchdringen versuchte, wie er schließlich in immer weitere Erkenntnisräume vorstieß und dies wohl auch nicht aufgeben wird, mag es nun zu seinem Vorteil sein oder zu seinem Nachteil.

Vielleicht ist es sogar den Tod wert, einmal auf dieser Erde gelebt zu haben!

Der erste Tag

Der Evo-Park

Senex – der Begleiter

Wenn ihr eine Straßenbahn einer euch fremden Linie besteigt und euch fahren lasst, wohin sie euch bringt, kommt ihr vielleicht in eine unbekannte Gegend der Stadt. Die Häuser werden weniger, die kahlen Flächen dazwischen ausgedehnter.

So findet ihr mich. Bei der Endstation steigt aus. Ich erwarte euch, um euch Dinge zu zeigen, die ihr in dieser Zusammenstellung sonst nicht zu sehen bekommt. Ihr geht mit mir in ein Gebiet, das aus einer sehr fernen Vergangenheit kommt und über viele Stationen in unsere Gegenwart führt. Ihr glaubt, das sei langweilig? Aber nein! Es gibt nichts Spannenderes als das, was wir Menschen auf dieser Erde angerichtet haben, im Guten wie im Bösen.

Wo ihr das zu sehen bekommt? In einem Park, in dem ihr Geschichte erleben, Entwicklung erkennen, euch an Szenarien und Szenen erfreuen oder euch von ihnen abwenden werdet, Szenen und Szenarien, die euch aber immer etwas angehen. Hier erlebt ihr die Dinge unmittelbarer als in rein sachlichen, dokumentierenden Geschichtsbüchern mit vielen Jahreszahlen.

Ihr habt schon verstanden. Ich führe euch also durch ein Freizeitgelände. Obwohl es fast grenzenlos ist, kennt es kaum jemand. Unbekannt ist auch sein Name.

EVO-PARK

Er ist abgeleitet vom Begriff Evolution. Gemeint ist damit die kulturelle Entwicklung der Menschheit im Abendland.

Meines Alters wegen trage ich den Spitznamen »Senex«, also Greis, aber ich bin noch rüstig und vor allem gut zu Fuß. Das muss ich auch sein, wie auch ihr, denn für einen, wenn auch abgekürzten Rundgang durch den Park müssen wir uns mindestens eine Woche Zeit nehmen. Ideal sind zwölf Tage, zu denen die entsprechenden Abende und Nächte gehören. Wir werden diese in bequemen Gästehäusern verbringen. Ich vergleiche sie gern mit den Logen vor einer Drehbühne. Doch davon später.

Die Eingangspforte unseres Parks ist von Efeu umrankt, von den Blättern verdeckt. Sie wirkt so wie ein Teil eines Waldes. Deshalb gehen viele daran vorbei. Sie sehen auch nicht, dass neben dem rechten Pfosten ein Schild in altertümlicher Schrift hängt:

Lasst, die ihr eingeht,
allen Hochmut fahren!

Es handelt sich dabei um leicht abgewandelte Verse aus der »Göttlichen Komödie« des italienischen Dichters aus dem 13. und 14. Jahrhundert, Dante Alighieri. Da sagt Virgil, Dantes Führer, im Dritten Gesang, vor dem Eintritt in die Hölle, diese bereits geflügelten Worte: »Voi, qui entrate, lasciate ogni speranza! – Lasst, die ihr eingeht, alle Hoffnung fahren!«

Aber hier heißt es also ein wenig anders!

Ich brauche den Sinn dieser Aufforderung kaum zu erklären. Nur manchmal beantworte ich die Frage, was mit dem Hochmut gemeint sei: »Der Hochmut, dass der Mensch die Krone der Schöpfung ist!« Jeder, der nachdenkt, wird es sowieso selbst entdecken in unserem Park.

Im Park – es ließ sich kaum vermeiden, dass dort eine gewisse Beliebigkeit herrscht. Aber unsere Auswahl reicht für viele neue Einsichten.

Also gehen wir! Kommt einfach mit. Es genügt, die Pforte mit der Fingerspitze zu berühren. Sie öffnet sich, wir treten auf einen kahlen Platz, der von einem lang gestreckten Bau abgeschlossen wird. Die ebenerdige Halle wird von einer spiegelnden Metallkuppel gekrönt. Über dem Eingang steht:

Der Beginn

Die Geburt des Kosmos

Ich bitte euch, zunächst einen Blick in die Tiefen des Weltalls zu werfen. Der Kosmos ist sowohl unsere Mutter als auch unser Vater. Sobald wir den abgedunkelten Raum betreten und ihr Platz genommen habt, beginnt die Vorführung. Auf einer halbrunden Wand, die sich ins Unendliche dehnt, entfaltet sich ein Schauspiel, das im Universum viele Milliarden Jahre gedauert hat und noch nicht abgeschlossen ist.

Sofort sind wir umgeben vom Nichts. Dabei ist es nicht eigentlich dunkel, denn Dunkelheit ist die Abwesenheit von Licht, es gibt jedoch überhaupt kein Licht, keine Sonne, die hätte anwesend oder abwesend sein können, keine flammenden Himmelskörper. In diesem Nichts von Zeit und Raum erleben wir, soweit wir Menschen überhaupt dazu fähig sind, wie die Urmaterie explodiert. Das Uratom, in dem alles enthalten ist, platzt auseinander.

War es vor zehn, war es vor zwanzig Milliarden Jahren? Damals expandierte das Universum. Raum und Zeit entstanden. Einige Teile der explodierenden Masse entfernten sich vom Mittelpunkt des Kosmos rasch und immer rascher, zogen sich zu Sternennebeln zusammen, rotierten als Spiralen, kreisten um sich selber, wurden zu Galaxien, zu Milchstraßen, ähnlich Diskusscheiben, gebildet aus Milliarden von Sonnen und Sternen. Ausmaße, die jegliche menschliche Vorstellungskraft übersteigen.

Danach verengt sich das Bild. Es wird zu unserer Milchstraße, sucht in ihr aus den Milliarden Sternen unsere Sonne, und zu unserer Sonne und ihren neun Planeten den einen, unsere Erde. Auch sie war damals noch ein Feuerball.

Noch war völlig offen, sogar äußerst unwahrscheinlich, dass hier jemals so etwas wie Leben entstehen wird.

Eine Hülle aus Stickstoff

So lief die Entstehung der Welt nach der Theorie vom Urknall ab. So wird sie jedenfalls von den meisten Astronomen gesehen. Sie verwenden auch das Wort Singularität, eine Singularität der Raumzeit. Gewiss, auch gegenwärtig wird in der Kosmologie über mehrere Hypothesen zur Entstehung des Weltalls gestritten. Viele bezweifeln, dass es den Big Bang, also den Urknall, gegeben hat. Es gibt sogar die Meinung, dass es nie eine »Entstehung« gab und dass sich der Kosmos nie ändert. Allerdings spricht viel für den Urknall, da die Theorie mit vielen modernen Erkenntnissen übereinstimmt. Als Albert Einstein 1915 seine Allgemeine Relativitätstheorie veröffentlichte, glaubte auch er an ein statisches Universum. Aber schon in den Zwanzigerjahren erkannte der amerikanische Astronom Edwin Hubble, dass sich die Galaxien voneinander fort bewegen. Und das überzeugte auch Einstein davon, dass sich das Universum ausdehnt. Galaxien und Sterne entstehen immer wieder, entwickeln sich und sterben ab, an die Stelle der abgestorbenen treten neue. Und in dem Maße, in dem sich der Raum zwischen den Körpern – zwischen den Galaxien und Sternen – ausdehnt, bildet sich neue Materie, von der die Leere ausgefüllt wird.

Dennoch, wir sollten uns die Bewegung der Sternensysteme nicht wie ein Auseinandersplittern nach einer Explosion vorstellen. Wir können uns die Galaxien eher wie Rosinen in einem aufquellenden Hefeteig denken, die sich also deshalb voneinander entfernen, weil sich das Universum wie der Teig aufbläht. Nicht die Rosinen selbst bewegen sich, sie driften nur mit. Sie zeigen uns lediglich die Ausdehnung des Raums an.

Damit stellt sich die Frage, ob das Universum überhaupt einen Anfang gehabt hat und ob es je ein Ende haben wird. Diese Frage bewegt uns Menschen schon seit Urzeiten. Schon in den Veden, eine der heiligen Schriften der hinduistischen Religion, steht im Zehnten Gesang, der bis zu viertausend Jahre alt sein dürfte: »Nicht gab es Nichtsein, nicht gab es Sein damals. Nicht gab es den Luftraum, nicht den Himmel darüber, nicht gab es den Tod, nicht Unsterblichkeit damals. Nicht gab es ein Anzeichen von Nacht und Tag.«

Das heißt, dass es vor der Entstehung des Universums weder Materie noch Raum und Zeit gab. Und diese Feststellung ist eine gewaltige Erkenntnis, vor allem für die damalige Zeit, eine grandiose Gedankenleistung, zumal am Ende des Gesangs auch noch nach einem Schöpfer gefragt wird: »Wer weiß überhaupt, woher diese Schöpfung stammt, woraus sie entstanden ist, ob er sie geschaffen hat oder ob nicht, wer der

Aufseher dieses Universums im höchsten Himmel ist, der alles weiß – oder ob nicht einmal er es weiß?«

Wir werden das nie begreifen. Denn was soll vor dem Anfang gewesen sein und wieder vor diesem Beginn – und immer so fort?

Ein ewiges Pulsieren, Urknall, Explosion, Expansion bis zum Stillstand, Umkehr, Zusammenziehen, Zurückstürzen, Verdichten zu einem neuen Uratom – und neuer Urknall?

Und wo bleibt Gott? Vielleicht ist dies das Problem, das die Menschen am meisten umtreibt. Zumal heute, seit wir annehmen, dass es nicht nur dieses eine, eben unser eines Universum mit seinen Milliarden von Galaxien gibt, sondern wahrscheinlich Millionen oder Milliarden andere. Manche Forscher stellen sich vor, dass unzählige Universen wie Schaumblasen aneinander hängen.

Wir müssen uns hier sehr kurz fassen, viel zu kurz im Verhältnis zu der Zeitspanne, die vergehen musste, bis der Mensch entstehen konnte. Trotzdem müssen wir uns wenigstens daran erinnern, woher wir kommen.

Die Entstehung des Lebens

Vor uns liegt nun eine ausgedehnte Wasserfläche. Es mag ein See sein, aber sein Ende ist nicht zu erkennen, es verschwimmt in einem undurchdringlichen Dunst. Es ist, als sähen wir die wabernde Atmosphäre, von der die Erde umgeben war, den Nebel, der über allem lagerte, die Ursuppe, aus der alles kam, die Entstehung der Ozeane und Kontinente.

Zu Anfang, vor rund fünf Milliarden Jahren, glich die Erde einer Dampfwolke. Billionen winzige Gaspartikel, Elementarteilchen und Moleküle zogen sich zusammen und bildeten nach und nach einen rundlichen Körper, der sich langsam zu drehen begann. Indem er sich fortwährend verdichtete, wurde er immer heißer, wodurch sich erste chemische Elemente bildeten. Dabei strahlte die Wärme allmählich in den Weltraum ab. Millionen von Jahren dauerte es, bis die Oberfläche ausglühte und zu einer Gesteinsschicht wurde, so wie Lava, die aus einem Vulkan ausbricht, einmal zu fruchtbarem Land wird.

Auf diese Schicht strömte Regen herab, wusch die Steine aus und spülte Staub und Erdreich in die Täler. Und als die Sonne endlich durch die Wolkenschicht brechen konnte, war unsere Erde vor allem von Wasser bedeckt. Irgendwann, vor fast vier Milliarden Jahren, muss, vielleicht zufällig, eine Urzelle entstanden sein, von der auch wir – wie alle anderen Lebewesen – in direkter Linie abstammen.

Wie aber konnte aus toter Materie Leben werden?

Die Antwort darauf wird wohl für immer im Dämmer von Mythen und Vermutungen liegen, so sehr man sich auch bemüht, sie wissenschaftlich zu erfassen. Freilich gibt es neuerdings Hypothesen, die sich auf die Entdeckung von primitiven Lebensspuren auf dem Mars stützen. Danach vagabundiert Leben, oder seine Vorstufe, tiefgefroren im Weltraum. Wenn dieses Leben während seiner Reise durch das All auf den fruchtbaren Boden eines Planeten fällt, auf einen Planeten mit den richtigen Bedingungen, geht es auf wie die Saat, und die Evolution setzt sich in Gang.

Warum auch sollte das Leben auf der Erde einzigartig im Universum sein? In Wahrheit ist das sogar eher unwahrscheinlich, angesichts der Milliarden von Galaxien.

Auf der Erde findet man, jedenfalls im Meer, die ältesten Spuren. Im Meer entstanden Fotosynthese und Atmung. Die ersten Zellen waren so beschaffen, dass sie Sauerstoff erzeugten. Daraus entstanden nach dem Gesetz der Evolution neue Lebewesen, die sich den Sauerstoff zu Nutze machten. Sie trieben Jahrmillionen in den Strömungen dahin, die durch die Erdrotation bewegt wurden. Sie lernten es, sich in den brodelnden Urozeanen selbstständig zu vermehren. Mehr noch, sie veränderten sich, wenn auch nur mikromillimeterweise, und zwar durch Mutation, durch kleine Flüchtigkeitsfehler beim Kopieren des genetischen Bauplans. Die Verfeinerung ihrer Wahrnehmung bewirkte, dass sich die Chancen für ihr Überleben ständig erhöhten.

Im animalischen Leben hängt alles von der Erhaltung der Existenz ab. Daher richtet sich die Wahrnehmung auf alles, was das Überleben fördert, was für den Fortbestand nützlich ist. Auch das Erkenntnisvermögen des Menschen, der sich als die Spitze der Evolution begreift, entwickelte sich nach den gleichen Auswahlkriterien. Das bedeutet auch, dass unsere Erkenntnisfähigkeit immer begrenzt bleiben wird. Jedenfalls konnten nur die zähesten Lebewesen durchkommen und sich vermehren, während Milliarden andere, dem Druck der Umweltbedingungen weniger gewachsene Exemplare ausstarben. Die natürliche Auslese trat ihre gnadenlose Herrschaft an. Einige der Überlebenden blieben in den Tiefen, andere fassten Wurzeln im Schlamm und entwickelten sich zu Pflanzen. Die meisten krochen über den Meeresgrund, in einem Wald von Wasserpflanzen, umschwebt von Quallen.

So entstanden die ersten Fische, die sich schwimmend ihre Nahrung suchten. Mehr und mehr bevölkerten sie die Ozeane. Später wagten sich die ersten Organismen aus dem Meer auf das Land, zuerst die Pflanzen, danach die Tiere. Sie eroberten immer neue Gebiete, Sümpfe und Schlammbänke. Sie mussten in der Luft überleben, die so viel leichter und dünner war als das Wasser.

Aus ihnen wurden Sträucher und Bäume, sie verwandelten sich zu Blumen. Und mit ihnen begann die Welt farbig zu blühen, Urwälder wucherten, dahinter breiteten sich Savannen aus, und die Vielfalt der Arten entstand. Tiere, Amphibien, Reptilien, Saurier, Vögel.

Und endlich erschien eine völlig neue Spezies auf der Bühne. Haare bedeckten ihren Körper, und das Weibchen säugte ihre Jungen. Sie trug ihre Eier im Innern ihres Körpers aus, geschützt vor allen Gefahren. Diese Nachkommen hatten größere Aussichten, am Leben zu bleiben. Sie lernten von ihren Eltern die ersten Schritte ins gefahrvolle Leben.

Einige dieser Säugetiere verstanden es besser als die anderen, sich Nahrung zu verschaffen und sich in den kalten Jahreszeiten und bedrohlichen Nächten zu schützen. Sie lernten, mit ihren Vorderfüßen Beute festzuhalten, und bekamen Klauen, die bereits unseren Händen ähnelten.

Gemeint sind die Primaten. Aber auch sie hätten vielleicht nur ein kurzes Zwischenspiel gegeben. Glücklicherweise fand eine Art jedoch einen Ausweg aus dem Unheil, das heraufzog, als die Wälder verschwanden. Diese Art lernte es, aufrecht durch die Savannen zu streifen: unsere Ururahnen.

Man glaubte zunächst, dass sie den aufrechten Gang entwickelten, um ihre Hände zum Gebrauch von Waffen oder Werkzeugen frei zu haben. Aber die ersten aufrecht gehenden Hominiden gab es bereits vor etwa fünf Millionen Jahren, lange vor der explosionsartigen Entwicklung der menschlichen Intelligenz und dem Gebrauch von Werkzeugen. Falls es für sie ein Vorteil war, beim Gehen die Hände frei zu haben, so vermutlich weniger, um Werkzeuge oder Waffen zu benutzen, sondern eher, um mit ihren Händen Körner aus dem Gras zu sammeln. Sie ernährten sich nämlich von Beeren und Früchten, von Insekten, Schalentieren, Vogeleiern und kleinen Lebewesen, die sie erbeuten konnten. Und natürlich vermochten sie aufrecht stehend auch besser über die hohen Büsche zu schauen.

Sie waren also die ersten menschenähnlichen Wesen. Endlich, denn es hat ja lange, unendlich lange gedauert. Nun wurden unsere Vorfahren, nicht zuletzt durch ihren aufrechten Gang, zu den erfolgreichen Jägern, die ihr Leben jedem Klima anpassen konnten. Da sie rasch erkannten, dass sie zusammen mit anderen stärker waren als allein und sich auch besser zu schützen vermochten, schlossen sie sich über ihre Familien und Clans hinaus zu Gruppen zusammen.

Um in der Savanne überleben zu können, mussten sie ihre Schutzlosigkeit durch gemeinsame Wachsamkeit und gemeinsames Handeln ausgleichen.

Diese vorhistorischen Menschen, die durch die Wildnis streiften, waren wahrscheinlich die schutzlosesten aller Lebewesen, von denen die Erde damals bevölkert wurde. Sie kannten noch keine Sprache, sie hatten noch keine Werkzeuge, keine Behausungen, keine Kleidung und kein Feuer. Deshalb war das soziale Zusammenleben für sie so wichtig. Sie waren bestenfalls Jäger, meist aber Sammler und teilten ihre Aufgaben untereinander auf. Auch dabei half der Zusammenschluss zu Gruppen. So konnten sie sich besser vor Leoparden und Hyänen schützen. Und noch etwas war lebenswichtig: Da sie ihre Hände beim Laufen nicht mehr brauchten, konnten sie ihre hilflosen Kinder tragen und ihnen und ihren Alten Nahrung ins Lager bringen.

Homo sapiens

Unsere Urahnen

Unsere vor einigen Jahrmillionen lebenden Vorfahren besaßen vermutlich bereits einen leistungsfähigen, wenn auch sprachlosen Geist. Sie waren intelligent genug, um Werkzeuge herzustellen, dachten aber vermutlich ausschließlich in der Gegenwart. Bevor die Menschen ihre Gedanken steuern konnten, lebten sie nur für den Augenblick. Sie erinnerten sich kaum an ihre Kindheit und dachten auch kaum an die Zukunft. Sie machten sich durch Grunzlaute auf Gefahren oder Beute aufmerksam. Aus diesem Grunzen wurden in hunderttausenden von Jahren die Sprachen – auf eine unendlich vielfältige, abwechslungsreiche, manchmal sogar poetische Weise. Vielleicht waren die ersten Laute so ähnlich wie Liebesrufe von Tieren, denn die Wildnis ist ja nicht stumm, sie ist auch akustisch lebendig. Man denke nur an die vielen Warnlaute, Schreckensschreie und daran, wie die Tiermütter ihre Brut locken, wie sie krähen, gluckern und gackern.

All das sind Vorstufen für die Sprachen gewesen. Noch heute genügen einem einfachen, anspruchslosen Menschen wenige hundert Begriffe, um sich auszudrücken. Ja, bestimmt waren die ersten Menschenwörter erregte Ausrufe. Als man merkte, dass man von den anderen verstanden wurde, wiederholte, modifizierte man sie, fügte neue hinzu, begann Gegenstände und Handlungen zu bezeichnen, wies dabei auf sich selbst und auf sein Gegenüber.

Vereinfachend kann man sagen, dass die ersten Hominiden, also menschenähnlichen Wesen, den aufrechten Gang und einige soziale Verhaltensweisen entwickelten, während der Homo habilis das Werkzeug, der Homo erectus das Feuer und der Homo sapiens die Sprache entdeckte.

Sicher entstanden die ersten Wörter wie zufällig in der Gemeinschaft. Die Menschen bildeten Gruppen, um mehr Kinder aufziehen und den Gefahren der Wildnis besser widerstehen zu können. Die Erwachsenen gingen gemeinsam auf Nahrungssuche. Sie mussten daran denken, wie sie überleben, wie sie ihren Hunger stillen konnten. Ihre Gedanken reichten kaum darüber hinaus. Die ersten Worte waren sicher noch recht allgemein, man wird davon geredet haben, wo man jagbares Wild finden könnte, wo es Wasser gab, wie das Wetter war, palaverte von Schmerzen, Krankheiten – und natürlich immer wieder von seinen Heldentaten. Man wird geprahlt, angegeben, sich gebrüstet haben.

Gewiss diente die Sprache den Menschen zunächst nur dazu, sich miteinander über die reale Welt zu verständigen, sich zu warnen und sich auf Jagdbeute aufmerksam zu machen. Aber sie lehrte auch, zwischen dem Ich und dem Du zu unterscheiden.

Damit begann der Mensch sich als Persönlichkeit zu empfinden. Er entwickelte das, was wir Individualität nennen. Und er lernte, nicht nur zu fühlen, sondern seine Gefühle auch auszudrücken, sie zu artikulieren. Und was noch viel wesentlicher ist: Erst durch das Sprechen entwickelte er die Fähigkeit zu denken.

Es gibt kein Denken ohne Sprache, man darf das nicht verwechseln mit Empfindung, Gefühl und Instinkt. Erst die Sprache, das Denken mit Wörtern, machte den hoch entwickelten Primaten zum Homo sapiens, zu dem verständigen Menschen, den man daher genauso gut Homo cogitans, den denkenden Menschen, nennen könnte.

Nachdem er herausgefunden hatte, wie er sich erinnern konnte, war er auch in der Lage, sich eine innere Welt zu erschaffen. Er konnte Pläne machen, seine eigene Geschichte entdecken. Plötzlich öffnete sich ihm eine neue, eine spirituelle Welt. Die Sprache revolutionierte die geistigen Fähigkeiten des Menschen, der sich von den Einschränkungen der unmittelbaren Gegenwart befreite und ein Gedächtnis bekam. Nicht länger reagierte er nur passiv auf die Ereignisse. Die Sprache ermöglichte es ihm, Vergangenes wieder zu beleben und Zukünftiges zu planen. Sie erlaubte es, die eigene Existenz zu reflektieren.

Durch die Sprache entwickelte sich der seiner selbst bewusste menschliche Geist. Das geht weit über ein bloßes Kommunikationsmittel hinaus. Nur durch die Sprache konnte sich all das bilden, was wir Selbstbewusstsein, differenzierte Gefühle und Erinnerungsvermögen nennen.

Nun konnte der Mensch denken und seine Taten analysieren. Er vermochte flüchtigen Empfindungen Worte zu verleihen. Erst jetzt war die Bahn frei für die großartige Entfaltung des menschlichen Verstandes.

Und vielleicht fand ja auch eine Rückkoppelung der Lebenserfahrung in die Gene statt, eine Vererbung. Auf diese Weise könnten nach und nach immer vollkommenere Wesen entstanden sein.

Das Grundprinzip schlechthin

All das muss man jedoch nicht zwingend auf das bewusste Wollen eines Schöpfers zurückführen. Dieses »Wollen« kann der Welt auch immanent sein, als ein Prinzip, das untrennbar mit ihr verbunden ist. Es läge dann in den Genen der Schöpfung und wäre sogar in der Urmaterie wirksam. Ein solches Prinzip wäre also das Grundprinzip schlechthin, dem alles seine Existenz verdankt, die Universen und Himmelskörper, genauso wie die Flora und Fauna auf der Erde. So könnte man definieren: Das Wollen ist Gott.

Vielleicht ist es ein zu romantischer Gedanke – oder zu positivistisch. Und was die Rückkoppelung positiver Lebenserfahrung in die Samenzellen betrifft, so hat sie wohl Darwin widerlegt. Nach seiner Entwicklungstheorie entsteht die Veränderung der Arten durch das aus Zufall besser angepasste Geschöpf, das überlebt und seine Eigenschaften weitergibt. Doch davon später.

Der Unterschied liegt dabei im Wort Zufall. Nur die durch reinen Zufall entstandenen Eigenschaften, die der Art die bessere Anpassung ermöglichen, vererben sich. Unter Evolution verstehen wir heute eine natürliche Auslese. Für Darwin beruht die Evolution darauf, dass zufällig Variationen von Arten entstehen, von denen einige sich als besonders kräftig erweisen, überleben können und sich vermehren.

In der Evolution hat es sich immer wieder gezeigt, dass etwas, was für einen bestimmten Zweck gedacht war, sich plötzlich für etwas ganz anderes als nützlich erwies, wie zum Beispiel die Federn. Ursprünglich sollten sie sicher nur wärmen – dann stellte sich heraus, dass sie vorzüglich geeignet waren, Lebewesen durch die Luft gleiten zu lassen, ja sogar, sie in die Luft zu erheben.

So ist auch das Empfinden für Schönheit nichts, was die Menschen für ihr Überleben gebraucht hätten. Es ist eine der Nutzlosigkeiten, an denen die Evolution so reich ist, von denen niemand weiß, wozu und wofür sie entstanden sein könnten. Auch die Evolution kennt eben Nebenwirkungen, und so konnte es geschehen, dass sich Vögel aus nicht fliegenden Lebewesen entwickelten und wir aufrecht gehenden Menschen aus Primaten, die sich auf vier Gliedmaßen fortbewegten. Noch viel weiter zurückgedacht, entstand alles Leben aus der Urzelle. Jedes Wesen hat zwei Elternteile, dadurch ist es in ununterbrochener Kette mit der Vergangenheit bis zum Ursprung verbunden.

Darwin sprach von der natürlichen Auslese und meinte damit, dass die Eigenschaften, die sich als nützlich und lebenstauglich erweisen, an viele Nachkommen weitergegeben werden. Wir kennen heute mindestens zehn Millionen Tierarten und fast zwei Millionen Pflanzen, gar nicht zu reden von den zahllosen Pilzen und Einzellern.

Die Entwicklung von den Primaten bis zum Homo erectus hat mindestens einhunderttausend Generationen gedauert, darauf folgten dann höchstens vierhundert Generationen, in denen sich die Sammler und Jäger zu hoch technisierten Menschen entwickelten.

Es gibt allerdings keinen »Sinn« der Evolution und es gibt auch kein Prinzip der Arterhaltung, es gibt nur die Auswahl, durch die sich eine Generation nach der anderen immer besser an die Umwelt anpasst. So wandelten und wandeln sich die Arten langsam. Und so nahm auch der Umfang unseres Gehirns im Laufe der Evolution um mehr als das Dreifache zu. Heute benutzen wir es für ganz andere Aufgaben als diejenigen, an denen es sich entwickelte.

Die Evolution ist im Grunde ein recht einfacher Prozess. Die Lebewesen bringen viele verschiedenartige Nachkommen zur Welt, die stärksten überleben und pflanzen sich fort, oder auch die am besten in einer sozialen Gemeinschaft geschützten. Die Diskussionen hierüber wurden im vorletzten Jahrhundert leidenschaftlich geführt.

Heute verwendet man gern das Wort Quantensprung – vom Schimpansen zum Menschen, oder, konkreter, vom nur artikulationsfähigen Hirn zur sprachfähigen Hirnrinde. Sicher ist wohl auch, dass sich damals die ersten Glaubensvorstellungen entwickelten. Für die ersten Menschen war die ganze Natur beseelt, wir nennen das Animismus, vom lateinischen Wort anima – Seele. Man glaubte, dass sich jeder Frevel an den Naturgeistern, jede Beleidigung von Baum, Bach oder Tier rächt, wenn man sie nicht durch Opfer und Beschwörungen versöhnte. Man hoffte inständig – und daher glaubte man auch, denn aus der Hoffnung entsteht der Glaube –, dass ihre Seele unsterblich und mit den Seelen von Tieren, Pflanzen und Quellen wesensgleich sei. Man nahm an, dass die Seelen der Verstorbenen in das eigene Leben eingreifen konnten. Und schon früh mag man auch an einen einzigen Schöpfer und Lenker der Welt geglaubt haben, die so unendlich viel kleiner war als die unsere, weil sie dort endete, wo auch die Sicht endete, oder in den Gebieten, die man nicht erreichen konnte.

Alle Religionen sind Vorstufen des Wissens, alle Religionen stammen aus den Urzeiten der Menschen und bildeten sich aus kindlichen Vorstellungen.

Ist das eine Schwäche oder könnte das nicht auch ihre Stärke ausmachen? Der Mensch der Eiszeit war sicher nicht weniger intelligent als wir. Er hatte nur viel weniger Schulung und Wissen. Dafür besaß er eine große Naturerfahrung, wie sie uns vollständig verloren gegangen ist. Zwar war er den Naturkräften viel schutzloser ausgeliefert, aber er verstand es auch wesentlich besser, in ihrem Rhythmus zu leben, gerade weil er nicht wusste, wo er herkam und wo er hinging. Und da die ihn umgebende Welt unendlich war und er ihre Grenzen nicht kannte, schuf er sich als Erklärung Götter.

Diese Eigenschaft haben wir Menschen bis heute nicht abgelegt. Ihr verdanken alle Religionen – große und kleine – ihre Entstehung.

Der Philosoph Lichtenberg stellte fest: »Wenn gesagt wird, dass Gott die Menschen nach seinem Ebenbild schuf, so bedeutet das in Wirklichkeit, dass der Mensch sich Gott nach seinem Bild erschaffen hat.«

Er hat Recht. Alle Religionen sind Menschenwerk und jede veränderte Umwelt schuf sich ihre neue Religion und ihren neuen Gott.

Der erste Mensch

Vor uns öffnet sich nun der Blick auf eine von Hügeln durchsetzte Ebene. Sie ist grün bis an den Horizont. In weiter Ferne schimmert ein See, lebensnotwendiges Wasser. Nur wo Wasser ist, kann sich Leben ansiedeln.

Da und dort wachsen einzelne Bäume – und überall äsen Rudel von Tieren, im Vordergrund eine Herde graziöser Antilopen.

Wir sind in Nordafrika, hier liegt die Heimat der ersten Menschen. Es war wohl vor drei oder zwei Millionen Jahren. Seit damals haben sich die Tiere so gut wie gar nicht verändert. Ein Jäger von damals würde eine Antilope von heute immer noch als Antilope erkennen – und jagen wollen. In uns Menschen würde dieser Jäger aber keine Artgenossen vermuten. Denn die Geschöpfe, die man damals vielleicht Menschen nennen könnte, waren dunkelhäutig und hatten lange, wollige Haare. Sie gingen aufrecht, wenn auch etwas gebückt, ihre Mundpartie trat schnauzenartig vor. Sie ballten die Hände, in denen sie meist etwas trugen, an ihren langen Armen zu Fäusten.

Sie waren etwa einen Meter fünfundzwanzig groß, ernährten sich von Pflanzen, Kleintieren und rohem Fleisch und verwendeten erste Werkzeuge, nämlich Steine, Faustkeile, entweder als Waffen oder zum Abschaben des Fleisches von der Haut und den Knochen der Beutetiere und zum Schneiden. Den größten Teil seiner Geschichte war der Mensch Jäger und Sammler.

Würden wir die knapp fünf Milliarden Jahre der Erdgeschichte auf ein Jahr zusammenziehen, dann erschiene der Mensch der Frühgeschichte am letzten Tag in den letzten Sekunden vor Mitternacht. Man kann sich kaum vorstellen, dass sich aus diesen Wesen, die noch so tierähnlich wirken, später Denker, Forscher, Mathematiker und Künstler entwickeln konnten, aber das ist eben das Geheimnis der Evolution, genauer: der Entwicklung des menschlichen Gehirns.

Wahrscheinlich hängt diese Entwicklung damit zusammen, dass unsere Vorfahren es lernten, ihre Umwelt zu beherrschen, und weil sie mit anderen, benachbarten Menschengruppen um ihre Ressourcen kämpfen mussten. Es waren wohl die Notzeiten – verbunden mit einem starken Lebenstrieb –, die sie zwangen, ihren Verstand immer mehr zu gebrauchen, während gleichzeitig viele Tiere ausstarben, weil sie ihre Schutzlosigkeit nicht durch Klugheit ausgleichen konnten. Der Mensch aber gelangte in den Besitz eines großen und hervorragend organisierten Gehirns. Nur damit wird er später in der Lage sein, den Gefahren der Eiszeit, den Gletschern und dem jahrhundertelangen Frost standzuhalten. Er musste einfach präziser nachdenken, um zu überleben. Auf diese Weise entging er der Gefahr seines Aussterbens.

Darin mögen wir auch die Ursachen der kriegerischen Neigungen aller Menschen sehen. Und unsere Vorfahren waren sicher keineswegs nur freundliche sammelnde und jagende Wesen. Auch Tiere kämpfen miteinander, aber sie führen keine Kriege. Nur der Mensch betreibt die Tötung seiner Artgenossen planvoll, in größerem Maßstab und sogar mit Begeisterung. Der Krieg gehört zu seinen folgenreichsten Erfindungen, während die Fähigkeit, Frieden zu schließen, vermutlich eine spätere Errungenschaft ist. Die ältesten Geschichten der Menschheit sind Heldensagen und Mythen von Kämpfen. Sie handeln vor allem von Mord und Totschlag und verherrlichen die Überwindung des Gegners. Doch unser Urahn ist sich seiner Existenz noch kaum bewusst. Er weiß nichts von Zeit und Raum, zählt weder Stunden noch Jahre. Er kennt nur den Wechsel von Tag und Nacht und erlebt nur sein eigenes Wachsen und Sterben.

Die große Wanderung

Mehr und mehr verändert sich nun die Landschaft, durch die wir wandern. Das grüne Tal verschwindet, alles wird rauer, unwirtlicher.

Wir sind im Herzen Europas. Die afrikanische Savanne konnte die wachsende Zahl der Menschen nicht mehr ernähren, sie waren gezwungen zu wandern, wenn sie nicht verhungern wollten. Und sie wandern weit, sie zerstreuen sich über die ganze Erde, bis nach Java, bis nach China.

Wir aber bleiben in unseren Breiten.

Dass die Menschen von Afrika nach Norden zogen, wo es doch viel kälter war, mag uns verwundern. Vielleicht versprach dort die üppigere Vegetation mehr Nahrung. Davon später.

Aber schaut, dort sitzen Leute um eine Feuerstelle. Noch wussten sie das Feuer, das die Natur ihnen durch Blitzschlag und Vulkanausbrüche schenkte, nur zu bewahren. Sie konnten es noch nicht selbst anzünden. Noch trugen sie die brennenden Äste vom Blitzschlag getroffener Bäume zu ihren Lagerplätzen. Und doch bildete der Besitz des Feuers einen gewissen Schutz für das Überleben, es diente eben nicht nur zur Ernährung, zum Braten des erlegten Wildes, sondern es schützte auch vor der grausamen Kälte des Winters. Ebenso wie vor den Angriffen wilder Tiere. Das Feuer bildete den wärmenden, Leben spendenden Mittelpunkt ihrer Gemeinschaft. Wer das Feuer besaß, besaß das Leben. Das ist noch heute so.

Wie sie es lernten, das Feuer zu beherrschen, werden wir kaum jemals ergründen. Manche Forscher meinen, dass es ihnen schon bald gelungen sein muss, denn jedes Holzfeuer geht einmal aus, sei es durch Regen, sei es durch Unaufmerksamkeit. Keine noch so gute Wache kann verhindern, dass es einmal erlischt, bei Nacht, wenn der Bewacher müde ist. Dann aber war der Mensch schutzlos und gefährdet, dann musste er sich neues Feuer schaffen, um leben zu können. Es ist schwer, sich vorzustellen, auf welche Weise man dazu kam, Zweige aneinander zu reiben und Feuer zu entzünden. Wahrscheinlich lernte man es doch recht früh, vielleicht mit dem Feuerstein, vielleicht auch so, wie es heute noch die Pfadfinder tun, indem sie Holzstäbchen zwischen den Handflächen in der Mulde eines Holzstückes drehen. So wurde es wahrscheinlich vor etwa 700 000 Jahren gezähmt und wurde zum sozialen Mittelpunkt, um den sich die Gruppenmitglieder lagerten.

Der Mensch war mit dem Feuer Herr über sein Leben geworden. Und daher können wir das Feuermachen als die wichtigste Erfindung überhaupt bezeichnen. Mit dem Feuer brach ein neues Leben an. Nur das Feuer ermöglichte dem Menschen das Überleben in diesen kalten, unwirtlichen Zeiten. Nun stand ihm ein viel breiteres Angebot an Nahrungsmitteln zur Verfügung, an dem auch Alte und Kinder eines Stammes leichter teilhaben konnten. Man lernte, die Nahrung mithilfe des Feuers haltbar zu machen, man hängte sie geräuchert in den Hütten auf. Auch gesundheitlich profitierte der Mensch, er konnte sich selbst und seine Felle trocknen, wurde nicht so oft krank und der Rauch vertrieb die Insekten.

Kurzum, das Feuer bedeutete einen nicht hoch genug zu schätzenden Gewinn.

Nicht weit entfernt sehen wir eine Gruppe um einen lodernden Holzstoß sitzen. Einige Männer strecken ihre Hände aus, um sie zu wärmen. Ein enthäutetes Tier wird gebraten. Die Leute grunzen, palavern, lachen, schlagen sich auf die Schenkel und auf die Schultern. Sie sind fröhlich.

Ringsum tönen die bedrohlichen Laute der Wildnis, Schreien, Trompeten, Brüllen und Heulen von Tieren, von denen die meisten die Feinde dieser Urmenschen sind.

Aber andererseits sind sie auch die Beute, nach der sie jagen. Wölfe schleichen heran, sie werden verscheucht, indem man brennende Aststücke nach ihnen wirft.

Immer bewachte man das Feuer wie eine Kostbarkeit. War es einmal ausgegangen, versuchte man die glimmenden Holzstückchen durch energisches Blasen wieder zum Brennen zu bringen.

Die Menschen, die hier um das Feuer sitzen, sind langhaarig, die Männer tragen struppige Bärte. Alle haben sich Felle über den Rücken geworfen. So ähneln sie Menschenaffen. Sie braten Fleisch und nehmen die großen Stücke aus der glühenden Asche zwischen die Zähne.

In unmittelbarer Nähe der Gruppe liegen Speere und Keulen. Mit diesen Werkzeugen, mit diesen ersten Waffen zur Jagd und zum Kampf, vervielfachten die Menschen ihre Möglichkeiten, diese Waffen gaben ihnen Überlegenheit, zumindest über das Tier. Und die brauchten sie nötig.

Freilich, was wir von der Vergangenheit wissen, ist sehr unvollkommen, weil sich alle weichen Materialien, wie zum Beispiel Holz, hölzerne Speere, Körbe und die Stoffe, nicht erhalten haben. Geblieben sind nur harte Gegenstände, also Knochen, Steinwerkzeuge, Scherben. Deshalb wird unser Bild der Vergangenheit von diesen Dingen geprägt und ist insofern lückenhaft, vielleicht sogar falsch. Wir sind auf unsere Fantasie angewiesen.

Doch noch einmal zurück zur Frage, warum der Mensch aus Afrika in diese ungastlichen Gegenden ging, wo es doch so viel kälter und unwirtlicher war. Möglicherweise suchte er die nördlicheren Breiten deswegen auf, weil er dort reichere Nahrung erhoffte, einen größeren Wildbestand, vielleicht sogar einen Überfluss. Nashörner, Steinböcke, Hirsche, Bisons, Höhlenlöwen und Höhlenbären, gefährliche Burschen, die bis zu einer halben Tonne wogen. Und das Mammut mit seinen hoch gebogenen Stoßzähnen. Das jagte der Mensch und verehrte es gleichzeitig wie einen Gott. Am zahlreichsten gab es Wisente, Wildpferde und Rentiere.

Zugvögel strichen über die Hügel, die mit fruchtbarem Unterholz bewachsen waren.

Die Jäger lebten in kleinen Gruppen mit ihren Kindern. Um das ganze Jahr über Beute zu machen, mussten sie den Herden auf deren langen Wanderungen folgen. Ihre Unterkünfte waren deshalb Zelte und Hütten, die sie schnell aufbauen konnten.

Eiszeit und Steinzeit

Vom Segen der Kälte

Als es zu schneien begann, verschwanden die Ebene und die Hügel, die Felder und die Bäume unter einer dichten Schneedecke.

Der Beginn der Eiszeit. Es gab insgesamt drei Eiszeiten, die in großen Abständen aufeinander folgten. Die erste liegt etwa eine Million Jahre, die letzte rund zehntausend Jahre zurück. Ein riesiger Zeitraum, groß genug für uns Menschen, um zu jenen Geschöpfen zu werden, die wir heute sind. Keine andere Zeit hat die Menschen in ihrer Entwicklung weiter vorangebracht als die Eiszeit, deren extreme Bedingungen den Kampf ums Überleben so schwierig und gefahrvoll machten.

Danach war unsere körperliche und geistige Entfaltung so gut wie abgeschlossen. Wir nehmen also die Erkenntnis mit, dass der Mensch der Steinzeit, biologisch gesehen, am Ende seiner Entwicklung steht. Er ist wirklich unser Urahn, dem wir in vieler Hinsicht gleichen und dessen Verhaltensweisen wir noch nicht abstreifen konnten, sodass wir modernen Menschen so oft nach urzeitlicher Prägung handeln, obwohl diese in unserer hoch zivilisierten Umwelt nicht nur unnütz, sondern sogar schädlich geworden ist.

Vom Sammler und Jäger zum Hüter und Hirten

Mit dem Ende der Eiszeit gleiten wir in die Steinzeit hinüber. Damals lernte der Mensch nicht nur den immer besseren Gebrauch von Werkzeugen, auch seine biologische Evolution hörte auf, das heißt, er entwickelte sich körperlich kaum noch. Er brauchte nun keine besonders harte und kräftige Faust mehr, um eine Nuss aufzuschlagen, denn er konnte einen Stein, sogar einen einfachen Hammer dazu nehmen. Infolgedessen war der Mensch mit der harten Faust im Lebenskampf nicht mehr unbedingt bevorzugt. Schwächere Artgenossen, die ihr Werkzeug intelligenter anzuwenden wussten, wurden ihm überlegen. So verlagerte sich das, was wir Fortschritt nennen, vom lebendigen Wesen in die unbelebte Materie, mit der viele Dinge besser bewältigt werden konnten. Außerdem lernte der Mensch, das Fleisch in der Kälte zu konservieren. Dank Pelzen als Kleidung und dank des Feuers konnte er sich am Leben erhalten.

Die meisten Menschen wohnten in Höhlen. Indem sie redeten und sich mit ihren Artgenossen verständigten, konnten sie ihre stärkeren Brüder darum bitten, ihnen zu helfen – unsere Vorfahren lernten, ihren Verstand zu gebrauchen.

In dieser Zeit wandelte sich das Verhalten der Menschen. Sie fanden es lohnender, statt einzelnen Tieren ganzen Herden zu folgen. Sie ließen sie nicht mehr aus den Augen, meldeten sich gegenseitig, was sie gesehen hatten, und zogen miteinander aus. Langsam wurden sie sogar zu Hütern ihrer Tiere, die sie als ihre bewegliche Nahrungsreserve betrachteten.

Übrigens ist sich die Wissenschaft einig darin, dass der Übergang von der pflanzlichen zur tierischen Nahrung und damit zum tierischen Eiweiß, wie er in den Eiszeiten erfolgte, die Entwicklung des menschlichen Gehirns wesentlich förderte.

Da die Menschen nun miteinander sprechen konnten, begann die Entstehung von Zivilisationen, die selbst auch wieder die geistige und sprachliche Entwicklung vorantrieben. Es bildeten sich privilegierte Klassen heraus und mit ihnen ganz neue Berufe – Priester, Adlige oder Handwerker. Diese entwickelten nun auch geistige Werte, dachten anders und neu, da sie befreit waren vom harten Kampf ums Überleben, vom Zwang, die tägliche Nahrung zu beschaffen.

Das hatte beachtliche Folgen.

Aber folgt mir! Die Schneedecke ist inzwischen zurückgegangen, nur da und dort gibt es noch Eis und weiße Flecken.

An einer Bergwand hängt ein Felsen über und bildet ein natürliches Dach. Baumstämme, über die man Zweige und Felle gelegt hat, sind im Halbkreis darangelehnt. So ist ein Gebäude entstanden, in dessen Innerem ein Feuer lodert, an dem in Fell gehüllte Menschen sitzen, die sich kaum von unseren Zeitgenossen unterscheiden, außer durch ihre Bekleidung und die wirren Haare. Dichter Rauch quillt durch eine runde Öffnung nach oben in die frostklare Luft.

Daneben befindet sich der Eingang zu einer Höhle. In einer kleinen Vertiefung liegt ein Stein, der als Öllämpchen dient. Er ist mit Talg gefüllt, der einen Docht aus Wacholderholz am Brennen hält und ein rauchfreies, angenehmes Licht erzeugt. Ein wunderbarer Fortschritt, durch den es auch möglich ist, Räume zu erhellen.

Der Mensch entdeckt eine neue Begabung

In dem matten, flackernden Licht, das noch andere Lämpchen an die Wände werfen, kann man die Umrisse von Tieren, die teilweise ausgemalt sind, erblicken: Pferde, Stiere, Wisente, Steinböcke, Rentiere, Gruppen von Löwinnen, Wollnashörner, auch Vögel, eine Eule und eine Hyäne, sogar Geschöpfe der Fantasie, Fabelwesen oder abstrakte Symbole, sowie einzelne Körperteile, Ohren, einen Schwanz, Hörner, Stoßzähne und Mähnen und Umrisse von Händen. Manches ist in Schwarz ausgeführt, anderes mit rotem Eisenoxyd auf die Wand gemalt.

Als der Mensch nicht mehr nur ums tägliche Überleben kämpfen musste, begann er sich selbst zu sehen und darzustellen, sogar zu feiern, in Form von Darstellungen seiner Welt. Die Zeichnungen muten zuweilen fast modern an, wie von heutigen Künstlern.

Und wirklich greifen die modernen Maler oft auf die Werke ihrer Urzeitkollegen zurück und lassen sich von ihnen anregen; die Bildhauer übrigens auch.

Was die Absicht dieser Künstler betrifft, so kann man nur raten. Vielleicht haben sie ihre Jagdbeute magisch beschwören wollen. Vielleicht glaubten sie, durch die Darstellung Macht über ihre Beute zu erlangen. Vielleicht wollten sie sich auf die Begegnung mit dem lebendigen, meist gefährlichen Tier vorbereiten. Auf jeden Fall gebrauchten sie zum ersten Male etwas, was nur uns Menschen eigen ist – ihre Vorstellungskraft –, und setzten sie schöpferisch um.

Wie ging das vor sich? Vielleicht so: Ein Mann kauert auf einem einfachen Holzgerüst. Die wirren Haare hängen ihm bis auf den Rücken hinab. Ein Kienspan neben ihm verbreitet ein wenig Licht, in dessen Schein er mit einem angespitzten Feuerstein die Formen eines Rindes in den weichen Fels der Seitenwand ritzt. Dann tupft er seinen Zeigefinger in ein Holzgefäß und füllt die Umrisse der Zeichnung mit braunroter Erdfarbe aus.

Die Künstler verwischten die Farben mit der Hand, um der Zeichnung Tiefe zu verleihen. Von hier datiert nicht nur die Malerei, von hier datiert etwas bisher nie Dagewesenes – die Kunst.

Man schätzt, dass die ersten Zeichnungen vor etwa 19 000 Jahren entstanden sind – oder sogar noch früher. Vor etwa 35 000 Jahren scheint im Menschen der Sinn für das Schöne erwacht zu sein, denn aus dieser Zeit fand man schon Ketten aus gelochten Schneckengehäusen und Eisfuchszähnen, Anhänger aus Speckstein und sogar kleine Elfenbeinschnitzereien. Man spricht von einer kulturellen Explosion in der Altsteinzeit. Diese Bilder dürften in drei Epochen, die sich über fast ein Jahrtausend erstreckten, entstanden sein. Man nennt die ausgemalte Höhle von Altamira auch die Sixtinische Kapelle der Steinzeit.

Es gibt natürlich auch andere Höhlen ohne so großartige Zeichnungen, in einigen findet man Einritzungen, die man als Zählstriche deuten kann, denn Zahlen, oder was als solche dienen sollte, wurden viel früher aufgezeichnet als Wörter. Keinesfalls waren es nur sinnlose Kritzeleien. Wir sehen in ihnen die ersten Form gewordenen Gedanken – den Beginn der

Schrift. Man deutet diese Zeichnungen auch als zusammenhängende Bildergeschichten, quasi steinzeitliche Comics.

Die Mythen, denen diese Bilder ihre Entstehung verdanken, werden wir nie verstehen, sie sind für alle Zeiten verloren. Über Jahrtausende wurden die Zeichnungen in den Höhlen angebracht und entwickelten sich nach und nach immer prägnanter. Aus einfachen Formen wurden komplexere, schwierigere, die wir fast schon Ideogramme nennen können. Freilich, diese Einritzungen können auch frühe Kalender oder Aufzeichnungen der Mondzyklen gewesen sein, denn die Höhlen wurden nicht nur als Zufluchtsstätten oder Behausungen benutzt, sondern auch zur Beobachtung der Sterne. Wer in so einer engen Höhle hockte, sah immer nur einen kleinen Abschnitt des Himmels und konnte an diesem das Kreisen der Gestirne besonders gut verfolgen.

Die kulturelle Evolution

Aber wir gehen weiter. Alles wird nun vielfältiger und farbiger. Es wird auch warm, eine blühende Frühlingslandschaft breitet sich aus, frisches Gras, eine Luft wie im Mai, helles Grün an den Bäumen.

Von diesen Tagen datiert das, was man die neolithische Revolution nennt. Und es währte doch Millionen Jahre, vom Homo erectus zum Homo sapiens, also bis die neolithische Evolution zu Ende ging und die kulturelle Entwicklung begann. Wenn man in sich hineinhorcht, die Augen schließt, kann man versuchen, sich das langsame Verstreichen der Zeit vorzustellen, das ewige Gleichmaß ohne Veränderung und Fortschritt, nur Geburt und Tod, Tag und Nacht, ständiges Wiederkehren der Jahreszeiten, Jagd und Palaver am Feuer, Beschwörung der Naturgeister, Anbetung der Himmelsgötter, keine Erinnerung an die Vergangenheit, an die verstorbenen früheren Vorfahren, die man nicht mehr gesehen hatte, noch keine Kenntnis der eigenen Geschichte, kaum ein Weiterreichen von Erfahrungen, nur die Überlieferung von Mund zu Mund, von Generation zu Generation.

Der immer gleiche Himmel, die immer wieder aufziehenden Wolken, Blitze, Donner – und natürlich Sonne und Mond. Jahrhunderte, Jahrtausende, in denen nichts zu geschehen scheint – außer dass der Mensch sich wandelt und sich seine Intelligenz entfaltet.

Später braucht der Mensch dank dieses hoch entwickelten Gehirns sehr viel weniger Zeit für seinen kulturellen Fortschritt. Nun betreten all jene Geschöpfe die Erde, die wir bewundern, denen wir nacheifern, Forscher, Denker, Künstler, Baumeister – leider auch Feldherrn, Eroberer, Mörder – und jede Menge Fantasten, Ideologen, Weltverbesserer.

Der Mensch, der auf die Epoche der Steinzeit folgte, lernte rasch aus seinen Erfahrungen. Vom Sammler und Jäger wurde er zum Hüter und Hirten. Er züchtete Tiere und hielt sie nahe bei seinem Haus, er lernte Pflanzen zu kultivieren, und dazu brauchte er nicht einmal zwölftausend Jahre. Als die letzte Eiszeit endete, begann die Erde zu blühen – der Mensch war von Pflanzen umgeben, die er nutzen konnte, von Tieren, die er gezähmt hatte und die ihm dienten. Er wurde ihr Herr, sogar ihr Beherrscher. Millionen Jahre lang war er herumgewandert, nun wurde er sesshaft. Und damit wurde auch die menschliche Kultur geboren, denn der Wandernde, der Nomade, entwickelt kaum jemals das, was wir als Kultur und Zivilisation bezeichnen, er bebaut kein Land, errichtet keine Häuser, Tempel, schmückt nichts mit Bildwerken. Alle Kultur entsteht dadurch, dass der Mensch mehr will als seine nackten, elementaren Bedürfnisse befriedigen.

Es ist ein steiniger Weg, der uns in eine völlig andere Landschaft führt. Es ist glühend heiß, ein üppiger Korkeichenwald spendet Schatten. Wenn wir seinen Schatten verlassen, brennt die Sonne von einem makellos blauen Himmel. Eine Wüstenlandschaft dehnt sich aus, in deren Mitte eine Oase leuchtet. Da wachsen Thujen, Oliven, Myrte, Ginster, Rosmarin, Lorbeer, Pistazien, Oleander und Tamarisken. Umgeben von einem Gelände, das mit Pflanzen und Halfagras bestanden ist und sich als Mischung aus Wiese und Wildfeld darbietet, liegt eine Siedlung aus Schilfhütten, über denen Palmen ihre dekorativen Wedel entfalten, wo Zedern und Eukalyptusbäume wachsen. Am Wegrand steht eine Tafel mit dieser Aufschrift:

> *So krass, wie sich das Klima und das Bild der Natur geändert hatten, so krass war der Wechsel, den der Mensch in seiner Lebensführung vollzog. Er wurde vom wandernden, mit den wilden Viehherden mitziehenden Nomaden zum sesshaften Ackerbauern.*

Und doch dauerte es noch Jahrtausende, bis sich die ersten Dörfer bildeten und nach den Dörfern die Städte.

Wir befinden uns jetzt im Nahen Osten, im späteren Palästina. Aus einem der Dörfer wird einmal das Jericho, von dem die Bibel erzählt. Aber der Name spielt für uns keine Rolle.

Ein ausgetretener Pfad führt durch das dürre Gras, durch eine Wiese, die man nicht Feld nennen kann, da es sich um ganz willkürliche Ansammlungen verschiedener Gräser handelt. Rechts und links des Weges arbeiten einzelne braunhäutige Frauen. Sie haben lange, dunkle, in den Nacken hängende Haare und sind bis auf ein kurzes Schamröckchen aus Fell nackt. In gebeugter Haltung führen sie schwungvolle Bewegungen aus.

Weiter drüben arbeiten andere Frauen gebückt mit dem Hackstock. Ganz in der Nähe schneidet eine Frau Gräser, sie richtet sich auf und wischt sich mit dem Handrücken den Schweiß von der Stirn, wobei sich ihr Mund ein wenig öffnet. In ihrer linken Faust leuchtet ein Büschel heller Halme, während sie rechts ein längliches Werkzeug umklammert.

Die Halme sehen aus wie eine Mischung aus Gras und Getreide. Der erste Weizen. Diese Frauen sind die ersten Menschen, die Getreide ernten. Es ist noch kein Weizen, wie wir ihn heute kennen, es ist eine Vorstufe. Er wächst wild. Die Menschen können ihn noch nicht selbst anpflanzen und kultivieren, sie müssen ihn nehmen, wie und wo sie ihn finden. Er entstand wahrscheinlich durch eine zufällige Kreuzung von wildem Weizen mit Ziegengras, das ebenfalls überall wächst.

Vor allem die Frauen waren es, die die Früchte des Feldes sammelten, eine schwere körperliche Arbeit. Nach und nach kultivierten sie dabei den Pflanzenanbau. Und gleichzeitig dominierte die Frau in der Hausgemeinschaft, die alle Verwandten umfasste.

Da es noch kein Eisen gab, wurden zum Schneiden der Halme Sicheln aus Feuerstein verwendet, ein länglicher, leicht gebogener und scharfkantig zugeschliffener Stein, der ähnlich wie Glimmer glitzerte. Der Griff bestand aus einem Stück Gazellenhorn oder auch Knochen. Die Enkel- und Urenkelkinder dieser frühen Menschen – das sollte nicht allzu wörtlich genommen werden, wir müssen hier in großen Zeiträumen denken – werden bereits Bäuerinnen und Bauern sein, Ackerbauern.

Die Stellung des Mannes war weit weniger gefestigt, so musste zum Beispiel der Mann zur Frau ziehen und nicht umgekehrt, denn die Frauen verfügten über die Wohnung und den Ackerboden.

Die Männer dagegen jagten, sorgten für das Fleisch zur Ernährung. Ihre Beute waren die Tiere des Landes, Wildschweine und Affen, vor allem Paviane in den Wäldern, Gazellen, Antilopen, Strauße, sogar Panter – und auch Mähnenschafe. Aus der Beschäftigung mit den Tieren, aus den dabei gewonnenen Kenntnissen über deren Gewohnheiten und Bedürfnisse entwickelten sie die Viehzucht.

Die erste Stadt

Jericho

Vor uns klafft nun die unregelmäßige Öffnung einer Mauer auf. Sie wird immer wuchtiger. Nach und nach wächst ein imponierender Turm empor.

Dahinter stehen Häuser aus Schilf im Schatten von Bäumen, Palmen, Zedern oder Aleppokiefern. Hier herrscht quirliges Leben. Zwischen den glatten, niedrigen Lehmhütten spielen nackte Kinder, grauhaarige alte Leute sitzen in Hockstellung am Rand und schwatzen miteinander, Frauen legen ihre Säuglinge an die Brust.

Die Häuser sehen von außen einfach aus, aber innen sind viele mit Wandbehängen und Teppichen geschmückt.

Damals, um das Jahr 6000 vor unserer Zeitrechnung, ist Jericho eine große Ackerbausiedlung, die dreitausend Menschen beherbergt haben mag. Sie liegt in einer Oase am Wüstenrand, denn der Pflanzenanbau hätte nicht ohne Wasser betrieben werden können. Die ersten Siedler bauten immer in der Nähe von Wasser, zumindest in der Nähe von Brunnen, und umgaben ihre Hütten mit Schutzwällen oder Palisadenzäunen. Nun kam also zum Wasser der Weizen, so konnte der Mensch die Grundlagen seiner Zivilisation legen, indem er Tiere bändigte und züchtete, Pflanzen kultivierte und mit beiden zu leben lernte.

Wir gehen weiter: Frauen mahlen auf Steinen mit schweren Steinwerkzeugen Weizen aus, während braun gebrannte Männer Lehm für Ziegelsteine kneten und – mit sichtbarem Stolz auf ihre Leistung – formen und anschließend zum Trocknen auslegen. Dazwischen meckern Ziegen, blöken Schafe und überall streunen Hunde, liegen vor den Häuschen, toben mit den Kindern. Es gibt sogar Affen, die sich mit ihnen tummeln, wie wenn sie dazugehörten.

Bald wird es Schweine, Rinder und Esel geben. Wir durchschreiten jetzt – in diesen Minuten – eine Epoche, die mehrere Jahrtausende dauerte. In ihr verging die Zeit der Vorkeramik, verfloss die der Schnurkeramik, darauf folgten die frühe Kupfer- und die Bronzezeit. In diesem riesigen Zeitraum wuchs Jericho Schicht um Schicht und wurde zu einem großen Gemeinwesen, wenn ihm auch noch alle Merkmale einer Stadtkultur fehlten. Die meisten Städte – wie eben auch Jericho – entstanden nicht nur dort, wo sich Wasser fand, sondern auch dort, wo sich zusätzlich Handelsrouten, Karawanenstraßen kreuzten oder wo es Waren gab, mit denen man Handel treiben konnte. Aber man kannte noch keine spezialisierten Handwerker, keine gewerbliche Arbeitsteilung, keine Schreiner, Gerber, Metzger. Jeder stellte her, was er selbst brauchte. Der Mensch war sesshaft geworden, aus Grabstock und Hacke entwickelte er den Spaten und schließlich den Pflug.

Wir sehen einer dunkelhäutigen Schönheit zu. Flink, mit geschickten Bewegungen formt sie eine Schüssel aus Ton – die Anfänge der Keramik. Mit den getöpferten Schüsseln kann man Speisen auf bisher unbekannte Art zubereiten, nämlich über dem Feuer kochen. Bisher hatte man sie mit heißen Steinen erhitzt, die man in das Gefäß warf. Außer Fleisch und Wurzeln bereiteten sich die Menschen damals Aufgüsse, Brei und Fladen aus Getreide, aus Gerste, Hirse und Mais. Es gab Erbsen und Linsen, Pistazien, Eicheln und Früchte, die Bohnen ähnelten, Kürbisse und viele verschiedene Gewürzpflanzen. Man genoss Feigen, Datteln, Granatäpfel, Weintrauben, Mandeln und Walnüsse.

Übrigens war das Kochen der erste künstlich durch Hitze hervorgerufene chemische Umwandlungsprozess. Nun ließen sich viele neue Nahrungsmittel verwenden, die sonst schwer oder gar nicht verdaulich waren. Es ist kaum abzuschätzen, wie sehr die Töpferei zur Bereicherung der Ernährung und der Kochkunst beitrug.

Und noch etwas: Schon vor 7000 Jahren tranken die Menschen Wein, möglicherweise bereits aus gezüchteten Trauben. Die Wüste trug wilde Melonen, von den Tamariskenläusen wurde Manna gespendet. Später kam Reis dazu.

Sumer und Mesopotamien

Wir gehen auf einen Bau zu, der größer ist als die anderen, er ist auch nicht rund, sondern rechteckig, aus aufeinander geschichteten Lehmziegeln errichtet. Die Ziegel wurden in der Sonne getrocknet, sie wurden bereits mit Mörtel verbunden! All diese Häuser waren, wie man sieht, Wand an Wand gebaut.

Von einer kleinen dämmrigen Vorhalle aus blicken wir in drei Nebenräume. Im ersten liegen Steinwerkzeuge, im zweiten polierte Knochen, im dritten Perlen aus Stein und Muscheln und ein Gegenstand, dessen Verwendungszweck für uns nicht auf Anhieb zu erkennen ist, ein Spiegel aus poliertem Obsidian, einem schwarzen, glasartigen Gestein.

Und das war eine bedeutungsvolle Tat! Mit dem Spiegel schuf sich der Mensch ein Werkzeug, in dem er sich selbst anzuschauen und wiederzuerkennen vermochte. Wenn eine junge Frau sich in einem solchen Spiegel – er konnte auch aus Bronze sein – betrachtete, dann sah sie ihr Gesicht im Kranz dichter, schwarzer Flechten. Sie begann ihre Lippen und Augenlider mit Farbstiften zu tönen.

Gewiss, im klaren Wasser hatten die Menschen sich schon vorher anschauen können, aber das Bild war schwankend und trügerisch gewesen. Mit dem Spiegel tat der Mensch einen Schritt auf die Erkenntnis seiner selbst zu. Er sah sich, sein Gesicht, seine Augen, seinen Mund, er konnte sich als ein eigenes, unverwechselbares Wesen begreifen. Das war auch ein Weg zur Philosophie. Denn vielleicht dachte man nun, indem man sich betrachtete, auch über sich selber nach.

Im Hintergrund befindet sich eine Öffnung, die in einen kleinen ummauerten Hof mit gestampftem Boden führt. Auf einer aus dünnen Stämmen und Ästen zusammengefügten Leiter können wir auf das flache Dach klettern. Von hier können wir alles übersehen, die runden oder unregelmäßig eckigen Bauten, wie braune Würfel, dazwischen das Gewirr der Gassen, überall wimmelt es von Menschen und Vieh, Hunden, Ziegen und Schafen, auch Affen, aber man sieht kein einziges Huhn und auch keine Katze. Die ersten Katzen finden wir in Ägypten.

Ja, Ägypten. Wir hätten auch nach Sumer – oder Mesopotamien – gehen können, zum Ausgangspunkt unserer Kultur. Mesopotamien lag ungefähr dort, wo sich heute der Irak befindet. Dieses Land Sumer erstreckte sich vom Persischen Golf bis etwa nach Bagdad. Die Schrifttafeln der Sumerer entstanden im Ursprungsland der Zivilisation, in meso potamia, was so viel heißt wie: Land zwischen den Strömen. Gemeint war das untere Schwemmland von Euphrat und Tigris. Die Sumerer, die etwa 3000 vor unserer Zeitrechnung hierher zogen, waren bereits Bauern, Schäfer und Fischer. Sie kannten den Pflug und sie kannten bereits den Beruf des Schmieds, des Tischlers, des Webers, des Töpfers, des Maurers und vielleicht sogar den Beruf des Kaufmanns.

Etwa um 6300 vor unserer Zeitrechnung entstanden in Sumer die ersten Webereien, hier hielt man wenige hundert Jahre später die ersten Rinder am Haus und trank ihre Milch. Man benutzte Siegel, um Episteln zu unterzeichnen, und nicht viel später entstand die genialste Erfindung, die Schrift. Um das Jahr 3100 ermöglichte es die Schrift dem Menschen, Worte und all sein Wissen dem Vergessen zu entreißen. Und schon wurde er zum Dichter: Noch in der Bronzezeit schrieb er die dreitausend Verse des Gilgamesch-Epos auf zwölf Tafeln.

Aber dann kam die alles ertränkende Sintflut, nein, sie war nicht nur ein Mythos. Von der Kultur in Sumer oder Mesopotamien hat sich nur wenig erhalten, jedenfalls verglichen mit Ägypten. Das liegt freilich auch am ägyptischen Totenkult, der – so widersinnig das klingt – die Bilder des damaligen Lebens konservierte. Und wir verdanken dies den Wunderwerken der Pyramiden und Tempel, die nicht aus zerstörbarem Lehm, sondern aus Stein gebaut wurden.

Gehen wir also nach Ägypten. Es ist nicht weit. Wir brauchen nur in das Haus zurückzukehren.

Ägypten

Es duftete nach Weihrauch und Myrre

Das Haus – wie sehr hat es sich verwandelt! Ein sauber verputzter Vorraum führt in ein größeres Zimmer. Hier herrscht gedämpftes Licht, denn die Fenster sind schmal, hoch angebracht und mit Holzgittern verschlossen.

In Ägypten verwendete man bereits Gardinen oder Rohrmatten. Nicht nur gegen die Sonne, sondern auch zum Schutz vor Tieren. Wenn wir diese Zimmer betrachten, dann brauchen wir uns nur an die Höhlen der Steinzeit oder auch an die Lehmbauten Jerichos zu erinnern, an die Knochen und Muscheln, um den Fortschritt zu erkennen.

Mit dem Wort »Fortschritt« sollten wir zwar vorsichtig umgehen, doch in diesem frühen Stadium wuchs sich der Fortschritt noch nicht zum Nachteil aus, er brachte wirklich Erleichterungen und bereicherte das Leben.

Hier duftet es nach Weihrauch und Myrre, buntes Geflecht ziert die Wände, der Boden ist mit kleinen Teppichen und hellen Rohrmatten bedeckt.

Auf solchen geflochtenen Matten nahm man die Mahlzeiten ein. Manche sind aus geschlitzten Papyrusstängeln. Andere aus Bast, Rohr, Leinenfasern oder Palmfiber, oft mit lebhaften Farbmustern. Und sie werden nicht nur auf dem Boden ausgebreitet, sie sind auch Wandbehänge, liegen auf

Betten und Sitzmöbeln, auf Dächern und Mauern. Man nahm sie mit auf die Reise. Sogar die Hirten schützten sich damit vor der glühenden Sonne. Wir können uns vielleicht vorstellen, wie bunt die ägyptischen Häuser schon damals gewesen sind mit all diesen schönen Stoffen.

Schaut euch in diesem Haus um. An der Wand steht ein Bett, ein schwarzer Holzrahmen mit gedrechselten Pfosten und goldenen Füßen, reich mit Gold, Silber und Bronze verziert und mit vier geschnitzten Löwenköpfen geschmückt. Es ist mit Ledergurten bespannt, darauf liegen eine mit einem Laken bedeckte weiße Matratze und bunte Kopfkissen.

Überall stehen wohlgeformte, verzierte Tongefäße, Vasen und Töpfe, Schalen und Becher. Ein Korbsessel, ein Tisch mit geschwungenen Füßen, die mit Gold beschlagen sind, und viele andere kunstreiche Gegenstände ergänzen die Einrichtung. In den Körben an den Wänden und in den rechteckigen Truhen aus geflochtenem Schilfrohr werden gewebte Stoffe, Leinen und Baumwolle, aufbewahrt. Das Gewebe war schon damals von einer Feinheit, wie es auch unsere modernen Maschinen nicht besser könnten. Darin waren die alten Ägypter Meister. Sie benutzten bereits webstuhlähnliche niedrige Stühle mit horizontaler Kette.

Überhaupt blühte das Handwerk. In der Stadt sehen wir Tischler, Goldschmiede oder Weber. Die Menschen haben sich schon weit vom einfachen Fell und Schurz entfernt. Ihre Möbel, der Hausrat und Schmuck erzählen von einem verfeinerten Lebensstil. Die Goldschmiedearbeiten bezeugen eine vollendete Technik und den Schönheitssinn der Juweliere.

Und nicht zuletzt ist auch das wichtig: der Beginn der Hygiene, der Beginn einer intimen, bereits recht komfortablen Installation. Hinter einer Öffnung mit einer Holztür, die sich in einem Pfosten drehte, verbargen sich der Abtritt oder die Latrine. Die Nomaden hatten sich noch außerhalb ihrer Lager ein Loch ausgehoben, sich darüber gekauert und es später zugescharrt. In diesen Häusern kannte und benutzte man bereits eine einfache Wasserspülung. Ein kleiner Kanal oder ein Abflussrohr führte zur Außengosse.

Auf der Straße tönt Pferdegetrappel

Die Stadt ist in blendendes Licht getaucht. Nach der schattigen Kühle des Hauses fühlen wir den Anprall der Hitze. Lärm, Tiergeblök, Gauklerquarren; eine Sinfonie von Gerüchen: Schweiß, der Dunst aus Fellen, der Dung der Rinder, Schafe, Ziegen, Esel und Schweine.

Dazu Blütenduft und Weihrauch, die Wohlgerüche von Salben und Rosenöl schlagen uns entgegen. Die breite Straße ist gesäumt von wohlgewachsenen Bäumen. Sykomoren, Dornakazien, Dattelpalmen, Feigen und Granatapfelbäumen. Sie stehen vor den lichtweiß und hellfarbig bemalten Kastenhäusern mit Zinnenmauern. Teilweise verdecken sie die Torbauten, die Eingänge in Seitenwege und die Ziegelbänke und spenden Schatten.

Die meisten Häuser bestehen auch hier aus Lehmziegeln, die aus Nilschlamm geformt werden. Steine sind für den Hausbau zu kostspielig, nur Könige und Priester können sich diesen Luxus leisten. Selbst die Adligen überlassen das beste Baumaterial den Tempeln. Daher sind keine altägyptischen Wohngebäude erhalten geblieben.

Aber viele Häuser der Wohlhabenden schmückten sich mit fein geschnitzten Portalen, dekorativen Holzarbeiten und kunstvollem Gitterwerk. Sie besitzen ein Dach, das mit den zähen und biegsamen Stämmen der Palmen verstärkt wird. Gewöhnlich werden Haus und Hof von einer Mauer eingeschlossen. Vom Hof führen Stufen auf das Dach und in die höher gelegenen Wohnräume.

Alle Reichen besitzen sorgfältig gepflegte Privatgärten, in allen Städten gibt es öffentliche Anlagen für die Armen, und fast jedes Haus hat seinen Blumenschmuck.

Pferdegetrappel tönt, Räder rollen, dazu kommt das fast lautlose Laufen der barfüßigen Menschen, dazwischen ein Chor vielstimmiger Rufe. Wagen fahren durch die Straßen, keuchende Warnrufe gehen ihnen voraus, pompös ausstaffierte Fächerträger laufen nebenher und fächeln den vornehmen Insassen erfrischende Luft zu.

Schaut euch das zierliche, schön gewachsene Mädchen an, das seinen schmalen Oberkörper mit den kleinen Brüsten nicht verdeckt und nur reichen, bunten Schmuck um den Hals trägt. Das Mädchen hat seine Brauen schwarz gefärbt, die Augen grün-blau untermalt, hennarot sind seine Fingernägel. Ihr Haar, von dem die Enden eines bunten Bandes herabhängen, ist kurz geschnitten. Sie bleibt stehen in ihrem Röckchen aus hauchdünnem Gewebe, das sich wie ein Glasschleier über ihre schlanken Schenkel legt. Sie wirkt modisch und bunt: Mode, die den natürlichen Reiz der Nacktheit verdeckt – oder auch steigert –, könnte man sagen.

Das Rad – die genialste Erfindung

Hier müsste uns nun etwas auffallen, was von elementarer Bedeutung ist, nämlich die Wagen, oder genauer, die Voraussetzung dafür, dass man Wagen bauen konnte – das Rad. Nachdem man gelernt hatte, Feuer zu entzünden, war das Rad die erste große mechanische Erfindung. Wo man es zuerst verwendete, weiß man nicht genau, vermutlich kam es aus Sumer oder Mesopotamien, aber auch in Ägypten kannte man es schon lange; da rollten Räder auf den Wüstenpisten von einer Siedlung zur anderen und in den Straßen der Städte. Man transportierte Statuen von Gottheiten bei Prozessionen, und die Reichen liebten es, sich im Wagen fahren zu lassen. Wie weit reichend die Folgen dieser Erfindung – oder Entdeckung – waren, weiß jeder. Sie hat das Transportwesen und das Reisen revolutioniert, bis in unsere Tage. Wir könnten ohne Rad nicht mehr leben, es gäbe kein Auto, keine Eisenbahn. Und wie bei allen genialen Erfindungen stellt sich einem auch hier die Frage, wie man darauf gekommen ist.

Möglich, dass man beobachtet hat, wie Steine rollten, vielleicht auch Baumstämme. Man kannte auch bereits drehbare Töpferscheiben. Zuerst verwendete man das Rad an Karren, um schwere Gegenstände zu transportieren.

Die ersten Räder waren aus einfachen Brettern, die rund gesägt wurden, meist aus zwei oder drei Segmenten, die durch hölzerne oder bronzene Klammern oder auch durch Schnüre zusammengehalten wurden. Die leichteren, eleganteren Speichen erfand man erst später, als man Streitwagen baute. Diese wurden wahrscheinlich von den Hyskos in Ägypten eingeführt, einem vorderasiatischen Volksstamm, der Ägypten in pferdebespannten, einachsigen Streitwagen eroberte, etwa 1600 Jahre vor der Zeitwende. Damit gelang ein Überraschungserfolg.

Und noch etwas Bemerkenswertes gibt es. Etwa 4000 Jahre vor unserer Zeitrechnung trat das Pferd als neues Zugtier in Erscheinung, nach dem Ochsen und dem Esel. Damals muss es – zunächst in Südrussland – gelungen sein, Pferde mit Fallen einzufangen, und etwas später sogar, sie zu züchten. Zunächst dienten sie als Nahrungsquelle für Fleisch und Stutenmilch. Aus dem Leder, den Mähnen und Schweifhaaren wurden Zelte, Schuhe, Kleider, Decken, Kissen und vieles andere hergestellt. Nach und nach verwendete man Pferde auch als Zugtiere, hier, in Ägypten, zuerst nur für die prächtigen Fahrzeuge bei königlichen Paraden. Etwa 1000 vor Christus begann man Pferde zu züchten, die sich reiten ließen. Dass man auf Pferden reiten konnte, war eine großartige Entdeckung, die den Menschen einen ungeheuren Zuwachs an Macht verlieh. Der Reiter war nicht nur viel größer, er war auch viel stärker und schneller als jemand zu Fuß, Läufer, Nachrichtenübermittler, Reisender, Soldat.

Mit dem Pferd begann eine neue Epoche der Menschengeschichte – und mit dem Kamel, das für die Wüste noch wichtiger war. Das Kamel bedeutete hier eine noch größere Revolution der Beförderungsmöglichkeiten als das Pferd. Denn nur mit Kamelen konnten die weiten Wüstenstriche, die zwischen den verstreuten Siedlungen lagen, überhaupt überwunden werden.

Ein kleiner Platz tut sich nun vor uns auf, in dessen Mitte ein riesiger brauner Obelisk steht mit einer goldenen Spitze, die in der Sonne funkelt. Händler sind mit ihren Karawanen in die Stadt gekommen, handeln und feilschen mit ihren Kunden, wobei der Tauschwert der Waren in Silber oder Kupfergewichten ausgedrückt wird. Es gibt Gefäße mit farbigen, fettigen Schminken und Salben, kleine Zangen und Löffel aus Kuhhorn, Töpfe mit Honig, Säckchen mit Würzzwiebeln, vom Land Speisen und Wein in Krügen, es gibt Balsam und Weihrauchharze, Labdanum, Lampen, Myrre und zu kleinen Pyramiden aufgetürmtes Fladenbrot.

Daneben stehen Stallknechte, Gartenpfleger, Träger mit Krügen voll Wasser oder Bier in Gefäßen mit hölzernem Deckel zum Schutz vor den Insekten, besonders vor den lästigen Schmeißfliegen.

Der Sitz Pharaos

Alle Städte bargen unermessliche Mengen von Waren. Kupfer und Gold aus den Gebirgen trugen zum Reichtum der Königshäuser bei, während Heere von Sklaven in den Küchen und Webkammern schufteten.

In Ägypten setzte man seit etwa 3000 vor der Zeitwende Arbeitssklaven im großen Stil ein. Zunächst waren es verschleppte und kriegsgefangene Nubier, Libyer und Mesopotamier, schließlich auch verarmte Ägypter, so genannte Schuldsklaven.

Die Sklaverei liegt wie ein Schatten auf den alten Kulturen. Doch davon abgesehen ist diese Stadt eine der schönsten der Alten Welt, schimmernd von Gold, ja, Gold gab es in Fülle. Der Name der Stadt allerdings spielt so wenig eine Rolle wie das Jahrhundert. Wir könnten uns in der Stadt Theben befinden, dem heutigen Luxor, genauso wie in Memphis, das untergegangen ist. Die hier im Evo-Park aufgebaute Stadt ist ein Kaleidoskop Ägyptens und seiner Epochen. Natürlich gab es Unterschiede, aber die Veränderungen im alten Ägypten, die Veränderungen der Sitten, des Handwerks, der Moden waren so gering, gemessen an der ungeheuren Zeitspanne, die diese Kultur umfasst, dass sie für uns Heutige kaum ins Gewicht fallen. Jedenfalls ist es eine Stadt voll prächtiger Häuser in gepflegten Gärten; eine Stadt mit Lehmziegelhäusern, durch deren gewundene und enge Gassen sich das Volk drängt, nicht nur die hier geborenen Ägypter, sondern eben auch dunkelhäutige Nubier, Männer aus Libyen, aus Palästina und Babylon – darunter ranghohe Zwerge, Betreuer von Haustieren und Spaßmacher. Diese Stadt ist das Zentrum der kultivierten Welt, der Sitz Pharaos, des Gottkönigs, seiner hohen und höchsten Beamten, Wesire, Schreiber, Milizen, Schatzmeister, Stallvorsteher, Söldner – und der Sklaven.

Eselkarawanen bringen Waren aus Assiut, Abydos und Elephantine, sie liefern Kleider und Gefäße in alle Richtungen. Auf den Märkten wird nicht nur Gemüse angeboten, Lattich und Zwiebeln, Feigen und Öl, Fische und Brot – wie ihr seht, halten die Handwerker Sandalen und Leinwand,

Kopfstützen und Betten, Stühle und Stöcke, Fächer und Schmuckstücke feil, dazu Bronzespiegel, Schminkgefäße und Salbenlöffel aus Holz, Stein und Elfenbein in den fantasievollsten Formen.

Prächtig sind die Türme und Pylonen, die gepflasterten Alleen, die von zahllosen Statuen, Götter- und Pharaonenstandbildern gesäumt werden. Rot leuchten die mit Farbe bemalten Königsfiguren.

Von dieser Stadt wird sich nichts bis in unsere Zeit erhalten, nichts vom Bezirk der Vornehmen, deren Häuser mit ihren Fronten auf die Straßen blicken. Hier leben die hohen Beamten, die Würdenträger, die Schreiber, die Wohlhabenden, hier haben sie ihre Gärten, die sie sorgfältig pflegen und bewässern lassen. Die neun Meter breite Straße führt zum Königspalast und zu den Tempeln der Götter Amun und Re.

Wie ist die Entwicklung denn abgelaufen? Vor etwa siebentausend Jahren ging die Jungsteinzeit in die Kupferzeit über, darauf folgten ab 2000 vor Christus die ersten ägyptischen Reiche, dann die großen Reiche der Gaufürsten, später die der Pharaonen, dazu die Zwischenzeiten. Von Beginn an konnte sich die ägyptische Kultur ungestört von äußeren Feinden entwickeln, denn an den Grenzen lebten nur Nomaden, die nie gefährlich wurden – bis Ägypten 30 vor Christus zum Kronland Roms wurde, 296 nach Christus römische Provinz und endlich 395 an Ostrom fiel. Also fast 5400 Jahre – kaum vorstellbar.

Was sind die 1600 Jahre abendländischer Kulturgeschichte seit dem Untergang des Römischen Reiches dagegen!

Das Geschenk des Nils

Die Menschen müssen damals die Zeit als unendlich empfunden haben. Sie wussten nichts von der Entstehung des Kosmos, von der Entwicklung des Lebens. War es nicht immer so gewesen, wie sie es gerade vor sich sahen? So würde es auch in der Zukunft sein – immer, bis ans Ende der Welt. Ist das nicht ein paradiesischer Zustand?

Ja, das alte Ägypten kam vielleicht, trotz vieler Schattenseiten, die es selbstverständlich auch gab, dem Paradies wirklich nahe. Es demonstriert uns noch heute, was der Mensch sein könnte, wenn er nicht ums Überleben kämpfen muss, denn die altägyptische Kultur war ja ein Ergebnis der Fruchtbarkeit des Stromlandes. Man kannte selten Hunger, es gab keinen Frost, nie graue Regentage, nur Sonne, Sonne. Mehrmals im Jahr schenkte die Natur den reichsten Segen. So hatte der Mensch auch Muße für künstlerische Bedürfnisse, für Gedanken, für Fantasie. Dazu kam, dass er sich von der Wüste umringt sah. Mit ihrer tödlichen Dürre zeigte sie ihm, dass sein Land ihr lebensprühender Gegenpol war – eine fruchtbare, reiche, eine begnadete Welt!

Freilich, das betraf vor allem die herrschende, wohlhabende Bürgerschicht. Der einfache Fellache, der Bauer, hatte ein hartes Leben. Zwar standen Jahr für Jahr Weizen, Gerste, Klee, Flachs und Baumwolle für die Ernte bereit. Jahr für Jahr, zwischen Juli und November, überschwemmte der Nil das Land und brachte den fruchtbaren Schlamm. Dann standen die Felder, von Bewässerungskanälen durchkreuzt, unter Wasser.

Die Überschwemmungen begannen um die Sommersonnenwende und dauerten an die hundert Tage. Gewiss, sie machten die Wüste fruchtbar und Ägypten blühte – nach dem Ausspruch des ersten Geschichtsschreibers der Welt, Herodot – als das Geschenk des Nils. Deshalb entfaltete sich hier die menschliche Kultur auf so wunderbare Weise.

Aber Ägypten war von diesem Strom und seinem Steigen auch ganz abhängig. Die Fellachen arbeiteten bis zur Erschöpfung. Diese Bauern hatten kein leichtes und auch kein langes Leben. Sie wussten, obgleich sie den Nutzen der Überschwemmungen kannten, dass diese ohne Kontrolle die Felder ebenso gut zerstören wie bewässern konnten. So bauten sie schon sehr früh Dämme und sammelten den Wasserüberschuss in Kanälen. Und obwohl der Reichtum des Landes eigentlich doch nur auf ihrer Feldarbeit beruhte, wurden sie auch noch dazu gezwungen, während der Monate, in denen das Land nicht bestellt werden konnte, an den Bauten der Pharaonen Fronarbeit zu leisten. Dafür bekamen sie keine Entlohnung. Sie hoben Kanäle aus, bauten Straßen oder schleppten große Steine und Obelisken für die Pyramiden, Tempel und Paläste heran. Viele gingen elend zu Grunde, auch konnten sie sich von dem Brot und den Zwiebeln, die sie erhielten, nicht immer bei Kräften halten und vor Seuchen bewahren. Vor allem waren sie machtlos gegen die Bilharziose, die tropische Wurminfektion, die häufig zum Tod führte. Die Schnecken, die sie übertrugen, bevölkerten die Bewässerungskanäle und den Nil.

Zudem wird die Vorstellung von Ägypten als Paradies auch eingeschränkt durch die Tatsache, dass es Sklaven gab,

Gefangene aus Kriegen. Es wurden auch Streifzüge nur zum Sklavenfang unternommen. Schweren Herzens mögen die Gefangenen, zu denen auch Frauen und Kinder gehörten, dieses Land ihrer Knechtschaft betreten haben, das uns eben noch so wunderbar erschien, die Hände hinter dem Rücken oder über dem Kopf zusammengebunden, manche in roh gezimmerten Handschellen, ein schreckliches Los.

Doch will ich noch etwas anderes erzählen. Dem Fallen und Steigen des Nils verdanken wir nämlich unseren Kalender, denn man brauchte zuverlässige Informationen über den Zeitpunkt, wann man das Getreide säen musste. Wann der erste Kalender erstellt wurde, ist nicht genau bekannt, es kann bereits 4000 Jahre vor unserer Zeitrechnung gewesen sein, vielleicht aber auch erst rund 2500 Jahre später.

Jedenfalls ist der ägyptische Kalender der erste, der auf 365 Tagen basiert, er kennt zwölf Monate zu je dreißig Tagen und fünf Feiertage, beginnend mit dem Tag, an dem der Stern Sirius – der Hundsstern – gleichzeitig mit der Morgensonne aufgeht, was in der Regel mit der alljährlichen Überschwemmung des Nils zusammenfiel. Man führte also eine nüchterne Zeitmessung ein, mithilfe von Wasser- und Sonnenuhren. Wir kennen auch Hinweise auf die Vorhersage von Sonnenfinsternissen, Schritte in Richtung auf eine wissenschaftlich betriebene Sternkunde. Neben dem Sonnenaufgang war es der Anfang eines jeden Jahres, der die Welt immer wieder erneuerte. »Jahr« bedeutet »Das sich Verjüngende«, das an jedem Neujahrstag aufs Neue beginnt. Der Anfangstag des Jahres galt den Ägyptern als Geburtstag des Sonnengottes Re und als »Anfang der Zeit«, als eine Wiederkehr der Schöpfung. Ebenso bedeutete aber auch jede Thronbesteigung eines Pharao den Anbruch einer neuen Zeit. Also, man kann nicht vom Kalender sprechen, ohne das alte Ägypten zu erwähnen. Ihr Sonnenjahr hat sich im Abendland durchgesetzt, auch wir rechnen damit. Man berechnete es damals allerdings, wie gesagt, noch mit zwölf gleich langen Monaten und fünf Zusatztagen. Die Differenz von rund einem Vierteltag gegenüber der wahren, der astronomischen Jahreslänge nahm man zu Gunsten einer klaren Gliederung in Kauf – auch der spätere, von Julius Cäsar eingeführte Kalender geht auf Ägypten zurück.

Doch davon später mehr.

Geblieben ist jedenfalls die altägyptische Einteilung des Tages in vierundzwanzig Stunden, zwölf für den Tag und zwölf für die Nacht. Man erfand Sonnenuhren und begann Sternkarten zu zeichnen, die vermutlich von Astrologen zur Zukunftsdeutung benutzt wurden.

Wir können uns natürlich darüber streiten, ob es sich dabei um Humbug handelte. Jedoch – aus diesem Humbug entstanden in den folgenden Jahrtausenden, Jahrhunderten die Astronomie, die uns tiefe Einblicke in den Weltraum beschert, und unsere Kenntnisse vom Ursprung allen Lebens.

Auch die Ägypter hatten bereits eine Vorstellung von einer Weltschöpfung, von ihrem Anfang und ihrer Begrenzung, auch wenn diese Grenzen sich im Unabsehbaren verlieren. Unsere moderne Kosmogonie hat deren Einsichten nicht ersetzt, sondern präzisiert. Für den Ägypter kam die Welt aus der Urfinsternis und der Urflut. Und das ist erstaunlich nahe an dem, worüber wir zu Anfang schon gesprochen haben.

In Turin wird ein Königspapyrus aufbewahrt, dessen Aufzeichnungen auf nahezu 40 000 Jahre seit der Schöpfung zurückführen sollen. Darin wird vor den historischen Königen eine »Vorgeschichte« ganzer Dynastien von Göttern und Halbgöttern angesetzt. Dieser abgeschlossenen Vergangenheit stellte man »Millionen Jahre« einer offenen Zukunft gegenüber. Also haben die Ägypter schon in enormen Zeiträumen gedacht. So erschien ihnen die Lebenszeit auf Erden wie ein flüchtiger Traum. Aber sie meinten auch, dass es nicht auf die Länge, die Quantität, sondern auf die Qualität der Zeit ankomme, nicht auf die Menge der Jahre, sondern auf ein erfülltes und sinnvolles Leben. Der Ägypter dachte, dass ein Augenblick, in dem man die Strahlen der Sonne sieht, wertvoller sei, als in Ewigkeit über die Unterwelt zu herrschen.

Ich glaube, dass hier eines der Geheimnisse der altägyptischen Kultur und ihres Zaubers liegt. Leere, ungenutzte Zeit verweht spurlos; erfüllte, gestaltete Zeit bleibt bewahrt, so dachte man. Und hatte man nicht Recht? Ist das, was von den Ägyptern überdauerte, nicht immer noch überwältigend?

Deshalb wurde man in der Amarna-Zeit des Echnaton – von der wir später sprechen werden – auch singend und mit Harfenbegleitung ermahnt, das Leben zu genießen, sich an den Dingen des Diesseits zu freuen, gerade wegen all ihrer Vergänglichkeit und Flüchtigkeit.

Paläste und Tempel, Säulengänge und Wandelhallen

Kommt mit! Ein glatt verputztes Tor, von zwei wuchtigen quadratischen Türmen eingefasst, erhebt sich über die ganze Breite der Straße. Es überragt nicht nur die Mauerkronen der Häuser, sondern auch noch die Häupter der Kolossalstatuen. Davor hängen farbige Fahnen von hohen Stangen. Sie bauschen sich im milden Wind, der feine Sandkörner aus der Wüste heranweht.

Durch so ein Tor betreten wir den Bezirk der Paläste und Tempel, Säulengänge und Wandelhallen. Dies ist die Allee, an der die Priester des Tempels wohnen, dazu zahlreiche Beamte. Hier mischt sich die klare Architektur mit dem Mauerwerk vergoldeter Paläste. Gesang und Musik erfüllen die königlichen Gemächer und jeder kleine Herr will seinen eigenen Palast haben – die Königinnen, die Prinzen, Wesire und hohen Beamten nicht weniger.

Schon früher gab es Musik und Instrumente. Der Mensch begnügte sich längst nicht mehr mit den Lauten der Natur, mit dem Gesang der Vögel, den Stimmen der Wildnis. Er ahmte nach, er musizierte selbst. Vielleicht entdeckte er zuerst, dass sich auf dem Tierhorn melodische Töne erzeugen ließen, Lockrufe, klagende Weisen. Später erfand er das Mundstück und noch später wurde das ganze Instrument aus Metall gefertigt. Bald gab es längere Instrumente mit engerer Bohrung, die viel strahlender klangen. Jedoch: All diese frühen Trompeten und Hörner hatten ihre Mängel, und vielleicht erinnerten ihre Töne eher an Eselgeschrei. Daher begnügte man sich nicht mit dem Horn, die Sumerer kannten bereits die Harfe.

Überhaupt – noch einmal die Sumerer, sie berechneten bereits die Bahnen von Sonne, Mond und den Planeten und bewahrten die Sintflutsage auf. Von ihnen sollen die zehn Gebote stammen, auch die Erfindung des Gewölbes schreiben ihnen manche Gelehrten zu, vom Rad haben wir ja schon gesprochen.

Aber zurück zur Musik. Hier in Ägypten musizierte man mit Trommeln und Rasseln, mit Harfen, Lauten und Metalltrompeten und der Leier, der kleinen Schwester der Laute. Bei Festen spielten Berufsmusiker und sangen dazu, auf vielen Reliefs sieht man tanzende Arbeiter auf den Feldern. Oft sind die Musiker auch Frauen, die Frau in Ägypten hatte überhaupt eine besondere Stellung.

O du mein schöner Freund

Die Unterdrückung der Frau, wie sie bei uns beklagt wird, gab es in vielen frühen Kulturen nicht, da galt die Frau sehr viel, so auch in Ägypten. Hier war die Frau nicht nur Herrin des Hauses; das ganze Vermögen wurde über die weiblichen Nachkommen vererbt. Viele Männer heirateten ihre Schwestern, nicht etwa, weil sie verliebt in sie waren, sondern weil sie das Familienerbe, das von der Mutter auf die Tochter kam, behalten wollten. Da die Frau eine so herausgehobene Stellung hatte, war Kindsmord, sprich Mädchenmord, in

Ägypten äußerst selten. Selbst beim Werben ergriff gewöhnlich die Frau die Initiative. Liebesgedichte und Briefe wurden meist von der Frau an den Mann gerichtet. Sie ersucht um ein Rendezvous, sie schlägt formell die Heirat vor und bittet darum. »O mein schöner Freund«, heißt es in einem Brief, »es ist mein Wunsch, als dein Weib die Herrin all deiner Besitztümer zu werden.«

Man sprach ungeniert über sexuelle Dinge, schmückte die Tempel mit Bildern und Flachreliefs von einer anatomischen Deutlichkeit, die nichts verhüllte, und versorgte die Toten mit erotischer Literatur, um sie im Grabe zu erfreuen. Die Mädchen waren schon mit zehn Jahren heiratsfähig, das Leben war ja kurz, viel kürzer als unseres, und voreheliche Enthaltsamkeit war unbekannt.

Gleich hinter diesem Tor beginnt eine breite, über hundert Meter lange Sphinx-Allee, zu deren beiden Seiten Gärten und Grünanlagen unsere Augen erfreuen. Im Gras weiden die Herden des Gottes Amun, grauweiße Flecken auf sattem Grün. Überall sind Gärtner an der Arbeit, jäten Beete, auf denen Blumen ihr Farbenschauspiel entfalten, beschneiden Hecken und wässern Platanen und Weiden.

Hinter der Allee halb liegender, halb majestätisch aufblickender Sphinx-Gestalten erhebt sich eine hohe Wand aus glatten, hellgelben Steinen, die mit sauberen, wie mit dem Lineal gezogenen Fugen aufeinander geschichtet sind. Hier sind Reliefs zu sehen, deren Tragsteine wiederum auf den ausgemeißelten Häuptern der Feinde Ägyptens, der Libyer, Araber und Nubier, ruhen, Reliefs, die von der Macht des Pharaos erzählen. Daneben ist Pharao selbst, Gott und König, dargestellt, wie er das Kinn einer graziösen Dame streichelt, umgeben von all seinen Favoritinnen. Da wird auch die Geschichte lebendig, Siege über die Libyer, Schlachten gegen die Beduinen, Flüchtlinge, das Abholzen der Zedern für den Pharao, Triumphzüge, Priester mit Blumensträußen.

An dieser Wand steht, nur wenige Schritte weiter, ein Gerüst, auf dem Steinmetze Figuren oder Zeichen aus dem Stein schlagen, die sowohl Blumen als auch Tiere oder auch nur dekorativer Schmuck sein können.

Hieroglyphen – Heilige Eingrabungen

Es wird nun Zeit, dass wir von der Erfindung der Schrift sprechen, auch wenn die Ägypter sicher nicht die Ersten waren, die eine Schrift entwickelten. Ich habe ja schon von den Sumerern erzählt, dass sie sich schriftlich mitteilten, indem sie mit Nägeln Schriftzeichen in Tontäfelchen ritzten. Jeder wird mir sicher zustimmen, dass es nicht so sehr darauf ankommt, wer als Erster die Möglichkeit herausgefunden hat, sich schriftlich mitzuteilen, ob es nun die Altägypter waren oder die Mesopotamier, die Kreter, die Maya oder die Chinesen. Da die Chinesen, die Maya und die Ägypter in dieser frühen Zeit der Menschheit kaum Kenntnis voneinander gehabt haben dürften, können wir sagen, dass die Fähigkeit des Schreibens an vielen Orten der Erde unabhängig voneinander entwickelt wurde. Die Keilschrift jedenfalls geht bis ins Jahr 2500 vor Christus zurück und wurde bis ins letzte vorchristliche Jahrhundert verwendet.

Hier also entstanden die Hieroglyphen.

Das Schreiben ist ja etwas Besonderes. Durch Schreiben können wir Gedanken festhalten und sie an andere Menschen weitergeben, unbeschränkt, über Zeiten und Räume hinweg. Nur mit der Schrift ist Fortentwicklung möglich. Die Schrift ist es vor allem, die die Menschen zu einzigartigen Geschöpfen gemacht hat.

Deshalb ist auch die Bezeichnung »Hieroglyphen« so sinnvoll und schön, denn sie bedeutet »Heilige Eingrabungen«. Schriftkundige erstellten die Texte, Bildhauer und Maler übertrugen sie auf den Stein.

Doch zunächst etwas anderes.

Rezepte zwischen Medizin und Magie

In Ägypten erleben wir auch einen Beginn der Medizin. Beschwörungen, Amulette, Zauber, all das gab es schon früher. Aber jetzt treten neue Erfahrungen und Kenntnisse hinzu, auch wenn man auf die alten Riten noch nicht verzichten will. Denn ein ägyptischer Arzt ist immer auch ein Zauberer, freundlicher ausgedrückt, ein Seelenarzt, der versucht, den Dämon einer Krankheit zu bannen, indem er für seine Therapie Heilmittel, Amulette und Zaubersprüche kombiniert. Magie soll die tieferen Ursachen einer Krankheit bekämpfen. Wir würden das heute vielleicht Psychotherapie – oder psychosomatische Medizin nennen.

Magische Methoden haben auch in unseren Tagen wieder Hochkonjunktur. Ja, zu allen Zeiten gab es Quacksalber, Wunderheiler, Beschwörer, Handaufleger! Und es wird sie wohl bis zum Ende der Menschheit geben, denn der Wunderglaube stirbt nie aus. Für den Ägypter jedenfalls war die Welt von Zauberkräften erfüllt, denen sich keiner entziehen konnte. So heißt es zum Beispiel in vielen Überlieferungen, dass Jesus bei ägyptischen Zauberern gelernt habe und ihnen seine Wunderkräfte verdanke.

Schaut euch das an! Eine Gruppe von Menschen ist um eine niedrige Steinbank versammelt, auf der ein junges Mädchen liegt. Es ist bis auf ein weißes Leinenröckchen unbekleidet.

Vor dem Mädchen, das die Augen geschlossen hat, steht ein Priester, der zum Zeichen seiner Würde ein Leopardenfell trägt. Er legt ihr ein Stück Leinen über die Brust und breitet darauf bunte Amulette aus. Auf dem einfachen Tisch neben ihm stehen Töpfe mit Stößeln und irdene Schalen. Er bindet dem Mädchen eine magische Schnur um die Stirn und betet Zaubersprüche, die den bösen Geist aus ihrem Körper vertreiben sollen.

Im alten Ägypten waren die Priester die Ärzte. Vielleicht kennt ihr den Namen des berühmtesten, Imhotep, der auch der Architekt einer Stufenpyramide des Pharao Djoser gewesen ist. Er wurde in Ägypten als Gott der Heilkunst verehrt. Aber trotz aller Magie – das Neue an den ägyptischen Ärzten war, dass sie durch das Präparieren der Verstorbenen, bei der Einbalsamierung der Mumien, die Anatomie des menschlichen Körpers kennen lernten, so wie es vorher noch nie der Fall gewesen war. Sie wussten, wo die Organe liegen, sie kannten das Gehirn, den Magen, die Leber und die Nieren, sie wussten, dass das Blut vom Herzen durch die Adern gepumpt wird und dass der Puls den Herzschlag anzeigt. Im christlichen Mittelalter, das wissen wir ja, waren all diese Kenntnisse verloren, sogar verboten.

Die alten Ägypter heilten auch Knochenbrüche und Wunden – und nicht nur durch Zauber. Oft veranstalteten sie den Zauber sogar mehr aus psychologischen Gründen, weil ihre Patienten und deren Angehörige das von ihnen erwarteten. Sie waren viel pragmatischer als jene. Das beste Beispiel ist, dass sie verschimmeltes Brot auf offene Wunden legten. Wir wissen heute, dass Schimmel Penizillin produziert. Ein ägyptisches Rezept empfahl bei einer Augenbrauenverletzung, die bis auf den Knochen reicht, die Wunde sorgfältig abzutasten, danach zu nähen, frisches Fleisch auf die Wunde zu binden und sie täglich mit Fett und Honig zu bestreichen, bis der Patient geheilt war. Sie gaben Rhizinusöl als Abführmittel, verwendeten Mohnsäfte, um Schmerzen zu lindern, und sorgten dafür, dass die zahllosen von Menschen, die beim Pyramidenbau beschäftigt waren, reichlich Knoblauch und Zwiebeln bekamen, da diese Gemüsesorten epidemischen Krankheiten vorbeugten. Ihren reichen Patienten mischten sie die Medikamente gern in Wein oder Bier, weil Alkohol, wenn auch nur vorübergehend, Wohlbefinden erzeugt.

Sie gewannen ihre Medikamente aus Pflanzen. Oder sie verordneten eine schonende Kost, Fastenkuren, aber auch Massagen und Hypnose. Ja, diese Ärzte führten sogar Operationen durch. Misslangen diese, konnten sie bestraft werden, im Extremfall verloren sie sogar ihr Leben, ein nach unseren Vorstellungen furchtbarer Gedanke. Vielleicht war er zuweilen aber auch sinnvoll, denn er verhütete den allzu leichtfertigen Umgang mit dem Messer.

Wie auch immer, die Chirurgie war nicht nur bekannt, sie war auch gut entwickelt, Transplantation und Zahnersatz sind durch den Befund an Mumien belegt.

Von keinem alten Volk der Welt wissen wir mehr als von den Ägyptern, durch ihre Toten und deren Gräber. Wir kennen Fälle klinischer Chirurgie, etwa waren Schädelbrüche und Rückenverletzungen behandelt worden. Außerdem wissen wir, dass in Ägypten schon früh Verhütungsmittel eingeführt wurden; man hatte medizinische Papyri, in denen die Krankheiten nach ihren Symptomen geordnet wurden, beim Kopf beginnend, und sie wurden nicht nur beschrieben, es wurden auch Therapien vorgeschlagen.

Manche Ärzte waren Geburtshelfer, andere behandelten ausschließlich Magen- und Darmleiden oder waren Augenspezialisten. Außerdem erwartete der Ägypter von seinem Arzt, dass er kosmetische Artikel zum Haarefärben, zur Hautpflege und zum Vertreiben von Flöhen besorgte. Sein Arzt trat den Krankheiten mit einem reichhaltigen Arzneibuch entgegen. Ein bekannter Papyrus der Arzneikunde zählt siebenhundert Heilmittel für alle möglichen Krankheiten auf, vom Schlangenbiss bis zum Kindbettfieber – wenn auch schwankend zwischen Medizin und Magie.

Den Kranken wurde fast alles zugemutet: Eidechsenblut, Schweinsohren und Eberzähne, faules Fleisch und ranziges Fett, Schildkrötenhirn, die Milch von Wöchnerinnen, der Urin einer keuschen Frau, der Kot von Menschen, Eseln, Hunden, Löwen, Katzen und Läusen. Die Kahlköpfigkeit behandelte man durch Einreiben mit Tierfett. Ähnlich schreckliche Methoden wie im Mittelalter.

Aber einige dieser »Heilmethoden« vererbten sich von den Ägyptern auf die Griechen, von den Griechen auf die Römer und von diesen über das Mittelalter bis in unsere Tage!

Also schlucken wir vielleicht vertrauensvoll die sonderbarsten Mixturen, wie sie vor viertausend Jahren an den Ufern des Nils gebraut wurden, obwohl die ägyptischen Priesterärzte auch vernünftige Therapien anwendeten.

Dennoch wurden die Ägypter nicht sehr alt. Die durchschnittliche Lebensdauer betrug etwa 25 bis 35 Jahre. Die Kindersterblichkeit war sehr hoch. Für eine Generation rechnete der Ägypter 30 Jahre – danach sollte ein regierender König einem neuen Platz machen. Besonders gefährdet waren die ersten Lebensjahrzehnte, mancher erreichte jedoch auch ein recht hohes Alter. Mehrere Pharaonen haben ja über 50 Jahre regiert, Ramses II. starb sogar erst in seinem 67. Regierungsjahr, ein anderer, weniger bekannter, nämlich Pepi II., regierte angeblich sogar 94 Jahre.

Doch folgt mir, wir wollen uns nun dem Tempel zuwenden. Er ist die Heimstatt aller Götter Ägyptens, die eine beherrschende Rolle gespielt haben – neben dem Pharao, der ja auch göttlichen Rang bekleidete. Alles und jedes, ihren ganzen Lebenslauf, schrieben die Ägypter ihren Göttern zu. Die Götter waren verantwortlich für das Anschwellen des Nils und die fruchtbare Überflutung der Felder, ebenso wie für das Ausbleiben des Hochwassers. Die Ägypter hatten Götter für den Kosmos, den Sonnengott Re und den Erdgott Geb, aber auch Götter für die Wissenschaft – wie Thoth – oder eine Göttin für die Liebe, die schöne Hathor. Osiris war der Herrscher des Totenreiches, während Isis als vergöttlichte Macht des Thrones galt.

Aber in Sargtexten fand man ein Zitat, das als älteste Formulierung einer Dreieinigkeit gedeutet wurde. Danach soll der Urgott Atum die beiden Götter Schu und Tefnut in Heliopolis geboren haben, als er Einer war und zu Dreien wurde – die einfache Formel dafür, dass aus der Einheit eine Vielheit hervorging. Es gab also schon einen Monotheismus bei den alten Ägyptern, und das wird wichtig, wenn wir uns mit dem Pharao Echnaton beschäftigen. Mehr noch, es gab eine Art Urmonotheismus, wonach alles Göttliche am Anfang Eines war und zu Vielem wurde, als ein Werk des Einen.

Amun-Re, der Sonnengott

Was sich uns nun darbietet, beeindruckt allein schon durch seine Ausdehnung. Wieder erhebt sich vor uns ein mächtiger Pylon, auch hier drängen sich die Menschen, Gesunde und Kranke, die Heilung suchen, Bettler, Blinde, Grindige und Triefäugige. Die meisten, wenn sie nicht am Stock oder an Krücken gehen, lachen und schwatzen, von weihevoller Ehrfurcht ist nichts zu spüren.

Wir stehen vor einem der Wunder der Alten Welt. Das hier ist nicht lediglich ein Tempel, sondern eine Tempelstadt, Amuns Reich, Amuns Heiligtum und Wohnung.

Folgt mir, der Weg führt entlang an einer Allee, die von

steinernen Widdern gesäumt wird, vorbei an einem dunklen Horusfalken mit hochmütig-rätselhaftem Gesicht.

Hier wurden immer wieder neue Tempel und Säulenhallen hinzugebaut, sodass der Bau durch die Jahrhunderte gewachsen ist wie ein lebendiges Gebilde. Hier wirkt ein Heer von Priestern, die gleichzeitig als Stellvertreter des Königs gelten. Es gibt die niedere Priesterschaft bis hinauf zu den Hohepriestern, die man Erste Propheten oder Türöffner des Himmels nennt. Es gibt auch andere fantasievolle Namen: »Größter der Schauenden«, »Der den Großen schaut«, »Oberster Leiter der Handwerker« oder »König, geliebter Sohn«. Dazu kommen die Vorlesepriester, die Sänger und Musikanten und viele Bedienstete, nicht zu vergessen die Frauen, die »Gottesgemahlinnen des Amun«, die Sängerinnen und Musikantinnen im Tempeldienst und die Mädchen, die dem Harem des Gottes angehören und ihm demütig dienen.

Die männlichen Gottesdiener, die uns entgegenschreiten, sind bartlos und haben glatt rasierte Schädel, sie tragen knappe Schurze und – als Zeichen ihres Ranges – auf dem Kopf Lotusblätter oder balsamierte Tierköpfe.

Lasst uns durch diesen Pylon gehen. Sein Dach besteht aus verziertem Zedernholz. Wir kommen in einen Hof mit riesigen Säulen; hier ist es wie in einem Wald mit urmächtigen Stämmen.

Alles hier ist dem Himmel geöffnet. Man findet in Ägypten keine Säule, die dazu gedacht war, etwas zu tragen. Auch dieser Raum des Tempels von Karnak hat nur den Himmel als Dach. Am Tag scheint die Sonne hinein, Amun-Re, oder auch einfach Re genannt, der Sonnengott, den der Pharao Echnaton für kurze Zeit zum einzigen Gott Aton erhob und dem er die erste große religiöse Dichtung der Menschheit widmete, seinen Sonnengesang. Dieser beginnt mit den Worten: »Du erscheinst schön im Horizonte des Himmels, du lebende Sonne, die zuerst lebte.«

Echnaton fährt fort: »Wie mannigfaltig sind deine Werke, der Mensch kann sie nicht durchschauen, o Sonnengott, du Unvergleichlicher, du hast die Erde nach deinem Wunsch erschaffen.« Allerdings gab es schon Sonnenhymnen vor Echnaton. Aber indem Echnaton alles allein auf den Tagesstern ausrichtete, erhöhte er zugleich sich selbst, denn alle Pharaonen der 18. Dynastie verstanden sich als Sonnenkönige. Dieser Glaube, als Staatsreligion, steigerte ihren göttlichen Status noch weiter. Er löschte den Glanz der übrigen Gottheiten aus.

Manche Forscher nehmen an, dass sich aus Aton der Name des jüdischen Gottes Jahwe bildete, der ja auch der christliche Gottvater ist. Übrigens hat man auch festgestellt, dass dieses »Hohe Lied« der Amarna-Religion seine Spuren auch im 104. Psalm des Alten Testaments hinterlassen hat.

Religionsstifter auf dem Thron

In Amenophis IV., dem Pharao, der sich später Echnaton nannte, sieht man den größten Religionsstifter und Philosophen auf dem Königsthron. In einem religiösen Text, dem »Buch von den Pforten des Jenseits«, das wohl in seiner Jugendzeit verfasst wurde, treten noch über tausend göttliche Wesen auf. Die Ägypter dachten, dass sie all diese Götter brauchten, Amenophis IV. aber war nicht ihrer Meinung. Er verbannte nach und nach alle Götter. Zum ersten Mal in der Geschichte der Menschheit entstand ein Glaube, der nur noch einen einzigen Gott anerkannte.

Man bezeichnet Echnaton daher auch als den Schöpfer des Monotheismus. Doch sollten wir differenzieren. Echnaton verehrte die Sonne, ein reales, sichtbares Objekt, das so erkennbar alles entstehen, wachsen und gedeihen ließ. Wie bei den anderen monotheistischen Religionen, so verschieden sie auch sein mögen, finden wir auch Echnaton als Religionsstifter, der den einzigen, wahren Gott verkündet. Von den drei großen monotheistischen Religionen, dem Judentum, dem Christentum und dem Islam, unterscheidet sich Echnatons Glaube aber dadurch, dass Aton eben kein unsichtbares, geheimnisvoll-geistiges Wesen war, kein transzendenter Weltschöpfer, sondern sichtbar-flammende Materie. Die drei oben genannten Weltreligionen erdachten unsichtbare Götter, die nicht nur den Menschen und die Natur, sondern auch Sonne und Firmament erschaffen haben sollen. Und die Erschaffung dieser unsichtbaren Götter können wir als geistig-schöpferische Leistung des Menschen sehen.

Im Gegensatz zum wohlwollenden Sonnengott der Ägypter schufen sich die Juden mit Jahwe allerdings einen Schöpfer der Rache, der Grausamkeit und strenger Gesetze.

Doch wie entstehen überhaupt Religionen? Vielleicht geben sie Antworten auf Fragen, für die man sonst keine Lösung findet. Uns Menschen ist die völlige Gleichgültigkeit der kosmischen Kräfte an unserem Schicksal unerträglich. Das korrigiert der Glaube – scheinbar.

Dabei sind alle Götter irrational, sie sind nur Erfindungen des Menschen – und auch wieder nicht. Denn was ist Realität? Wir kennen die Wahrheit nicht. Wenn jeder Glaube eine irrationale Welt erschafft, dann schafft er damit auch eine Hülle, in der wir Menschen geborgen leben, ohne die wir unsere Wirklichkeit oft nicht ertragen könnten.

Schließlich, und nicht zuletzt, gibt es auch eine Verbindung zwischen dem Glauben an Gott und dem Wissen von der Unentrinnbarkeit des Todes. Eine Heilserwartung kann ein ganzes Leben lang glücklich machen, selbst wenn sie der Vernunft widerspricht, von der heute auch die Religionen auf den Prüfstand der Naturwissenschaft gestellt werden.

Jedoch – zurück zu Echnaton. Er entgötterte die Religion seiner Zeit. Im Gegensatz zu der Toleranz, die das polytheistische Ägypten gegenüber fremden Göttern geübt hatte, war sein Glaube so unduldsam, so fundamentalistisch, wie es später auch die großen monotheistischen Religionen wurden – und bis in unsere Tage sind. Er duldete keinen anderen Gott neben Aton. Nachdem er den Namen Amun in Aton geändert hatte, ließ er die Tempel aller anderen Götter schließen. Um ihr Andenken vollständig zu tilgen, setzte eine erbarmungslose Verfolgung ein. Kolonnen von Steinmetzen hackten sogar im fernen Nubien die Abbilder des verhassten Amun aus.

Vor allem hier – im Tempel von Karnak – wurde Amuns Name zerstört, sogar auf den Spitzen der Obelisken wurde er ausgemerzt. Und nicht nur sein Name, nicht einmal den Plural »die Götter« durfte man noch benutzen.

Vielleicht kam so die Intoleranz in die Welt. Dann ist der Fluch des Monotheismus größer als sein Segen!

Freilich hatten Echnatons Ideen Vorläufer. Schon lange war daran gedacht worden, den übermäßig bevölkerten Götterhimmel, der die ganze Welt, das ganze Leben, Geburt, Tod, Geist, Sexualität, Vegetation, Himmel, Mond und Sterne umfasste, diesen Götterhimmel also zu vereinfachen. Der ägyptische Sonnenkult dagegen schuf eine wunderbare Nähe zu einem einzigen Gott, dessen Kommen man täglich erlebte, den man sah, dessen Wirkung man auf der Haut spürte.

Die Stadt des Aton

Echnaton ließ eine eigene Stadt bauen, die zwischen dem heutigen Kairo und Luxor in Tell el-Amarna lag, einem Wüstenfeld. Daher der heutige Name Amarna-Kultur. Hier gründete Echnaton seine neue Residenz, die er Achetaton nannte, »Horizont des Aton«.

Er wollte auf unberührtem Boden bauen, wo Aton, ohne Rücksicht auf andere Götter, verehrt werden konnte und wo die Gläubigen nicht – wie zum Beispiel hier in Karnak – stets die mächtigen Tempel des Amun vor Augen hatten. Die Stadt entstand in kürzester Zeit, es muss ein wahres Baufieber geherrscht haben, nicht nur die Kultbauten für Aton schossen in die Höhe, die Angehörigen der königlichen Familie bekamen alle eigene Kapellen und Palastanlagen. Die Königsallee wurde zu einer Prachtstraße. Die repräsentativen Gebäude waren aus weißem Kalkstein, schmückende Elemente aus Alabaster, Quarzit und Granit. Der königliche Palast zog sich am Fluss auf einer Länge von siebenhundert Metern hin, er war kostbar ausgestattet mit Malereien und Einlegearbeiten. Um den Thronsaal zu erreichen, musste man durch eine riesige Säulenhalle, in den Innenhöfen erhoben sich überlebensgroße Statuen des Königs und der Königin. Es gab zwei Haremsgebäude, die an einen baumreichen Garten mit Blumen und blühenden Büschen grenzten. In der Mitte lag ein Teich mit Fischen und Wasservögeln. Ein Weg führte direkt zum Nil und zu den königlichen Barken.

Das alles ist vergangen, verweht, nur von der Kunst sind uns Zeugnisse geblieben. Echnaton benutzte die Kunst bewusst als ein Mittel zur Propaganda für die neue Religion. So entstand auch ein neuer Stil. Die Ausgrabungen förderten viele plastische Werke zu Tage, die zu den schönsten der ägyptischen Kunst gehören. Die meisten stellen den König dar, es gibt eindrucksvolle Büsten und Reliefs von ihm, von den Prinzessinnen – und vor allem das Porträt seiner Gemahlin Nofretete. Es nimmt im Kunstschaffen der Menschheit einen hohen Rang ein. Man kennt den Künstler nicht; wie immer in Ägypten blieb er anonym. Das Porträt der Königin demonstriert, was bildende Kunst zu leisten vermag. In ihm wird Form zum Stil. Die ebenmäßigen Züge, über denen sich die Kronenkappe erhebt, wirken sensibel und kühl. Das Haupt wird in stolzer Gebärde von dem schlanken Hals getragen. Nicht zu Unrecht bedeutet ihr Name etwa »Die Schöne wird kommen«.

Die Stadt Amarna sollte eine Ewigkeit überdauern, so lange, »bis der Schwan schwarz und der Rabe weiß wird, bis die Berge aufstehen zu wandern und das Wasser bergan fließt«. Doch kaum zwei Jahrzehnte nach der Gründung, kurz nach

Echnatons Tod, wurde die Stadt aufgegeben. Spätere Könige haben sie geschleift und die Kalksteinblöcke auf die Westseite des Nils bringen lassen, um sie zum Bau neuer Tempel zu Ehren Amun-Res und der alten Götter zu verwenden.

Vom »Horizont des Aton« blieb nur ein Trümmerfeld. Nicht so vom Tempel in Karnak, in dem wir uns befinden.

Gib dein Herz der Gelehrsamkeit hin

Seht ihr das kleine gelbe Gebäude hier links? Es war das Haus eines Priesters, der gleichzeitig Schreiber war. Schaut durch das Fenster in den kleinen Raum. Damals kauerten hier nackte Knaben auf dem gestampften Lehmboden und ritzten Hieroglyphen in Tontäfelchen. Vor ihnen hockte der Lehrer, nur mit einem Tuch bekleidet, dessen Vorderzipfel zwischen den Beinen durchgezogen und hinten im Gürtel befestigt war. Er hielt eine Feder in der Hand und hatte eine zweite als Ersatz hinter dem Ohr. So sahen die allerersten Schulen der Menschheit aus. Bereits damals ließen die Schulmeister Aufsätze über die Vorteile des Wissens schreiben: »Gib dein Herz der Gelehrsamkeit hin und liebe sie wie eine Mutter. Denn es gibt nichts, was so kostbar ist.«

Und die Bücherwürmer schrieben: »Es ist ein Unglück, Soldat zu sein, es ist mühselig, den Boden zu bebauen, die einzige Glückseligkeit ist, das Herz den Büchern zuzuwenden.«

Der Beruf des Schreibers war nicht nur angesehen, er wurde den jungen Leuten sogar dringendst empfohlen, vor allem weil er sie von der mühseligen Feldarbeit befreite.

Ohne die Schreiber ist das ägyptische Reich nicht denkbar. Sie waren das Rückgrat der Verwaltung, sie verzeichneten die geleistete Arbeit, Waren, Preise und Kosten, Gewinn und Verlust; sie zählten das zur Schlachtbank geführte Vieh oder das ausgewogene Korn; sie entwarfen Verträge und Testamente und berechneten die Steuern.

Anfangs schrieb man nur auf Tonscherben, später auf Papyrus, der zusammengerollt werden konnte. Seine Herstellung aus den Fasern der in den Nilsümpfen wuchernden Stauden entwickelte sich bereits im Alten Reich, im 3. Jahrtausend vor unserer Zeitrechnung, zu einem einträglichen Gewerbe, das industrieartige Formen annahm. Ägypten ist das Land, in dem zuerst Papyrus und später auch Pergament zum Schreiben verwendet wurde. Vor allem in den höheren Schulklassen durften die Schüler auf Papyrus schreiben, der ein Hauptartikel des Handels war.

Papyrus wurde, wie schon erwähnt, hergestellt aus der Papyrusstaude. Der Stiel wurde in schmale Streifen geschnitten, weitere Streifen wurden kreuzweise darüber gelegt und das entstandene Blatt gepresst. Aus den Blättern entstanden Bücher, indem man den rechten Rand eines Blattes an den linken Saum des nächsten klebte und Rollen herstellte, die bis zu vierzig Meter lang sein konnten.

Geschrieben hat man darauf mit schwarzer, unzerstörbarer Tinte, einer Mischung aus Wasser, Ruß und Pflanzengummi. Die Schreibfeder war ein einfaches, an der Spitze zu einem dünnen Pinsel geformtes Schilfrohr. Damit schrieben die Ägypter nicht nur Geschäftsdokumente, Rechnungen und Zahlungsleistungen, sondern auch die älteste bekannte Literatur.

Die Hieroglyphen sehen aus wie Zeichen einer Bilderschrift, aber der Eindruck täuscht. Die Hieroglyphen zeigen zwar Bilder von Menschen, Tieren, Pflanzen und Gegenständen, es gibt aber auch so genannte Deutzeichen, die zur Erklärung hinter ein Wort gesetzt wurden. So fügte man Tätigkeitsbegriffen das Bild eines schlagenden Armes bei oder einem Eigennamen einen sitzenden Menschen. Viele Hieroglyphen haben auch einen Lautwert, der mit der Bedeutung des Bildes nichts zu tun hat. Andere wieder erscheinen recht logisch, so benutzte man für zwei verschiedene Worte, mit denen man »Reisen« ausdrückte, zwei Schriftzeichen: Für »Reisen nach Süden« zeichnete man ein Boot mit entfaltetem Segel, denn flussaufwärts brauchte man den Wind, und für »Reisen nach Norden« wurde das Bootszeichen mit eingerolltem Segel und ohne Riemen geschrieben, denn die Strömung genügte, um das Boot flussabwärts zu treiben.

Im Prinzip jedoch ist die Schrift recht kompliziert. Es hat auch viele Jahre gebraucht, bis man die Hieroglyphen endlich entziffern konnte. Erst die Phönizier schenkten uns das Alphabet mit zweiundzwanzig Zeichen.

Die katzenköpfige Bastet

Gehen wir die Straße links hinunter. Sie führt uns an das Ufer des Nils. Sie ist belebt, wenn auch schmaler als die Tempelallee. Die Menschen tragen Tonkrüge oder Körbe. Kinder jagen sich und lassen Kreisel tanzen. Wir wollen uns beeilen, denn die Sonne senkt sich nun immer rascher nach Westen, in die libysche Wüste. Unsere Schatten eilen uns voraus. Da die Stadt am westlichen Ufer des Nils liegt, müssen wir nach Osten gehen. So haben wir das Licht im Rücken.

Vor einem Hauseingang sitzt eine gelb-braune, schlanke Katze, die den Kopf mit hochgestellten Ohren aufreckt. Ihr Oberkörper ist schmal, mager, der Schwanz nach vorn um die Pfoten geschlungen.

Hier gibt es die ersten Hauskatzen! Man findet diese Tiere auch im mesopotamischen Reich Ur, aber man weiß nicht, ob sie dort schon im Haus gehalten wurden. Hier, in Ägypten, sind sie verbürgt, sie gehören zu diesem Land, wo sie als heilige Tiere der katzenköpfigen Göttin Bastet, der Beschützerin des Heims, der Mütter und Kinder, verehrt werden, weil sie die Ratten und Mäuse in den Getreidespeichern vertilgen und dem Pharao helfen, sein Volk zu ernähren.

Bastet ist eine heitere, eine fröhliche Göttin, die rauschende Feste zu ihren Ehren liebt. Sie hat ihre eigene Stadt, Bubastis, im Ostdelta des Nils, der Tempel ist mit der Göttin geschmückt. Von weit her reisen die Leute an, um ihr Fest zu begehen. Da wird viele Tage lang gefeiert, getanzt, Opfer werden ihr dargebracht – es gibt einen Markt mit Spielen, Märchenerzählern und Gauklern. Es muss ein großes Getümmel gewesen sein, man zählte angeblich 700 000 Menschen.

Jedoch – dort ist nun der Fluss, der heilige Nil, dem Ägypten sein Leben und seine Kultur verdankt.

Eine Art Flügel, der die Kraft des Windes sammelt

Entlang der Uferpromenade zieht sich eine Mauer, dahinter liegen öffentliche Gebäude und Prinzenpaläste. Dattelbäume und Palmen säumen die Böschung, auch das satte Grün des Schilfrohrs wuchert üppig. Über allem liegt der letzte, immer noch blendende, alles versengende Glanz der Sonne, als Gott Re oder Amun-Re verehrt und angebetet. Jeden Morgen steigt er über den kahlen Bergen der östlichen Wüste auf, jeden Abend versinkt er im Westen, wo man das Totenreich vermutet, ein grandioses Farbenspiel entfaltend.

Man kann es wohl verstehen, dass die Ägypter sangen: »Heil dir, o Nil, der du die beiden Ufer ergrünen lässt. Schmal sind die fruchtbaren Streifen Land, westlich und östlich. Unendlich dagegen die Wüsten.«

Auf dem Fluss schaukeln zahlreiche Boote. Die ältesten ägyptischen Boote bestanden aus zusammengebundenen Papyrusbündeln, neuerdings sind sie meist aus Schilfrohr geflochten. Beachtenswert finde ich vor allem die Segel, niemand weiß, wer sie erfunden hat, aber die Ägypter nutzten sie bereits. Eigentlich ist das Segel ja nichts anderes als eine Art Vogelflügel, der die Kraft des Windes sammelt und auf das Boot überträgt. Nach dem Feuer hat der Mensch mit dem Segel zum zweiten Mal eine Naturkraft für seine Arbeit genutzt.

Der Fluss ist belebt von zahllosen Frachtern für den Transport von Steinen, mit prächtigen Barken und Schiffen für den Viehtransport und den Getreidehandel.

Am Ufer liegt auch ein Prunkschiff aus edlen Hölzern, mit Gold und Silber verziert. Handwerker flechten und reparieren, werden von Gaffern beobachtet, während sich Edelleute in Sänften vorbeitragen lassen.

Viele kleine Boote aus geflochtenem Schilfrohr schwanken auf dem Wasser. Sie stellen die Verbindung von Ufer zu Ufer her. Auch größere Schiffe kommen von Süden, vom Oberlauf des Nils, andere fahren dort hinauf. Sie sind wesentlich langsamer, weil sie gegen die Strömung ankämpfen müssen. Einige, vor allem die größeren, werden von einer Mannschaft vom Ufer aus mit Tauen gezogen.

Ein kleineres, geschmücktes Boot fällt ins Auge. Es ist eine der heiligen Barken aus Zedernholz, die man aufs Land trägt und in Prozessionen auf den Schultern mitführt.

Andere Boote und Segelschiffe fahren auch nach Norden, flussabwärts. Braun gebrannte Männer führen die Ruder. Dort liegt die Mündung des Nils, das fruchtbare Delta. Lasst uns ein Boot nehmen und über den Fluss setzen, um ans andere Ufer zu kommen. Wir wollen uns noch eine Bestattung ansehen.

Der reich bemalte Sarg

Am gegenüberliegenden Ufer formiert sich ein Leichenzug, den die Leute stumm betrachten, während der reich bemalte Sarg mit allem, was den Verstorbenen mit dem Leben verbunden hat, aus der am Ufer vertäuten Barke herbeigebracht wird. Ein Dutzend Sklaven wartet an der Spitze, sie tragen rosafarbene Alabasterkrüge auf ihren Schultern, in denen sich

Speisen und kostbare Salben für den Toten befinden. Die anderen Sklaven tragen die Kleider des Verstorbenen und seine Juwelen in langen Kisten aus Zedernholz. Sie bringen ihn auf den von Ochsen gezogenen Schlitten mit den Holzkufen, auf dem die vier Behälter mit den einbalsamierten Organen stehen. Jede dieser so genannten Kanopen ist mit der Nachbildung eines Falkenkopfes verschlossen, die jeweils einen der vier Horussöhne zeigen, deren Vater der falkengestaltige Himmelsgott ist. Sie gelten als die Beschützer der Kanopen und versinnbildlichen die vier Himmelsrichtungen. Durch all diese Vorbereitungen verliert der Tod für die Ägypter viel von seinem Schrecken.

Langsam formiert sich der Leichenzug, die Ochsen beginnen zu ziehen und der Schlitten mit dem Sarg setzt sich knirschend in Bewegung. Voraus schreitet ein Priester, in faltenreichem blauen Gewand, fromme Lieder singend. Ihm folgt ein von anderen Priestern umringter Schlitten mit dem Sarg, dann kommen wieder Priester, danach das Trauergefolge und die Familie, alle halten das Haupt gesenkt. Eine schmerzerfüllte Totenklage wird angestimmt, Frauen heben Erde auf, streuen sie sich auf den Kopf und weinen.

So geht es hinauf in die kahlen Berge, es dauert wohl eine halbe Stunde. Am Eingang zum Grab, einem Schlund im Sandstein, hält der Leichenzug, die Menschen bleiben zurück, die Frauen schweigen. Der Sarg wird vom Schlitten gehoben. Die Priester sammeln sich zu einer Gruppe. Einige halten Weihrauchfässer in den Händen und murmeln Gebete. Der graue Rauch steigt neblig vor der Felswand auf, taumelt – und verdunstet schließlich in der klaren Abendluft.

Man gießt die Trankopfer aus. Danach wird einer der Priester mit dem heiligen Messer vortreten und die Zeremonie der Mundöffnung beginnen. Sie hat nur symbolischen Charakter, der Mund des Toten wird nicht wirklich berührt, aber durch diese »Öffnung« soll er wieder zum Sprechen gebracht werden.

Doch wir haben wohl genug gesehen, das Trauergefolge bleibt nun vier Tage und vier Nächte vor der neuen Höhle. Wir gehen etwas weiter, nur wenige Schritte, dort ist ein Grab, in das wir hinabsteigen können.

Ein schmaler, von lodernden Fackeln erhellter Schacht führt in das Berginnere. Im flackernden Licht steigt das Bild der fernen Zeit auf, die düsteren Gefährdungen der zwölfstündigen Nacht, die der Tote nach seinem Sterben im Totenreich durchlaufen muss, empfangen vom Gott Anubis, der den Kopf eines Schakals hat.

Die Schakale sind die Bewohner der Wüste. Nach der Begrüßung durch sie wird der Tote entweder verdammt oder begnadigt von Thoth – beachtet den Namen! – und, so hofft man, zum seligen Leben geführt von Osiris.

Die Wände des Gangs sind reich bemalt. Die tiefer gelegene Totenkammer hat fast die Größe eines Hauses. Der Sarg wird dort in der Mitte aufgestellt, das Licht von Fackeln gleitet über die Bilder, die das Darbringen von Speis und Trank und noch einmal das Begräbnis – hier aber als Wandmalerei – darstellen, Tänzerinnen, Opferträger und Schiffer, Männer, die im Wasser schwimmen – und den Leichenzug mit den Klageweibern.

Wir sehen außerdem Fische und Vögel, Jäger, jede Art Wild und Pflanzen, Palmen und dichtes grünes Schilf.

Dreitausend Jahre und mehr

Die ägyptische Kultur dauerte weit über dreitausend Jahre und während dieser Zeit hat sie sich verändert und weiterentwickelt, allerdings in gelassener Ruhe.

Bereits die Kunst des ersten, des Alten Reiches erreichte eine Höhe, die wir nur bewundern können. Hinterher gab es wohl Veränderungen, Abwandlungen, Verfeinerungen, vielleicht sogar Überfeinerungen, aber wie gering war das alles, gemessen an der unendlichen Zeit, die diese Kultur währte. Rechnen wir in unserem Europa dreitausend Jahre zurück von unserer Gegenwart, von der technischen Zivilisation, dann müssen wir zurückgehen bis – ja, lasst mich nachdenken –, bis 1000 Jahre vor der Zeitwende. Wir müssten den ganzen Weg Europas zurückgehen durch das Mittelalter, die Völkerwanderung, das antike Rom und Hellas – und noch einmal 1000 Jahre –, dann haben wir eine Vorstellung von der Dauer der ägyptischen Kultur. Nun können wir auch ermessen, wie gering im Grunde alle Veränderungen gewesen sind. Die Ägypter waren ihrer Tradition verhaftet, sie empfanden kein Bedürfnis nach Neuerungen. In dieser Gelassenheit glichen sie am ehesten der chinesischen Kultur, die sich bis in unsere Zeit kaum gewandelt hat. Vielleicht könnte man das Beharren, dieses gelassene Dahingleiten, geradezu als Merkmal höchster Kulturen bezeichnen. Aber dann müssen wir der unseren ein schlechtes Zeugnis ausstellen.

Wir wissen so viel von den Ägyptern, weil diese ihr ganzes Leben, ihre Landgüter, Häuser und Paläste, ihre Diener, Familien, Kinder und sogar ihre Spiele auf ihre Grabwände malen ließen. Sie wollten alles ins andere Leben mitnehmen, weil sie es so liebten und sich nicht nach einem fernen, unwirklichen Paradies sehnten. Vielleicht erscheint uns ja dieses Ägypten, trotz aller Mängel, die menschlichem Dasein immer anhaften, gerade deshalb so besonders, weil wir unsere moderne Zeit so kritisch betrachten, mit ihrer Technik, mit allen Umweltschäden, weil wir befürchten, dass die Geschichte der Menschheit mit einer Katastrophe enden wird, und zwar bald.

All die in den Gräbern gesammelten Werke der Ägypter verdanken wir ihrer Furcht vor dem Tod. Hier wurde er – der große Schrecken des bewusst denkenden Menschen – zum ersten Mal künstlerisch fruchtbar, und zwar auf so grandiose Weise wie nie wieder.

Gibt es überhaupt einen größeren Gedankenanreger als den Tod?

Wer waren die Künstler?

Allerdings – in Gräbern von solcher Pracht ruhten nur die Könige, die hohen Beamten, die Reichen. Von den Künstlern der Wandmalereien, der Plastiken, der Statuen, der Porträtköpfe der Könige und der Götterbildnisse kennen wir nur sehr wenige Namen. Sie signierten ihre Arbeiten nicht und wurden, ganz im Gegensatz zu heute, nur selten genannt, ähnlich wie man einen Handwerker nicht nennt, der ein gutes Stück anfertigt. Die Kunst im alten Ägypten war fast immer eine Arbeit für die Ewigkeit, auch dadurch ist sie so sehr von der unseren getrennt. Die allermeisten ihrer Statuen, Reliefs, Zeichnungen, Gemälde waren nicht für die Augen der Lebenden bestimmt, nicht zum Schmuck, nicht zur Freude, nicht zur Repräsentation. Alles diente den Toten, war magische Beschwörung, war Wohnung für die Geister.

Die ägyptischen Künstler blieben ihrer Tradition verhaftet, sie arbeiteten meist nach Vorlagen und auf Bestellung, bekamen ihr Material vom staatlichen Schatzhaus und wurden von ihren Auftraggebern entlohnt. Oft arbeiteten nacheinander mehrere Künstler an ein und demselben Werk. Sie verstanden sich selbst auch nur als Handwerker. Trotzdem schätzte man sie. Man bezeichnete sie mit so blumigen Namen wie »Die Leben spenden« oder »Die Leben Schaffenden« und nahm sie oft in den Freundeskreis eines Vornehmen auf. Hier kündigte sich schon eine Entwicklung an, wie sie sich bis in unsere Tage erhalten hat, ja, wie sie heute geradezu übertrieben wird.

Nur eine wichtige Ausnahme gab es; die Künstler der Gräber, die Steinmetze, Maler, Bildhauer – und sogar die Erdarbeiter, alle gemeinsam – wurden in einer eigenen kleinen Stadt in den Todesbergen eingeschlossen, die sie nicht verlassen durften, abgeschottet von der Welt.

Das kommt uns heute seltsam und grausam vor, aber der Grund ist einleuchtend: Sie sollten kein Geheimnis der in den Gräbern enthaltenen Schätze preisgeben. Man versorgte sie, aber nur bis an ihr Stadttor. Von diesen Künstlern gibt es eine Fülle von Aufzeichnungen, die uns von ihrem Leben erzählen. Als »Künstler« in unserem Sinn hat man sie nicht geschätzt, sondern wie Gefangene gehalten. Auch das muss man erwähnen, wenn man Ägypten mit dem Paradies vergleicht. Überhaupt – wie gern würde ich diesem Vergleich zustimmen. Aber man darf nicht die Fron hunderttausender vergessen, die zur Errichtung all der Prachtbauten, Tempel, Paläste und der Pyramiden gezwungen wurden. Auch blieb der arme Mann von solch letztem Luxus ausgeschlossen. Sie, die Hörigen, die Fellachen und Arbeiter, hockten, ebenso wie die Sklaven, zusammengekauert in ihren Gräbern, ohne Inschrift, ohne Skulpturen, ohne Malerei, ohne Hoffnung auf ein Fortleben.

Damit verlassen wir die dumpfe Luft der Grabkammer. Die Sonne sinkt. Wir suchen eines der Gästehäuser auf, die euch, den Besuchern des Parks, zur Verfügung stehen – zur Erholung und zu vertiefenden Gesprächen über das Gesehene und zur Vorbereitung auf das Künftige. Hier und heute wenden wir uns dem letzten Thema zu, das so kennzeichnend für Ägypten ist.

Der erste Abend

Pharaonengräber und griechische Götter

Von Menschen errichtete Berge aus Stein

Draußen herrscht Finsternis. Doch wir sitzen behaglich in bequemen Sesseln. Wir wollen von den Pyramiden sprechen, niemand kann sie betrachten, ohne von ihrem Anblick ergriffen zu werden.

Unser Aufenthalt in Ägypten ist zwar schon fast zu ausgedehnt im Rahmen der uns zur Verfügung stehenden Zeit. Aber das hat seine Berechtigung, denn in Ägypten befinden wir uns am Beginn aller uns erhaltenen Kulturen. Hier war der Mensch, aus der Urzeit kommend, endgültig »fertig«, seine Entwicklung war praktisch abgeschlossen. Er konnte Erze einschmelzen, Metalle bearbeiten und benutzte das Rad, sowohl für die Beförderung von Dingen wie auch – in Form der Töpferscheibe – zur Herstellung von Töpferwaren. Er zündete Kerzen an, um seine Nächte zu erhellen, er erkannte sich selbst im Metallspiegel wieder. Und schließlich waren die ägyptischen Ingenieure allem, was die Griechen, die Römer und die europäischen Völker vor der industriellen Revolution des 19. Jahrhunderts gekannt haben, eindeutig überlegen. Nur die Neuzeit konnte sie übertreffen, obwohl man sich heute fragen muss, ob das ein Gewinn ist.

Die Ägypter errichteten kilometerlange Mauern, um Wasser aus einer Oase in einem See zu sammeln, sie machten fünfundzwanzigtausend Morgen Sumpfland urbar, sie schufen unerschöpfliche Bewässerungsreservoire. Mithilfe des von ihnen entwickelten Senkkastens wurden Kanäle gebaut, sogar vom Nil bis zum Roten Meer. Tausend Tonnen schwere Obelisken konnten sie über große Entfernungen transportieren, Standardgewichte und Maße wurden eingeführt und Waagen mit Gewichtsanzeiger entwickelt.

So war auch die Bautechnik immer weiter verbessert worden. Man errichtete Paläste aus Stein oder Ziegel von einer Größe, die uns noch heute erstaunt.

Und zu dem Großartigsten gehören Bauwerke wie die Pyramiden. Sie hatten zunächst einmal eine Vision zur Voraussetzung, eine Vorstellung, danach einen Plan, der gründliche mathematische Kenntnisse voraussetzte, und zu ihrer Verwirklichung eine Technik, die das Heraustrennen tonnenschwerer Steine aus den Bergen, ihren Abbau, ihre Fortbewegung über große Strecken und schließlich das Hochheben ermöglichte.

Wenn wir dem griechischen Geschichtsschreiber Herodot Glauben schenken oder uns Darstellungen auf ägyptischen Reliefs anschauen, dann wurden diese ungeheuren Blöcke von tausenden von Männern auf geschmierten Balken bewegt und auf geneigten Flächen hochgezogen. Dass das Fronarbeit war, ist selbstverständlich, aber die Ägypter verstanden es auch als Gottesdienst oder als eine Gott geschuldete Pflicht. Über hunderttausend Männer waren dabei beschäftigt, Maurer, Mörtelhersteller, Vorarbeiter, Steinmetze, Geometer, Zimmerleute, Vermessungsarbeiter, Organisatoren und Architekten. Dazu das Heer der Arbeitskräfte, von denen die Blöcke aus Granit und Kalkstein aus den Felswänden gebrochen, hinuntertransportiert, auf Schiffe verladen und auf dem Baugelände bewegt wurden, wo auch ihre Wohnbaracken und Hütten standen, wo die Priester Rauchopfer darbrachten und Gebete an die Götter richteten. Zahllose Menschen füllten die weite Sandebene rund um das Bauwerk, und alle wurden, genauso wie ihre Familien daheim, verpflegt, verköstigt und mit Kleidung versorgt. Freilich arbeiteten sie oftmals bis ans Ende ihrer Kräfte und viele starben an Erschöpfung und Seuchen. Jedes Jahr hatten die Dörfer ihre Toten zu beklagen.

Das letzte Rätsel der Pyramiden wird wohl ungelöst bleiben. Jedenfalls waren es Gräber, Königsgräber. Ihr Bau diente dazu, das Fortleben des Königs zu sichern. Denn der König sollte vom Jenseits aus mit seinen Kräften den Segen des Landes gewährleisten. So stehen heute auch die bekanntesten, die Pyramiden von Gizeh, als Monumente menschlichen Glaubens im Wüstensand, wie aus vier dreieckigen Flächen zusammengesetzt, die sich zueinander neigen und in der Spitze vereinigen. Eine ihrer Seitenflächen empfängt die aufgehende Sonne, die andere die Mittagsglut, die dritte die untergehende Sonne und die vierte wendet sich der ewigen Nacht zu. Die größte von ihnen, die Cheopspyramide, könnte die Peterskirche in Rom, die Dome von Mailand und Florenz, die Sankt-Pauls-Kathedrale und die Westminsterabtei von London in sich aufnehmen, die fünf größten Kirchen der Welt!

Die Pyramiden sind außerdem ein Beweis dafür, dass es, um eine übermenschliche Leistung zu vollbringen, nicht auf die Mittel ankommt, nicht auf Bagger und Kräne, vielleicht nicht einmal auf das Rad oder den Flaschenzug, sondern allein auf den Willen.

Oder aber auf die Vision, den Glauben und das Motiv.

Freilich dauerte die Bauzeit auch mehrere Jahrzehnte. Und es müssen schon ein wirklich großer Wille und ein großer Glaube dahinter stehen, um über einen so langen Zeitraum durchzuhalten. Mehr als zwei Millionen Steinblöcke wurden für eine Pyramide gebrochen, bewegt und verbaut. Da kann ein ägyptisches Sprichwort mit Berechtigung sagen: »Die Welt fürchtet die Zeit – aber die Zeit fürchtet die Pyramiden.«

Doch gibt es auch eine andere Deutung der Leistung des Pyramidenbaus. Demnach haben die Ägypter dafür tausende, sogar abertausende von nubischen Sklaven gefangen genommen, eingesetzt und geopfert. Und das wirft Schatten auf diese Wunderwerke und zwar äußerst dunkle.

Immerhin war die Arbeitsleistung angesichts der einfachen Hilfsmittel gigantisch. Der Grieche Herodot, den wir als den Vater der Geschichtsschreibung bezeichnen, erklärt, dass der Pharao Cheops, dessen Pyramide die höchste ist, das Land durch ihren Bau in tiefstes Unglück gestürzt habe. Ständig hätten hunderttausend Menschen, die alle drei Monate ausgewechselt wurden, für ihn arbeiten müssen.

Die Pharaonen erreichten diese Leistungen auch nur durch die Androhung schlimmer Strafen bis zur Pfählung. Dadurch, wie auch durch Erschöpfung, Hitzschlag und Verdursten – nach griechischen Berichten wurden die Wasserrationen der Sklaven oft gekürzt – und durch Unfälle sind wahrscheinlich mindestens ein Viertel der Fronarbeiter, jedes Jahr hunderttausend, umgekommen. In fünfzig bis sechzig Jahren also über fünf Millionen. Dann wäre der Nil ein Massengrab gewesen! Und der Pyramidenbau eines der schlimmsten Arbeitslager der Geschichte.

Aber dass als Beweis für diese These angeführt wird, die Hieroglyphe für Pyramide bedeute auch »Leichenberg«, ist wohl nicht schlüssig, weil mit Leichenberg eher der Leichnam des in ihr bestatteten Königs gemeint gewesen sein dürfte. Nur eines ist sicher: Ohne Opfer wurde keine Pyramide errichtet. Und auf unserer Wanderung werden wir noch zahllosen Grausamkeiten begegnen.

Wir Menschen sind ja die ideenreichsten Geschöpfe im Erfinden von Qualen für andere.

Die großen Pyramiden baute man vor allem im Alten Reich bis zum Beginn des Neuen Reiches, von 2660 bis 1070. Als man die Hauptstadt aus Sicherheitsgründen von Memphis an der Mündung des Nils ins Innere des Landes verlegte – nach Theben, dem heutigen Luxor –, begrub man auch die toten Pharaonen im gebirgigen Tal der Könige, in tiefen Erdverstecken.

Doch genug von Todesdüsternis. Unser morgiger Weg wird in eine der hellsten Epochen der Menschheitsgeschichte führen, nach Hellas, in das klassische Griechenland also.

Griechische Götter und der Beginn einer humanen Kultur

Auch Kulturen wandern. Von Mesopotamien und Ägypten zog sich ein Halbkreis über die Ägäischen Inseln, bis er später auf das europäische Festland übergriff. Die griechischen Inseln lagen einzigartig, jede wäre einen eigenen Tag wert, sei es Kreta mit der minoischen Kultur, sei es Santorin, wo man Atlantis vermutet, sei es Ägina, wo die ältesten erhaltenen Münzen geprägt wurden. Wir aber werden uns gleich dem Festland zuwenden.

Für Ägypten kann man sich wirklich begeistern. Aber erst in Griechenland beginnt die geistige Kultur des Abendlandes. Die Tür zu einem freien, assoziierenden, überaus kühnen Denken haben als Erste die Griechen aufgestoßen. Wenn bereits vor den Griechen ein humanes Bild in den Gefühlen der Menschen aufkeimte, so haben doch erst jene es artikuliert. Außerdem war es die Wissenschaft, die eigentlich erst in Griechenland geboren wurde, die Griechen haben das »Nachdenken über das Wissen« an uns weitergegeben. Außerdem ist die Welt ihrer Götter, im Vergleich zur ägyptischen Götterwelt, menschlich und voller Poesie. Die Griechen waren die Ersten, die ihre Götter mit menschlichen Zügen, Schwächen und erotischen Leidenschaften ausstatteten, die ihnen mit liebevollem Humor, sogar mit Spott begegneten. Die Geschichten der Götter und Göttinnen des Olymp werden noch heute erzählt. Götter, die sich in sterbliche Frauen verlieben, oder Göttinnen, die in den Schlachten der Männer mitkämpfen, bieten reichlich Stoff für gute Geschichten, Tragödien und Komödien. Undenkbar, dass ein Ägypter seinen Gott Amun-Re als einen erotischen Abenteurer dargestellt hätte, wie es die Athener mit Zeus taten. Unvorstellbar, dass ein ägyptischer Poet einen ehebrecherischen Zeus in einen Schwan verwandelt und in amouröse Abenteuer mit einer Leda verwickelt hätte.

Leda mit dem Schwan, nicht nur Peter Paul Rubens hat sie gemalt. Leda, sie gebar aus dieser Verbindung ein Ei und aus dem Ei schlüpfte die schöne Helena, die so viel Unheil über die Griechen brachte. Ihretwegen wurde der Trojanische Krieg angezettelt. Man stelle sich vor, dass heute die Schönheit einer Frau ein Kriegsgrund sein könnte!

Zwar war der Alltag der Griechen keineswegs frei von Magie und Hexerei. Aber im griechischen Himmel gab es keinen Satan! Von ihm werden wir später noch sprechen.

Die Griechen jedenfalls haben sich den Teufel vom Leibe gehalten. Nie drohte die griechische Priesterschaft mit dem Bösen, ja sie unterschied sogar nie klar zwischen Gut und Böse, das überließ sie dem Staat und den Gesetzen. Der Grieche wusste immer, dass er sich seine Götter erfunden hatte, in ihnen sah er sich selbst gespiegelt. Zwar erweiterte er seinen Götterhimmel im Lauf der Jahrhunderte, aber es blieb immer ein Clan von Heroen, die man bewunderte und fürchtete. Keiner war jemals im metaphysischen Sinn absolut gut oder absolut böse. Die Hellenen dachten sich Götter aus, die niemals ihre Tyrannen wurden. Denn die absolute Herrschaft eines Einzelnen oder auch einiger weniger war für sie ein unerträglicher Gedanke.

Der griechische Geist befreite sich ebenso vom Aberglauben, der Deisidaimonia, selbst wenn es Magier, Zauberer und Hexenmeister gab. Das Wort »Deisidaimonia« allein ist es schon wert, beachtet zu werden, denn es bezeichnet nicht nur die törichte Angst vor dem Unbekannten, die der Vernunft widerspricht, sondern auch die Furcht vor den Göttern, den Daimones, die den Griechen übertrieben erschienen wäre.

So sehr ich die ägyptische Kunst also bewundere, erst den Griechen gelang es, sich geistig über die irdische Existenz zu erheben, das ist ihre große Leistung. Kein Volk vermochte das vorher – in gleicher Weise. Wir müssen uns nur daran erinnern, wie die Ägypter ihre Künstler von aller Welt abschotteten, dann erkennen wir, in welcher Freiheit sie in Athen schaffen konnten. Die Griechen schenkten uns die zweckfreie Schönheit, das Anmutige, das Lustige, das Unterhaltende und natürlich auch das Ergreifende. Die Griechen taten den ersten Schritt zum zweckfrei denkenden Geschöpf – im Sinne des Homo ludens, des spielenden Menschen.

Der zweite Tag

Hellas

Homers Verse gingen von Mund zu Mund

Es ist Morgen. Über Nacht entstand hier eine andere Dekoration, so als hätten wir uns vor einer Drehbühne befunden. Vor uns erstreckt sich das Meer in morgenfrischer Pracht. Das Aquamarinblau des Wassers verschmilzt mit dem Türkis des Himmels. Wir sind an der Küste des klassischen Griechenlands.

Unsere Kenntnisse werden größer, griechische Geschichte ist ein Schulfach. Wir kennen Namen von Epikern, von Lyrikern, von Dramatikern und natürlich von Philosophen.

Schaut auf das Meer. Es hat auf das Engste mit der geschriebenen Sprache zu tun, mit der Schrift. Die Griechen waren ein seefahrendes Volk, von dem die Küsten des Mittelmeeres und die Inseln der Ägäis kolonisiert wurden. Und es ist wohl kein Zufall, dass zunächst ein Grieche die Stimme der Poesie erhebt, gewissermaßen mit einem Donnerschlag. Er verkündet nicht weniger als die Geburt der europäischen Literatur, aller Literatur. Diese erste Stimme ist zugleich die größte: Homer. Er steht am Beginn der Dichtung des Abendlandes und das macht seinen einsamen Rang aus. Zum ersten Mal gestaltet der Mensch seine Vergangenheit in großen, dichterischen Versen.

Aber vielleicht verbergen sich unter diesem Namen auch

zwei Autoren, zwei Dichter, von denen die »Ilias« und die »Odyssee« verfasst wurden. Denn die Unterschiede zwischen den beiden Dichtungen sind groß. In der »Ilias« spielen die Adligen, die Helden, die Heerführer, spielen der Ruhm und die Ehre die herausragende Rolle – und immer die Götter. In der »Odyssee« dagegen wird liebevoll von den kleinen Dingen berichtet, vom Hunger, von knurrenden Mägen, vom Alltag, von Schweinehirten, Bettlern, Hunden. Möglich auch, dass Homer – er war blind – bereits vorhandene mündlich überlieferte Dichtungen für die »Ilias« zusammenfügte, während die »Odyssee« ein wenig später von einem nicht minder bedeutenden Dichter, der aus Homers Schule gestammt haben und von ihm stark beeinflusst gewesen sein könnte, verfasst wurde. Aber viele andere Aspekte, vor allem die Leitidee, lassen die beiden Werke so ähnlich erscheinen, dass wir sie insgesamt als »homerisch« bezeichnen.

So oder so – ein nicht geringer Teil der Dichtung stammt von Homer. Er war es, der als Erster mithilfe der eben erst entwickelten Schrift den mündlich überlieferten Sagen und Mythen eine gebundene Form gab und sie unter ein Leitmotiv stellte.

Und das, obwohl er blind war. Er war es nicht von Geburt an. Er kam im 8. Jahrhundert vor Christus zur Welt, vermutlich in Smyrna. Er führte ein unstetes Wanderleben, erblindete, kam dennoch zu Vermögen, gründete eine Schule, heiratete und hatte zwei Töchter. Zuletzt lebte er auf der Insel Ios, wo er auch starb.

Er hat nicht selbst geschrieben, er diktierte Schreibern. Wir wissen ja, dass gerade Blinde über ein großartiges Gedächtnis verfügen.

Für die Griechen war Homer immer die höchste Instanz, der Gestalter ihres Weltverständnisses, und an der Schöpfung ihres Götterhimmels beteiligt. Noch heute gehören die »Ilias« und die »Odyssee« zur Lektüre jedes altsprachlichen Gymnasiums. Viele erinnern sich an den Hexameter: »Nenne mir, Muse, den Mann, den vielgewandten, der vielfach irrte, nachdem er die heilige Troja zerstörte.«

Auch wir nennen eine Irrfahrt heute noch eine Odyssee.

Und noch etwas. Homer interpretierte den Begriff »Schuld« auf eine völlig neue Weise. Er ließ den Helden Priamos zur schönen Helena sagen: »Denn von mir aus gesehen bist du unschuldig – Schuld haben die Götter!«

Das haben übrigens die späteren Religionen nicht aufgegriffen, sonst hätten sich unsere Moralbegriffe und sogar unser Rechtssystem wohl anders entwickelt. Freilich hätten sich damit die Religionen ihrer wirkungsvollsten Machtmittel beraubt – jedenfalls, soweit sie vom permanenten Schuldgefühl ihrer Gläubigen leben. Für die Gläubigen der Bibel war nie Gott Schuld, es waren immer die Menschen. Nicht Jehowa, der das Verbot aussprach, sondern Adam und Eva, die es brachen. Die Griechen dagegen lebten ohne diese »Erbsünde«.

Doch ohne Schuldgefühl gibt es keine Demut, keine Beichte und keinen käuflichen Ablass! Also sähe die Geschichte der vergangenen 2000 Jahre bis zur Aufklärung vor der Französischen Revolution gewiss anders aus.

Homer hat den griechischen Götterhimmel so geschildert,

dass sich daraus kein fundamentalistischer Fanatismus entwickeln konnte.

Schon bei den Griechen genoss der Dichter die größte Verehrung. Es ist wahrscheinlich einmalig, dass eine Kultur über mehr als 1000 Jahre so dominant von einem einzigen Dichter geprägt wurde, zumal dieser kein religiöses Werk verfasst hatte.

Nun – darum zählt man ihn auch nicht zu den Religionsstiftern, obwohl seine kulturelle Leistung ebenbürtig ist: Er hat ein griechisches Zusammengehörigkeitsgefühl erzeugt, ohne kriegerische Instinkte zu wecken. Er hat von den Tugenden der Helden erzählt, aber seine Helden bleiben immer Menschen. Dadurch sind sie uns nah.

Das erste Alphabet enthielt nur Konsonanten

Um die Dichtung niederschreiben zu können, sodass sie für uns erhalten blieb, mussten die ersten Schriften, die Keilschrift und die Hieroglyphen, zu einem Alphabet weiterentwickelt werden. Das geschah etwa 1000 vor unserer Zeitrechnung, sicher nicht auf einmal, sondern im Lauf eines langen Prozesses. Nicht die Dichter waren der Anlass dafür, sondern die Kaufleute. Die Phönizier trieben an den Küsten des Mittelmeeres, in Nordafrika, Südspanien, Sizilien, Sardinien, Zypern sowie in Griechenland und Italien Handel. Sie brauchten einfache Mittel, um miteinander schriftlich zu verkehren.

Ihr erstes Alphabet bestand zunächst nur aus Konsonanten. Jeder musste sich die Vokale selbst dazudenken, was im Griechischen mit seinen Vokalen recht unpraktisch war. Deshalb nahmen die Griechen aus dem aramäischen Alphabet, das in Vorderasien verbreitet war, einige Zeichen für Selbstlaute: A – Alpha, E – Epsilon, O – Omikron und Y – Ypsilon. J – Jota war ihre einzige originale Erfindung.

Nun – das griechische Alphabet besteht aus siebzehn Konsonanten und sieben Vokalen, aus vierundzwanzig Buchstaben. Mit dieser Schrift erblühte eine der reichsten Literaturen, die alle Gattungen umfasste, Dichtung, Theater, Rede, Geschichtsschreibung und Philosophie. Und da die Griechen als Seefahrer alle Küsten des Mittelmeerraumes befuhren, ist anzunehmen, dass sie ihre Schrift auch den Etruskern vermittelten, die in der heutigen Toskana lebten und in denen wir die Väter der Römer sehen.

Geschrieben hat man immer noch auf Papyrus wie in Ägypten, aber auch auf Bambusblätter oder Baumrinde. Für Inschriften wurden Stein, Bronze und Blei verwendet, für den gewöhnlichen Gebrauch Tonplättchen und mit Wachs überzogene Holztäfelchen. Sollte das Geschriebene besonders lange halten, nahm man Papyrus, den man eben aus Ägypten kannte. Später, auch noch in der römischen Zeit, benutzte man Pergament aus Ziegen- und Schafhäuten. Auf die Wachstäfelchen wurde mit Metallgriffeln geschrieben, auf Pergament oder Papyrus mit einem in Tinte getauchten Schilfrohr. Übrigens kommt unser Wort »Bibel« aus dem Griechischen, wo »tà biblía« »die Bücher« heißt. Es leitet sich wiederum, wie auch »Bibliothek«, von der phönizischen Stadt Byblos her. Byblos, ein etwa dreißig Kilometer nördlich vom heutigen Beirut gelegener Ort, war in der Antike der Hauptumschlagplatz für den aus Ägypten kommenden Papyrus. Er lässt sich bereits im 3. Jahrtausend vor der Zeitwende in Ägypten nachweisen, erst im 2. Jahrhundert nach Christus wurde Papyrus allmählich vom Pergament abgelöst.

Seit dem 5. Jahrhundert waren Papyrusrollen mit den homerischen Epen und den klassischen Tragödien bei den Griechen in Umlauf, die griechischen Gelehrten im ägyptischen Alexandria schufen im 3. Jahrhundert die erste große Bibliothek, in der alle literarischen Texte gesammelt wurden, mehr als siebenhunderttausend Buchrollen. Dort, in Alexandria, wirkte ein großer, auf Staatskosten lebender Gelehrtenkreis.

Die Bibliothek wurde, das ist sicher bekannt, im Jahr 1 vor Christus zerstört. Manchem klingt das vielleicht wie ein Omen. Damals nahm die Zerstörung des bisherigen Wissens – wenn wohl auch unbeabsichtigt – ihren Anfang, die in der Nachfolge des Christentums gezielt fortgesetzt wurde.

Andererseits überlebten viele antike Texte in Klosterbibliotheken, oft durch Zufall oder Glück. Der Schweizer Dichter Conrad Ferdinand Meyer hat in seiner Novelle »Plautus im Nonnenkloster« davon erzählt.

In griechischer Zeit begann die Massenproduktion von Niederschriften im kleinasiatischen Pergamon, wo sich ebenfalls eine bedeutende Bibliothek befand. Vom Ort Pergamon stammt der Name »Pergament«.

Übrigens verdanken wir der Schrift, also der Kunst des Schreibens, auch die ersten geschichtlichen Aufzeichnungen. Wir können in der Geschichtsschreibung eine der bedeutendsten Leistungen der Griechen des 5. Jahrhunderts vor der

Zeitwende sehen. Der Mensch legte sich Rechenschaft ab über seine Existenz.

Bereits in Ägypten haben wir Herodot erwähnt. Auch er kam, wie Homer, von der Küste Kleinasiens, aus der jetzigen Türkei. Mindestens zwölf Jahre lang reiste er kreuz und quer durch die Länder des östlichen Mittelmeeres. Er gab uns nicht nur einen fortlaufenden Bericht der griechischen Welt in chronologischer Darstellung, was völlig neu war, sondern auch eine Fülle von Informationen – die wir selbst dann bewundern, wenn sie nicht alle ganz stichhaltig sein können. Selbst heutige Historiker geraten ja schon mal ins Schwimmen. Als Schriftsteller darf man Herodot ein Genie nennen, seine Berichte sind voller Leben, humorvoll, bilderreich und unterhaltend – vielleicht, weil er sie zum Vorlesen konzipierte. Er trug sie in Athen vor, wo er großes Ansehen genoss.

So kam es von der Sprache zur Schrift – und von der Schrift wieder zur Sprache.

Münzen – kleine und größere Geldstücke

Wir gehen vom Gästehaus den Hang hinab in eine Bucht. Dort liegt ein Boot aus Kiefernholz. Sein viereckiges Segel ist an einer oberen Rahe aufgespannt. Am Ufer kauert ein Mann mit gebräunter Haut in einer derb gewebten, hellbraunen Tunika. Seine Haare sind kurz geschoren und leicht ergraut, es sieht aus, als trüge er einen silbernen Helm. Wir besteigen sein Boot.

Das Boot gleitet über die Wasserfläche, sein gleichmäßiges

Plätschern vermischt sich mit dem Flüstern des Windes. Beides verbindet sich zu einer hypnotisch wirkenden Melodie, so gleichmäßig, dass Raum und Zeit darin verschwinden.

Damals – früher – vor etwa 3000 Jahren, wurde für den Handel der Griechen ein besonderes Hilfsmittel wichtig: das Geld, Geldstücke. Die allerersten Münzen sind wahrscheinlich in Kleinasien aufgetaucht, aber die Griechen machten sich diese praktische Erfindung rasch zu Eigen. Jeder unabhängige griechische Stadtstaat, mochte er noch so klein sein, gab seine eigene Währung aus, kleine und größere Geldstücke in verschiedenen Farben, grau, silbrig, dunkel, bronzen, golden. Viele trugen Prägungen und waren unregelmäßig geformt. Man sah darauf Pferde und Stiere, ringende Athleten, Bienen, lorbeerumkränzte Köpfe, Gazellen, Eulen und Krüge.

Die Erfindung der Münzen war eine geniale Idee, nachdem man bisher Ware gegen Ware getauscht hatte. Jetzt hatte man einen Wert, der für die verschiedenartigsten Waren eingesetzt werden konnte. Möglich, dass die ersten Münzen den Leuten zu wertvoll waren, um sie für den alltäglichen Handel zu benutzen. Sie waren eher für die großen Ausgaben bestimmt, etwa für die Entlohnung der Beamten. Erst später wurden Münzen aus billigerer Bronze für den täglichen Einkauf verwendet. Viele Athener haben dabei ihre Geldstücke im Mund getragen, eine etwas hinderliche Aufbewahrungsart.

Die ersten Prägemuster waren ein Mittel gegen Betrug. Mit den Zeichen garantierte die Verwaltung eines Stadtstaates, dass die Münze eine bestimmte Menge Metall enthielt. Und um zu verhindern, dass bei Münzen aus Gold und Silber Stücke vom Rand abgezwickt wurden, versah man sie mit Zeichen oder Bildern, so wie unsere Wasserzeichen auf den Geldscheinen. Fehlte der erhöhte Kreis am Rand, konnte man annehmen, dass ein Teil der Münze entfernt worden war.

Pythagoras – Begründer der Naturwissenschaft

Wir nehmen Kurs nun auf Kroton. Diese kleine Stadt liegt nicht in Griechenland, nicht auf der Peloponnes, war damals aber griechisch. Der Weg führt uns nach Unteritalien, ins heutige Kalabrien. Dort existiert Kroton immer noch, wenn auch gewaltig verändert. Es heißt jetzt Crotone, südwestlich des Golfs von Tarent, nordöstlich von Sizilien, das ebenfalls eine griechische Kolonie war.

Wir besuchen Pythagoras. Welcher Schüler kennt nicht die Gleichung: a-Quadrat plus b-Quadrat ist gleich c-Quadrat. In einem rechtwinkligen Dreieck ist das Quadrat über der Hypotenuse c flächengleich mit der Summe der beiden Quadrate über den Katheten a und b.

Sicher, wir hätten auch Archimedes, Euklid oder einen anderen großen Mathematiker aufsuchen können. Jeder dieser Männer wäre einen Besuch wert. Vor allem die euklidische Geometrie ist eine mathematische Großtat, weil sie eine neue Präzision der logischen Beweisführung einführt. Aber der Evo-Park hat sich für Pythagoras entschieden, weil er eine besonders beeindruckende Persönlichkeit ist. Man darf ihn den Begründer nicht nur der europäischen Naturwissenschaft, sondern auch der Philosophie nennen. Und mit der griechischen Philosophie stellte der Mensch zum ersten Mal Fragen, die der Mythos nicht beantworten konnte. Der Mensch lernte es, die Mythen nicht mehr als gegebene Wahrheiten anzunehmen, er dachte weiter. Der Mensch wurde skeptisch und erst damit befreite er sein Denken aus alten Fesseln. Ein Skeptiker wird nie dogmatisch, nie rechthaberisch, nie fundamentalistisch.

Gründe genug, Pythagoras unsere besondere Aufmerksamkeit zu schenken. Eine Auswahl muss nun einmal getroffen werden. Außerdem hat Pythagoras so ziemlich alle damals bekannten oder erreichbaren Kulturkreise besucht. Er war ein großer Reisender, er war in Arabien, Indien, Südfrankreich und in Ägypten, wo er bei den Priestern Geometrie und Astronomie studierte.

Was für eine enorme Leistung bedeuteten damals Reisen – über solche Entfernungen, immer zu Fuß, selten zu Pferd, mit dem Wagen oder dem Schiff, ohne Hotels, Schlafen meist unter freiem Himmel, zugedeckt nur von den Sternen, fremde Sprachen, in denen man sich nicht verständigen konnte, keine Dolmetscher, umgeben und bedroht von tausend Gefahren, Krankheiten, Hunger, Durst, die Zahlungsmittel beschränkt, manchmal ganz ohne Geld, nur wenige Tauschwaren – es ist unglaublich, was Pythagoras und die Menschen damals geleistet haben und welch ein Wille hinter solchen Unternehmungen stand; vielleicht war es auch Abenteuerlust, vor allem aber das brennende Interesse, etwas ganz Neues, etwas ganz anderes zu entdecken und ein vollständigeres Bild der Welt zu finden.

Immer gaben die Wanderer dabei ihre Heimat auf. Sie wussten nie, ob sie jemals wiederkehren würden. Und die

Menschen, die sie verließen, die sie kannten und liebten, waren dann vielleicht längst gestorben. Nicht umsonst genoss Pythagoras bei seinen Schülern große Verehrung und soll schon zu Lebzeiten als Verkörperung des Musengottes Apoll gegolten haben.

Unsere Seefahrt nähert sich dem Ende. In der Ferne ist eine Küstenlinie zu erkennen, noch im Dunst verschwimmend, auf ihr Häuser, wie Perlen auf einer Schnur.

Kroton. Der kleine, natürliche Hafen, dem die Stadt ihre Gründung und ihr Blühen verdankt, öffnet sich. Er ist begrenzt von braunen Häusern, Würfel mit Fensteröffnungen. Es gibt Schenken, vor denen Hocker stehen, und lang gestreckte Lagerhäuser, seitlich erhebt sich ein kleiner weißer Tempel, zu dessen säulengeschmückter Vorhalle Stufen hinauf führen. Dazwischen grüne Pflanzen, Eukalyptus, auch Palmen und Oleander.

Fischerboote kreuzen auf dem Meer und kehren in den Hafen zurück. Der Kai ist voller Menschen, die Ballen stapeln, Amphoren transportieren, Esel mit Säcken beladen, Ziegen treiben. Schiffszimmerleute bessern auf den Strand gezogene Boote aus.

Wir steigen aus dem schwankenden Boot. Unser Weg führt in eine breitere Gasse. Hunde lungern herum, Katzen gibt es, Ziegen und Schafe. In den Höfen krähen Hähne und gackern Hühner.

Ein lang gestrecktes, niedriges Gebäude begrenzt die gegenüberliegende Seite eines kleinen Platzes. Viele junge Leute, Jungen und – überraschenderweise – auch Mädchen, streben zum Eingang, andere kommen heraus. Auffällig ist ihr ruhiges Betragen, ein ungewohnt gesetztes Wesen. Es herrscht keine Unfreundlichkeit, man lächelt einander zu, begrüßt sich, und es scheint, als fühle sich jeder dieser jungen Leute auserlesen, zu einer besonderen Gemeinschaft gehörig.

Die jungen Männer tragen meist hemdartige Gewänder, Tuniken, die Mädchen den faltenreichen Peplos, einen in der Taille gebundenen Umhang in hellblauen, gelben oder braunen Tönen. Rot, vor allem Purpurrot, sehen wir nicht, es ist den Königen und Priestern vorbehalten.

Der Glaube an die Seelenwanderung

Im Gang des Hauses herrscht gedämpftes Licht. Auf zwei Tierhäuten, zwei Pergamenten, stehen, wie auf einem schwarzen Brett, einige Zeilen, geschrieben in jener dekorativen griechischen Schrift, die in unserer modernen Zeit nur noch in altsprachlichen Gymnasien gelehrt wird.

Hier stehen die Regeln der pythagoreischen Gemeinschaft. Alle sind stolz darauf, ihr anzugehören. »Alle Schüler binden sich in Treue nicht nur an den Meister, sondern auch aneinander. Solange sie in der pythagoreischen Gemeinde leben, teilen sie alles miteinander. Sie dürfen kein Fleisch, keine Eier und keine Bohnen essen.«

Pythagoras untersagte den Genuss von Fleisch, weil er, wahrscheinlich von einer Reise nach Indien, den Glauben an die Seelenwanderung mitbrachte. Schließlich sollte man nicht unbeabsichtigt die Seele eines Ahnen verspeisen.

Der Verzicht auf Fleisch ist bemerkenswert. Zum ersten

Mal in der Menschengeschichte begegnen wir Vegetariern aus Überzeugung. Der Mensch der Urzeit war ja vor allem Jäger und musste den Herden folgen, um zu leben. Dass man zu Pythagoras' Zeiten Vegetarier sein konnte, zeigt also auch, dass die Menschen keinen Hunger mehr kannten. Jede Beschäftigung mit Kunst, Philosophie, allen Geisteswissenschaften, setzt voraus, dass man nicht selbst für seinen Lebensunterhalt sorgen muss, sei es als Ackerbauer oder als Jäger. Kultur ist immer ein Luxus.

Die Mitglieder der pythagoreischen Gemeinschaft durften auch kein Tier töten, das dem Menschen nichts zu Leide tut. Sie durften keine Tieropfer darbringen – eine fast unerhörte Forderung, denn Tiere wurden damals wie selbstverständlich geopfert –, und die Schüler durften nur an Altären beten, die nicht von Blut befleckt waren. Außerdem sollten sie keinen gepflanzten Baum beschädigen. Sie könnten einem fast vorkommen wie Naturschützer, wie die Grünen der Antike.

Dagegen war ihnen das Weintrinken nicht verboten, auch wenn empfohlen wurde, lieber Wasser zu nehmen, was angesichts der Hygiene in diesem heißen Land allerdings eher bedenklich erscheint. Aber man wusste ja noch nichts von Bakterien.

Die Mitglieder der Gemeinschaft mussten sich einfach kleiden und sittsam benehmen, sie durften sich nicht zum Lachen hinreißen lassen. Immerhin ordnet Pythagoras aber auch an, dass niemand zu finster dreinblicken soll. Und man soll nicht bei den Göttern schwören, denn jeder soll so leben, dass man ihm auch ohne Eid glauben kann. Am Ende eines jeden Tages musste sich jeder Schüler der Gemeinschaft Rechenschaft darüber ablegen, worin er gefehlt, welche Pflichten er vernachlässigt und was er Gutes geleistet hatte.

Pythagoras selbst lebte streng nach seinen eigenen Regeln. Mit Ehrfurcht sprachen die Schüler davon, dass er bei Tage niemals Wein trank, vor allem Brot und Honig verzehrte und Gemüse als Nachspeise aß. Sein Gewand war stets fleckenlos weiß, er aß niemals zu viel und lebte enthaltsam. Er lachte nicht laut, er erzählte keine Witze oder Anekdoten, und vor allem, er züchtigte niemals einen Schüler, ja, nicht einmal einen Sklaven!

Die Aufnahme in die pythagoreische Gemeinschaft war nicht so einfach wie in eine öffentliche Schule, eher schon so schwierig, wie wenn man in ein Elite-Internat aufgenommen werden wollte. Das setzte neben der Reinigung des Körpers durch Enthaltsamkeit und Selbstbeherrschung die Klärung des Geistes durch wissenschaftliche Studien voraus. Vor allem musste der neue Schüler einige Jahre lang das so genannte pythagoreische Schweigen wahren, das heißt, dass er während dieser Zeit die Lehre ohne Frage und Gegenrede hinnehmen musste, bevor er als volles Mitglied galt und Pythagoras selbst »sehen«, das heißt bei ihm studieren durfte. Vorher ist er ein exoterischer Schüler, ein außenstehender, später ein esoterischer, also eingeweihter, der zu den Geheimlehren des Meisters zugelassen ist, die freilich so streng geheim nun auch wieder nicht waren.

Der Lehrplan besteht aus den vier Fächern Mathematik oder Geometrie, Arithmetik, Astronomie und Musik. Die Mathematik steht an der ersten Stelle, und zwar nicht als die praktische Wissenschaft, zu der man sie in Ägypten gemacht hatte, sondern als eine Theorie der Quantitäten, also als eine ideale Übung in Logik, bei der das Denken durch Folgerichtigkeit und Beweise zu Ordnung und Klarheit gezwungen wird. Bei Pythagoras nimmt die Geometrie endgültig die Form von Axiom, Lehrsatz und Beweis an.

Nun denn – treten wir kurz in den Raum, hören wir dem Meister zu. Das ersetzt jede weitere Erklärung.

Die Musik lässt sich durch Zahlen definieren

Am Ende des Ganges, in dem es dunkler wird, öffnet sich eine Holztür, die mit Bronzeplatten beschlagen ist. An die zwanzig Jungen und Mädchen in hellen Tuniken sitzen in einem mittelgroßen Raum mit weißen Wänden auf lehmgestampftem Boden. Durch drei Fenster an der rechten Wand, wo der Blick auf einen schattigen, mit Bäumen bestandenen, stillen Hof geht, fällt Tageslicht.

Vorn sitzt ein älterer Mann in weißem Kittel auf einem Podest, damit ihn alle gut sehen können: Pythagoras. Er fährt in seinem Vortrag fort: »Versteht also, jeder Schritt in der Abfolge eines mathematischen Satzes hebt euch auf eine neue Höhe, von der aus ihr einen größeren Einblick in das geheimnisvolle Weltgefüge gewinnen könnt.«

Pythagoras unterschied zum ersten Mal zwischen geraden und ungeraden, zwischen teilbaren und Primzahlen.

Der Meister sagt: »Die Untersuchung der Verhältniszahlen war es auch, die mich dazu brachte, die Musik auf Zahlen zurückzuführen. Ja, auch die Musik lässt sich durch Zahlen definieren.«

Damit schaffte er die Grundlage zur Digitalisierung. Vielleicht kann man sagen: kein Computer, keine CD ohne Pythagoras.

Er fährt fort: »Es ist erst wenige Tage her, dass ich an der Werkstatt unseres Schmiedes vorbeiging. Da wurde ich auf die regelmäßigen musikalischen Intervalle der Töne aufmerksam, die das Hämmern auf dem Amboss hervorbrachte. Ich ging hinein und stellte fest, dass die Hämmer verschieden schwer waren. Dann eilte ich nach Hause, nahm zwei Saiten gleicher Dicke und gleicher Spannung und entdeckte, dass die eine Saite beim Anschlagen eine Oktave tiefer klang als die andere, nämlich … Nun antwortet ihr!«

Die Schüler schweigen, bis endlich einer sagt: »Vielleicht, weil sie länger ist!«

»Sehr gut. Genauso ist es. Wenn die Saite genau doppelt so lang ist, klingt sie eine Oktave tiefer. Ist sie anderthalbmal so lang, ertönt sie eine Quinte tiefer, ist sie um ein Drittel länger, klingt sie eine Quart tiefer. Also kann man die Tonabstände Quart, Quint und Oktav durch die einfachen Zahlenverhältnisse drei zu vier, zwei zu drei, eins zu zwei ausdrücken.«

»Lässt sich so jedes musikalische Intervall mathematisch berechnen?«, fragt eine vorn sitzende Schülerin.

»Sicher.« Pythagoras nickt. »Und nun folgern wir weiter, dass alles, Musik und Harmonie, auch Zahl ist. Und da nun alle Körper, die sich im Raum bewegen, Töne erzeugen, deren Höhe vom Umfang und von der Geschwindigkeit des Körpers abhängt, wird auch jeder Planet in seiner Bahn um die Erde einen Ton erzeugen, der zu seiner Geschwindigkeit, die ihrerseits mit der Erdentfernung zunimmt, im Verhältnis steht. Und diese verschiedenen Töne bilden eine Harmonie, eine Sphärenmusik, die wir nie bewusst hören können, weil sie ununterbrochen ertönt. Dennoch ist sie eine Realität.«

Diesen kleinen Irrtum, der ja immerhin auf einer poetischen Vorstellung beruht, sollten wir einem so frühen Meister übrigens nachsehen. Man bedenke, wie sehr selbst Goethe mit seiner Farbenlehre geirrt und damit dennoch ganze Generationen von Malern beeinflusst hat.

Übrigens spricht Pythagoras schon von den Bahnen der Planeten, die diese um die Erde ziehen. Das ist erstaunlich! Und noch etwas anderes ist beachtlich. Die moderne Wissenschaft hat die Theorie des Pythagoras in gewissem Sinne nämlich doch bestätigt. Danach sind die Umlaufzeiten bestimmter Planetengruppierungen und ihre Zahlenverhältnisse ziemlich genau mit den akustischen Proportionen identisch, die den musikalischen Tönen zu Grunde liegen. Doch will ich das nur andeuten, es ist schwer zu verstehen und führt jetzt zu weit.

Ein anderer Schüler bittet: »Erzählt weiter vom Weltall, Meister!«

Pythagoras antwortet: »Der Kosmos ist eine bewegte Kugel, in deren Mittelpunkt unsere Erde steht. Auch die Erde ist eine Kugel, die sich wie die anderen Planeten von Westen nach Osten bewegt. Ich teile sie, wie auch das ganze Weltall, in fünf Zonen ein, in die Arktis, die Antarktis, die Winter-, die Sommer- und Äquatorialregion. Die Mondfinsternisse kommen dadurch zu Stande, dass sich die Erde oder ein sonstiger Himmelskörper zwischen Mond und Sonne schiebt.«

Pythagoras ist einer der Ersten, der das Himmelsgebäude Kosmos genannt und die Erde als rund bezeichnet hat, eine Erkenntnis, die später jahrhundertelang unterdrückt wurde. Er hat mehr als jeder andere dazu beigetragen, dass die Wissenschaft in Europa Fuß fasste, vor allem Mathematik und Astronomie.

Diese Glücklichen kennen keine Eile

Einige junge Leute treten zu Pythagoras. Er erhebt sich, glättet seine Tunika und wendet sich ihnen zu. Auch die anderen – Schülerinnen und Schüler – stehen auf. Sie sind ruhig, gelassen, sie kennen keine Eile.

Wir können die Schule des Pythagoras eine Art kommunistische Aristokratie nennen. Darin teilen sich Männer und Frauen allen Besitz, sie werden gemeinsam erzogen, durch Mathematik, Musik und Philosophie zu Tugend und zu edlem Denken geführt. So werden sie darauf vorbereitet, als hütende Herrscher dem Staat zu dienen.

Für Pythagoras war der Grundsatz gleicher Rechte für beide Geschlechter eine Selbstverständlichkeit, und zwar nicht nur in der Theorie, sondern auch in der Praxis. Er machte nur einen kleinen Unterschied in der Erziehung. Seine Schülerinnen bereiteten sich zusätzlich auf ihre Pflichten als Mütter und Hausfrauen vor. Die pythagoreische Frau galt in Griechenland lange als höchster Frauentypus, obwohl man einschränkend sagen muss, dass die große Rolle, die die Frauen bei Pythagoras spielten, eher untypisch für die Griechen war, wie wir noch sehen werden.

Was Pythagoras und seine Schule betrifft, so war die Zukunft unerfreulich, sogar tragisch. Pythagoras wollte seine Ideen in die Praxis umsetzen und seinen Anhängern die Herrschaft über die Stadt verschaffen. Das wurde allen zum Verhängnis. Sie mischten sich so direkt ins politische Leben ein und schlugen sich so entschieden auf die Seite der Aristokraten, dass die demokratische Volkspartei Krotons das Haus, in dem sich die Pythagoreer versammelten, empört niederbrannte, viele tötete und andere vertrieb.

Was aus Pythagoras selbst wurde, weiß man nicht. Ein Bericht sagt, dass er auf der Flucht gefangen genommen und erschlagen wurde; ein anderer lässt ihn in die Stadt Metapont entkommen, wo er vierzig Tage lang keine Nahrung zu sich nahm und sich so – vielleicht auch, weil er meinte, mit achtzig Jahren genug gelebt zu haben –, zu Tode hungerte.

Wir aber haben durch den Besuch bei Pythagoras vielleicht einen Begriff davon bekommen, dass unsere abendländische Kultur auf den Hypothesen der griechischen Naturphilosophen vor Sokrates beruht. Sie nahmen als Erste an, dass es Naturgesetze gibt, die wir erfassen können.

Die Heimat der Sappho

Wir segeln von Kroton nach Lesbos. Den Hafen von Mytilene auf der Insel Lesbos umfassen die Häuser wie ein großes Hufeisen. Der Anblick ist ähnlich wie in Kroton, aber wir spüren, dass Mytilene auf einer Insel liegt, der Wind ist frischer, die Luft heiterer, der Himmel heller.

Mytilene ist reich.

Wir kommen in eine ganz andere Welt, in den Park und in die Gemeinschaft von Sapphos Jungfrauen.

Die Griechen hatten zur Erziehung junger Menschen ein besonders enges Verhältnis, das man beinahe erotisch nennen kann – vielleicht sogar muss. Für uns ist es eher ein Zufall, dass wir gleich zwei Erziehungsgemeinschaften hintereinander besuchen, die des Pythagoras und die der Sappho. Aber die Gemeinschaft der Sappho unterscheidet sich in jeder Beziehung von der des Pythagoras.

Sappho lebte einige Jahrzehnte vor ihm, aber aus geographischen Gründen bot sich die Fahrt nach Kroton als Erste an.

Das Besondere an Sapphos Gemeinschaft war, dass sie nur Mädchen aufnahm, weshalb Sappho heute oft auf den Aspekt der lesbischen Liebe reduziert wird. Aber das vergröbert die Dinge. Bei den kultivierten Menschen in Hellas ist alles subtiler, poetischer, als wir modernen, stumpferen Menschen es empfinden. Sappho versammelte einen Kreis junger Mädchen um sich, von denen viele von weit her zu ihr reisten, übers Meer, die meisten aus Städten in Kleinasien. Die Mädchen lebten bei ihr, wurden in den musischen Künsten, in guten Sitten und allen häuslichen Arbeiten unterwiesen und kehrten zu ihrer Hochzeit wieder nach Hause zurück.

Die Gemeinschaft war keine Schule, es ist schwer, eine passende Bezeichnung zu finden, vielleicht könnte man sie eine Mädchenschaft nennen. Die Mädchen kamen zu Sappho, um bei ihr Poesie zu hören, zu singen und den Vortrag von Hochzeitsgedichten zu üben. Außerdem war alles kultisch ausgerichtet. Sie riefen die Gottheiten an, besonders die weiblichen, etwa die schöne Aphrodite, die Göttermutter Hera oder die Musen und Charis, die Göttin der Anmut.

Vielleicht lässt sich sagen, dass sich bei Sappho ein in sich geschlossener Kreis zu weiblicher Erziehung und Persönlichkeitsbildung zusammenfand, auf der Basis musischer Künste, verbunden mit dem Gottesdienst, dem Kult. Immer war der Aufenthalt der Mädchen auf eine bestimmte Zeitspanne beschränkt. Sie wurden behütet wie in einem schützenden Garten. Sappho selbst nannte ihre Zöglinge nicht Schülerinnen, sondern »hetairai«, daher der Ausdruck »Hetäre«, der ursprünglich nicht die Nebenbedeutung »Hure« hatte. Vielleicht sollte man daher heute lieber von »Genossinnen« oder »Gefährtinnen« sprechen.

Vom Kai führt eine schmale Gasse, die leicht ansteigt, aus der Stadt. Schildkröten schleppen sich über Steinplatten, und Eidechsen sonnen sich in Mauerritzen. Auf das Häusergewimmel folgen Felder voller Olivenbäume. Feigen hängen über einen Zaun, der ein einsames Gehöft umgibt, Oleander, dem ein betörender Duft entströmt, blüht leuchtend rot und weiß.

Durch einen schattigen Hain üppiger Bäume im Südosten kommen wir zu einem Tempelbezirk mit weißen Mauern, Altären, Treppenaufgängen, Säulen, Friesen und Statuetten. Hinter dem Wäldchen liegen verstreut niedrige Häuser zwischen wilden Olivenbäumen auf dem fruchtbaren vulkanischen Boden.

Wenn wir uns zurückwenden, schauen wir über die See, von der die Landzunge mit Stadt und Hafen umfasst wird. Wir freuen uns an dem Wechsel der Farbtönungen, dem Licht und dem Spiel von Wind und Wellen. Wachteln erfüllen die Luft mit ihren Rufen. Von den Kiefern steigt ein aromatischer Duft auf, der sich mit der Würze von Salbeibüschen, Thymianstauden und Wacholdersträuchern mischt. Hoch wachsende Weinreben mit üppigem Laub und reifenden Trauben umranken die Bäume. Und in der östlichen Ferne kann man die dunkle Küste Kleinasiens im Dunst erahnen. Dort liegt Phrygien, die Küste der heutigen Türkei, dahinter befindet sich Pergamon, die Stadt, deren großer Altar heute im Pergamon-Museum in Berlin steht.

Ist es nicht schön, dass wir die Vergangenheit aus muffigen Buchseiten aufsteigen lassen können? So erkennen wir, dass die Menschen damals ebenso gelebt haben wie wir. Sie sind nicht mehr fern, sie sind uns nah.

So können wir auch verstehen, dass diese Landschaft, dass diese Insel die Kulisse, der Ort der ersten poetischen Liebesgeschichte der Weltliteratur wurde. Gewiss, es werden, von heute aus gesehen, noch ungefähr 800 Jahre vergehen, bis sie geschrieben werden wird, aber was sind 800 Jahre in diesen Zeiten? Die Welt veränderte sich damals nur unwesentlich, der Ort blieb fast der gleiche. 600 Jahre vor der Zeitwende lebte Sappho, 200 Jahre danach der Dichter Longus, was bedeutet das schon?

Mit der ersten poetischen Liebesgeschichte ist »Daphnis und Chloe«, die Liebesgeschichte zweier Hirtenkinder gemeint. Hier ist der Schauplatz ihres amourösen Erwachens, das mit so viel Scharm gezeichnet wurde.

Aphrodite – keine Göttin passt besser zu Sappho

Das Haus der Sappho liegt oberhalb der Stadt in einem parkähnlichen Garten. Sappho ist, dank einer Erbschaft, die sie als Witwe machte, eine reiche Frau.

Der Weg führt uns durch niedriges Buschwerk, in dem Bienen summen. Nach einer kleinen Biegung erhebt sich auf einer kleinen Anhöhe ein größeres Haus. Das Gebäude, das mit einem Vorbau geschmückt ist, liegt im Schatten großer Kastanien, etwas abseits erhebt sich ein zierlicher Tempel zwischen Zypressen, zu dessen Altarraum fünf schmale Stufen hinaufführen. Vier Säulen tragen den friesgeschmückten Giebel. Er ist der Aphrodite geweiht, der Göttin der Schönheit, der Verführung und der sinnlichen Liebe. Die Griechen liebten und verehrten sie, und keine Göttin passt besser zu Sappho. Nun – hier ist sie selbst!

Eine Gruppe von Mädchen singt und lacht, tanzt im Gras, barfuß, mit Blumen im Haar und in Gewändern, deren Falten sich bewegen wie Wellen im Wind. Es sind mehr als zehn junge Geschöpfe, die, sich an den Händen haltend, im Kreis tanzen.

Drei andere musizieren dazu mit Instrumenten, deren Schallkörper aus Schildkrötenpanzer besteht. Mit einem Plektron, einem Schlagstäbchen, reißen sie rasch sieben Schafdarmsaiten an und bringen sie zum Klingen.

Eine Frau sitzt in ihrer Mitte auf einem Stein, sie trägt ein weit fallendes, safrangelbes Gewand, das mit einer purpurroten Borte geschmückt ist. Ihr Alter ist schwer zu schätzen, vielleicht hat sie gerade die Mitte ihres dritten Lebensjahrzehnts überschritten. Sie ist klein und zart. Auf dem Haupt trägt sie einen Blumenkranz, ihr dunkles Haar lässt ihre Stirn noch heller erscheinen. Ihre Augen leuchten braun und ihr Lächeln ist sanft.

Lasst uns, hinter einem Oleander verborgen, zusehen.

Sappho, die Hände über den Knien verschränkt, ruft mit einer ebenso warmen wie melodiösen, fast singenden Stimme: »Leg nun die Lyra beiseite, Anaktoria, meine Schöne aus Milet, und ihr anderen, hört mit dem Tanzen auf, ja, auch du, Euneika. Und setzt euch zu mir, meine Gefährtinnen.«

Die Mädchen treten näher und bilden einen Halbkreis um Sappho.

»Heute Nacht«, sagt die Dichterin, »lag ich lange wach und schaute hinauf zum Mond. Da dachte ich an den Tod und wurde traurig. Ich stand auf und schrieb ein Gedicht. Wenn ihr es hören wollt, will ich es euch singen!«

»Ja, Liebste, trage es uns vor«, bitten die Mädchen.

»Dann gib mir die Lyra, diese hell tönende Schildkröte, Iranna.« Sappho spielt einige Töne, dann singt sie:

Wenn du stirbst, ist es aus:
späterhin fragt keine Erinnerung,
keine Sehnsucht nach dir,
weil du ja nie
an den Rosen
im Garten der Musen
Anteil gehabt.
Unscheinbar gehst
du in des Hades Haus
zu den Schatten hinab,
kraftlos wie sie
fliegst du hinweg, ein Nichts.

Als sie geendet hat, schweigen die Mädchen erst, dann sagt eine: »Das ist wohl schön, aber so traurig, liebe Freundin!«

Sappho neigt sich zu ihr hinüber, küsst sie auf die Wange und antwortet: »Freilich ist es traurig, mein Herz, denn das Sterben ist etwas Übles. Die Götter selbst haben das so gewollt. Denn sie würden sterben, wenn das Sterben schön wäre. Aber sie ziehen es vor, ewig zu leben. Ach, auch ich beginne die Anzeichen des Alterns zu spüren. Komm, liebste Gyrinno, nimm du jetzt die Leier! Wenn mein Haar weiß wird, werden mich meine Knie nicht mehr tragen, dann kann ich nie mehr so leichtfüßig mit euch tanzen. Aber was soll ich machen? Ewige Jugend kann niemand besitzen!«

»Aber noch bist du jung, fast eine von uns, und sollst uns von der Liebe singen!«, ruft ein anderes Mädchen.

»So gib mir die Lyra wieder«, antwortet Sappho. Sie wendet sich direkt an eines der Mädchen, sieht es liebevoll an, während sie singt:

Eros erschüttert mein Herz,
wie ein Sturm im Gebirg
auf die Eichen sich stürzt.

Dann dreht sie sich einer anderen zu:

Jahre sind ins Land gegangen, seit ich,
Atthis, dich zum ersten Mal begehrt.
Doch ein Kind noch warst du, und ich fand dich
süßer Minne noch nicht wert.

Und danach zur Dritten:

Reizend süß du lachst und beraubst mich Arme
aller Sinne zugleich; denn wenn ich dich
nur einmal erblicke, Lesbia, Liebste, kann ich
nicht mehr sprechen. Schwer und lahm wird die Zunge
mir dann, wie von Flammen durchrieselt es mich.
Die Ohren klingen und brausen mir. Es wird mir
schwarz wie Nacht vor den Augen.

Als sie endet, klatschen die Mädchen verhalten, fast zärtlich. Und eine, die nicht angesprochen worden war, ruft: »Das ist alles schön und leidenschaftlich, aber dein liebstes Gedicht ist mir doch dieses:

Der Mond und die Siebensterne
sind untergegangen. Mitternacht ist
und die Zeit vorüber –
ich aber, ich liege einsam.

Hier hast du in wenigen Worten alles ausgedrückt, die Nacht und die Sehnsucht, die Qual des Wartens und die Hoffnungslosigkeit, die darin liegt, dass das Leben und die Liebe dahingehen und unerbittlich im Dunkel entschwinden.«

»Das hast nun wiederum du schön gesagt, Euneika, und meine Verse hast du dir gut gemerkt, du wirst sie noch singen, wenn du wieder nach Salamis zurückgekehrt sein wirst. Du gehst ja bald. Vergiss dann nie, dass die schönen Dinge ein Abglanz des Himmlischen sind und dass wir sie mit sinnlicher Freude genießen sollen. Das möchte ich mit meinen Versen ausdrücken.«

Die Mädchen, an ihren Abschied denkend, rücken näher und legen ihre Arme um Sappho.

Sieht es nicht aus, wie die Plastik eines antiken Bildhauers?

Doch nun wollen wir gehen. Unser Tag ist noch lang. Den Mittag wollen wir fröhlichen Dingen widmen, am Nachmittag lernen wir die Demokratie Athens kennen und sein Theater, der Abend ist dann dem Gespräch bei einem Gastmahl und der Philosophie gewidmet.

Der klägliche Rest eines großen Werkes

Das schöne Bild schwindet. Ein schmaler Pfad, der sich durch ein Kiefernwäldchen schlängelt, führt uns zum Hafen zurück. Der Himmel über den Häusern ist tiefblau, aber er schmückt sich bereits mit einem rötlichen Schimmer.

Ich glaube, ich muss noch einige Worte sagen. Wir haben nun Sappho und ihre »hetairai« gesehen, eine Frau, die sich in dieser Zeit so frei, so bewusst entfalten konnte wie kaum eine andere und die einen hohen geistigen Rang erreichte.

»Sappho«, sagte schon Strabon, ein griechischer Historiker, der 600 Jahre nach ihr lebte, »war eine wunderbare Erscheinung. Denn meines Wissens ist nie eine Frau aufgetreten, die in der Dichtkunst mit ihr auch nur entfernt zu vergleichen wäre.«

Wie die Antike unter »Dichter« einzig Homer verstand, so wusste ganz Hellas, wer mit der »Dichterin« gemeint war. Sappho wurde um 612 vor unserer Zeitrechnung auf Lesbos geboren, bereits mit 19 Jahren genoss sie als Politikerin und Dichterin hohes Ansehen im öffentlichen Leben. Sie schloss sich einer Verschwörung des Adels gegen den damals herrschenden Tyrannen an, wurde verbannt und siedelte nach Sizilien über. Dort heiratete sie reich, verlor ihren Mann früh und kehrte nach fünfjähriger Verbannung als Witwe auf die Insel Lesbos zurück, wo sie sich an die Spitze der Gesellschaft und der Intelligenz stellte. Man sagte von ihr: »Sie hat die Pracht geliebt und den heiteren Lebensgenuss.« In ihrem Hang zum tätigen Leben gründete sie eine Schule für junge

Frauen, die sie in Dichtkunst, Musik und Tanz unterrichtete, denen sie sozusagen den letzten Schliff gab. Es war die erste Mädchenschule der Geschichte. Die »hetairai« tanzten und sangen bei Götterfesten, zu denen Sappho die Lieder schrieb. Und Sappho verliebte sich in alle diese Mädchen.

Man hat Sappho die Beziehungen zu ihren Mädchen, diesen »Umgang« mit ihnen, oft verübelt; nicht jedes Zeitalter ist von Vorurteilen frei. Bedenken wir nur, in wie engen Vorstellungen unsere Väter und Großväter befangen waren. Und unsere Mütter und Großmütter nicht weniger. Auch sie waren auf eine Weise prüde, die uns heute lächerlich erscheint. Es ist traurig, aber wir verdanken es nur einem Zufall, dass überhaupt Werke der Sappho überliefert sind, denn 1073 nach Christus wurden alle ihre Gedichte in Konstantinopel und Rom von den Kirchenoberen öffentlich verbrannt, was uns vielleicht nicht verwundert. Glücklicherweise wurden 1897 in der ägyptischen Oase Fayum einige Särge entdeckt, zu deren Herstellung Papyrusseiten aus alten Büchern verwendet worden waren. Auf diesen Fragmenten fand man einige von Sapphos Gedichten, der klägliche Rest eines großen Werks, das die griechische Antike mit Poesie erfüllt hat. Sappho hat ja nicht nur über die Liebe geschrieben, ihr Spektrum war reicher. Und allein in den uns erhaltenen Resten verwendet sie mehr als ein halbes Hundert verschiedene Versmaße. Sie war also eine große Anregerin, die noch heute gelesen wird.

Damals allerdings wurden alle ihre Gedichte gesungen; die Harfenmusik dazu schrieb Sappho selbst.

Die Homoerotik der Griechen war Teil ihrer Erziehung

Wer heute von Sappho spricht, denkt an lesbische Liebe. Doch die Homosexualität war Teil des griechischen Lebens, vor allem die Knabenliebe. Allerdings verstehen wir unter Homosexualität im Allgemeinen nur die sexuelle Fixierung auf das eigene Geschlecht, verbunden mit der Ablehnung des jeweils anderen. Davon konnte bei den Griechen keine Rede sein. Die Griechen liebten Knaben, ohne die Mädchen auszugrenzen.

Jeder Mensch durchlebt eine homoerotische Phase, denn die Ichfindung des Jugendlichen erfolgt immer über die Identifikation mit einem oder mehreren gleichgechlechtlichen Partnern. Fast alle Freundschaften sind auch homoerotisch gefärbt. Zur Identifikation gehört eben auch die erotische Spannung, die zu sexuellen Kontakten führen kann – aber nicht muss.

Der Musiker Leonard Bernstein hat einmal über ein eigenes homosexuelles Erlebnis gesagt: »Wieso sollten wunderbare Beziehungen wie diese durch Gerede von Abnormität beschmutzt werden?«

Zudem gilt: Die Homoerotik der Griechen bezog sich ausschließlich auf männliche Jugendliche nach der Pubertät. Daher nannte der Philosoph Plutarch die Homosexualität der Griechen eine »pädagogische Päderastie«. Im Grunde blieb in Hellas der sexuelle Kontakt zwischen Männern und Knaben eher sekundär, unter Umständen beschränkte er sich nur auf zarte Äußerungen des Verlangens und auf erotische Annäherungen, während es primär um die geistig-seelische Verbundenheit ging. Die Liebe zu einem Knaben sollte aus Sicht des Mannes in lebenslange Freundschaft münden. Es handelte sich immer nur um die Beziehung eines erwachsenen Mannes zu einem Jugendlichen, das unterschiedliche Alter war die unbedingte Voraussetzung. Sobald der Knabe größer wurde und sich die Partner geistig und körperlich anglichen, galt die gleichgeschlechtliche Liebe als anstößig.

Der Jugendliche selbst brachte dem Älteren meist nur freundschaftliche Zuneigung, Hochschätzung oder Bewunderung entgegen. Die uns überlieferten Bilder und Schriften erzählen meist, dass die Knaben die Sexualität wenig schätzten. Oft wird von Abwehr und Flucht des spröden, jungen Geliebten berichtet, nicht von seinem Begehren.

Der Ältere musste charakterliche Vorzüge haben, er musste menschlich und geistig überlegen sein. Aber auch für den Erwachsenen lag der wesentliche Sinn der Knabenliebe im Pädagogischen. Der sexuelle Kontakt war, salopp ausgedrückt, nur das Tüpfelchen auf dem i.

Vom Erwachsenen lernte der geliebte Knabe das ideale Verhalten, Wertmaßstäbe für sein späteres Leben. Die Körpererziehung hatte – wie wir auch in Olympia sehen werden – für den Griechen einen hohen Stellenwert. Jeder Bürger Athens, der es sich leisten konnte, schickte seinen Sohn zum Sportunterricht, damit er von einem Lehrer unterrichtet wurde. Das begünstigte die Homoerotik, denn die Knaben turnten nackt. So wurden die Lehrer quasi herausgefordert, sich in sie zu verlieben.

Gewiss gab es auch Auswüchse – Knabenprostitution. Und natürlich stellten sich die Heranwachsenden auch gegen Geld, Geschenke oder andere Leistungen zur Verfügung. Jedoch war die Knabenliebe nur ein Privileg des freien Bürgers. Sklaven oder eingewanderten Fremden traute man das sittliche Niveau, das im Idealfall zur Knabenliebe gehörte, nicht zu.

Doch genug davon. Hier sollte nur einigen Vorurteilen begegnet werden. Noch einmal zurück zu Sappho.

Die erste Dichterin der Weltliteratur

Bei Sappho kann man die sittliche Reife und den pädagogischen Eros voraussetzen. Sie war eine Dichterin und Erzieherin, die den Eros als formende Kraft lebte. Sie war eine leidenschaftliche Natur, eine Frau, deren Worte, wie der Philosoph Plutarch sagte, »mit Flammen vermischt waren«. Ihre Sinnlichkeit war der körperliche Ausdruck des Überschwangs ihrer Seele. An ihr war nichts Verklemmtes, Verlogenes. Bei ihr finden wir den Eros in seiner sublimsten Form, nämlich entzündet durch den Anblick körperlicher Schönheit, aber verklärt zu hoher Geistigkeit.

Jedoch – uns sollte es genügen, dass sie eine große Dichterin war, voller Gefühl und Bilderreichtum, mit lebendiger Sprache und Form. Man kann fast sagen, die erste Dichterin der Weltliteratur war zugleich ihre größte. Jedenfalls ist der Stimmungszauber ihrer Gedichte erst sehr viel später wieder erreicht worden.

Vielleicht war es so gesehen ein Segen für Sappho, dass sie früh ihren Mann verlor. Denn das machte sie nicht nur reich und unabhängig, es gab ihr auch ungewöhnliche Freiheiten.

Die Frauen führten in Griechenland, anders als in Ägypten, ein sehr untergeordnetes, unfreies Leben; vor allem die wohlhabenden griechischen Männer verlangten, dass ihre Frauen von der Welt abgeschirmt blieben und nicht mit den männlichen Besuchern des Hauses in Kontakt kamen. Ihre Räume waren meist im oberen Stockwerk, so weit wie möglich von den Türen entfernt, die zur Straße führten.

Ihre Unfreiheit hatte freilich auch einen Grund, mögen wir ihn nun akzeptieren oder nicht. Die Männer wollten sicher sein, dass sie die Väter ihrer Kinder waren und nicht ein Fremder. Das war auch deshalb wichtig, weil nur frei geborene Kinder von frei geborenen Athenern in alle Rechte eingesetzt werden konnten.

Wo und wann Sappho starb, wissen wir nicht. Es gibt verschiedene Berichte, aber wir müssen uns damit zufrieden geben, dass sie eine Poesie der Anmut und Leidenschaft hinterließ und jeden Sänger ihrer Zeit überstrahlte. Auch der Philosoph Platon sagte von ihr in einem Vers: »Manche erzählen uns wohl, es gebe neun Musen. Wie töricht! Hat denn Lesbos uns nicht Sappho als zehnte gebracht?«

Das größte Sportfest

Ins Gebirge nach Olympia

Unser Segelboot gelangt in die Bucht von Kyparissia. Von dort fahren wir in einem Karren mit zwei Ochsen ins Gebirge – nach Olympia, nicht zur Olympiade, sondern zu den Olympischen Spielen. Der Ausdruck »Olympiade« bezeichnet nur den vierjährigen Zeitraum zwischen den Spielen, so wie eine Dekade den Zeitraum von zehn Jahren umfasst.

Unser Ochsenkarren hat nur zwei Räder, er ähnelt den Streitwagen auf antiken Vasenbildern. Er ist ungefedert und an jeder Seite gibt es ein Sitzbrett.

Der Weg führt über einen sanft ansteigenden Holperweg ins Hügelland. Helle Akazienwälder wechseln mit einzelnen Gruppen von Platanen und Eukalyptusbäumen, dann wieder breiten Feigenbäume ihre lichten, fingerblättrigen Schirme aus. Hoch aufragende Blütenstände von Aloen begleiten den Weg.

Dann plötzlich klingt es aus der Ferne wie Meeresrauschen. Es wird rasch lauter: Beifallgetöse, Hochrufe, Anfeuerungsschreie, Gebrüll, Gesang, Musik – alles vermischt zu einem dissonanten Chor.

Die Siedlung Olympia liegt in einem fruchtbaren Tal voller Platanen und wilden Ölbäumen. Hier fließt der legendäre

Fluss Alpheus. In den warmen Sommernächten schlagen die Nachtigallen und betören die Verliebten, also die Erzieher und Knaben oder jungen Männer und ihre Freunde oder die Wettkämpfer und ihre Trainer. Im heiligen Hain legen die Sportler ihren Eid ab und bringen Zeus, dem Herrn über das Schicksal, ihre Opfergaben dar.

Sonst ist der Ort eher verschlafen, nur in den wenigen Wochen der Spiele ändert sich das, dann aber auch gründlich. Die Umgebung verwandelt sich in ein riesiges Lager. Die meisten Besucher bringen ihr Zelt und ihre Vorräte selber mit, denn das Dorf könnte die Menschenflut nicht unterbringen. Stände und Buden schießen aus dem Boden, Souvenirverkäufer und fliegende Händler hoffen auf gute Geschäfte. Es kommen auch viele Prominente, Politiker, die in ganz Griechenland Erfolg haben wollen, dazu Philosophen, Dichter und Schriftsteller.

Im Sommer während des Vollmonds

In der Frage, ob bei den Olympischen Spielen nur Männer zugelassen waren, widersprechen sich die Historiker. Einige meinen, Frauen sei der Zutritt zum heiligen Bezirk Olympias und der Besuch der Spiele grundsätzlich verboten, sogar streng verboten gewesen, andere wieder sprechen nur von verheirateten Frauen, während sie ledige junge Frauen als Zuschauerinnen auf den Tribünen geduldet sehen. Sicher ist, dass verheirateten Frauen der Anblick nackter Männer nicht gestattet wurde. Das gehört in das Kapitel der Stellung der

Frau bei den Hellenen überhaupt und deren Angst vor untergeschobenen Kindern.

Nur bei der Priesterin, die den heiligen Dienst an der Göttin Demeter versah, wurde eine Ausnahme gemacht. Sie durfte von einem marmornen Thron aus die Spiele verfolgen. Ihr Amt war daher begehrt, es wurde für jede Olympischen Spiele neu vergeben. Anderen Frauen soll eine drakonische Strafe gedroht haben, sie sollten von einem schroffen Hügel zu Tode gestürzt werden. Angeblich ist aber nur einmal eine Frau entdeckt worden.

Athletinnen gab es nicht. Die Männer wollten keinesfalls mit Sportlerinnen, mit weiblicher Konkurrenz, wetteifern. Nur in Sparta wurden auch Mädchen sportlich erzogen, denn sie sollten in der Ehe auch harte Arbeit leisten und kräftige Kinder zur Welt bringen. Dies zur Einführung.

Alle vier Jahre also gab es in Olympia religiöse, sportliche und literarische Darbietungen, und zwar im Sommer während des Vollmonds. Sie dauerten sieben Tage. Priester, die jeden Athleten darauf verpflichteten, im olympischen Geist zu kämpfen, leiteten sie. Die Teilnehmer und Zuschauer kamen aus allen Teilen der hellenischen Welt. Konzerte und Rezitationen von Dichtern wechselten mit Wettkämpfen in verschiedenen Sportarten. Am vierten Tag erreichte das Fest seinen kultischen Höhepunkt, wobei Blut in Strömen floss: Mindestens hundert Rinder wurden in einer großen Prozession zum Zeusaltar geführt und dort geschlachtet.

Man betrieb verschiedene Sportarten, von denen wir heute noch einige kennen und ausüben. Ringen und Faustkampf, Wettlauf, Diskus- und Speerwerfen, dazu Wagenrennen. Am letzten Tag fand die Siegerehrung statt. Ein Riesenspektakel. Ein Herold rief die Namen der Sieger, die ihrer Väter und die der Heimatstädte. Das war der größte Augenblick für jeden Athleten, inmitten der Menge der Zuschauer und angesichts der gesamten hellenischen Würdenträger ausgezeichnet zu werden. Ein Kranz aus Zweigen vom heiligen Ölbaum wurde ihnen aufs Haupt gedrückt. Für diesen Moment hatte der Athlet lange trainiert, geübt, sich das Äußerste abverlangt. Nun wurde sein Name in die »ewigen« Siegerlisten eingetragen. Choräle ertönten und danach wurde gefeiert.

Das Festmahl war üppig, die Siegesfeier zog sich oft bis zum nächsten Morgen hin. Im Mondlicht hallte der heilige Hain von Lobgesängen wider.

In den folgenden Tagen entvölkerte sich die olympische Zeltstadt. Allmählich zog wieder Ruhe ein. Und die Sieger wurden daheim im Triumph empfangen. Wie heutzutage auch.

Während der Spiele sollten eigentlich in ganz Hellas die Waffen ruhen, aber so ist es nur selten gewesen während der fast 2000 Jahre, in denen sie stattfanden. Man beschwor zwar die brüderliche Freundschaft, denn so wollte es der Orakelspruch, die Weissagung des Gottes Apollo in Delphi. Aber nicht immer hielt man sich daran.

Jedenfalls war es ein einzigartiger Versuch in der Geschichte, eine Friedensordnung durchzusetzen.

Doch wir wollen auch die Schattenseiten nicht verschweigen. Ruhmsucht bestimmte auch das Denken der griechischen Aristokratie. Ehrgeizige Adlige konnten nach dem Sieg eines Athleten ihrer Stadt mit einem Zuwachs von Einfluss rechnen. Zwar ersetzte kein olympischer Kranz eine schlagkräftige Truppe, aber im Verein mit Waffengewalt konnte der Ruhm des Olympiasiegers einem Tyrannen viel helfen. Die enge Beziehung zwischen Sport und Politik war eben auch in Griechenland selbstverständlich, wurde doch bei der Siegerehrung auch der Name der Heimatstadt ausgerufen – ein begehrter Ruhm im Wettstreit der griechischen Staaten, für den die Städte oft viel Geld ausgaben! Das ging von der Sportförderung vor den Spielen bis zu erheblichen materiellen Ehrungen. Es gab Ehrentafeln und Standbilder, Siegesmonumente und Prozessionen, das Ehrenbürgerrecht und die Befreiung vom Militärdienst, dazu Logenplätze im Theater und kostenlose Verpflegung auf Lebenszeit.

Klingt das nicht wie heute?

Und es ging noch weiter. Manche Städte, manche Herrscher schmückten sich sogar mit fremden Federn, indem sie Athleten fremder Städte mit Gold bestachen und bei sich einbürgerten.

Der Name Athlet leitet sich eben von »athlon«, das heißt »Kampfpreis« oder »Belohnung«, ab. Außerdem will der Athlet aller Welt beweisen, wie großartig er ist. Dafür scheut er keine Mühe und geht jedes Risiko ein. Darin kann man vielleicht auch ein fast krankhaftes Geltungsbedürfnis entdecken, nämlich das, sich zu produzieren. Womit wir wieder beim Menschlichen wären. Dabei braucht der Sportler natürlich Publikum. Ohne Beifall, ohne das Gefühl, der Größte zu sein, kein Wettkampf.

Man wusste schon damals um die Schattenseiten. Der Lyriker Pindar hat es vorhergesagt, dass die Größe Griechenlands vorbei sein würde, sobald der Sport etwas mit Geld zu tun hat. Die Olympischen Spiele waren nicht so ideal, wie sie oft geschildert werden. Es gab Bestechungen und Schiebereien, es wurden Siege aus politischen Gründen ausgehandelt, jede Stadt wollte so viel olympischen Glanz wie möglich abbekommen und natürlich gab es auch Unglücks- und Todesfälle. Fast so alt wie die Olympischen Spiele selbst ist ihre Nutzung zu politischen Zwecken.

Wir betreten nun das Dorf. Überall Buden und Wahrsager. Schreiend werden Süßigkeiten angepriesen, Akrobaten führen Kunststücke vor, Musik ertönt zwischen den Herden von Opfertieren, den Weinhändlern und Obstverkäufern. Durch den heiligen Hain gelangen wir zum Altar des Zeus. Hoch ragt die Statue des Gottes auf, dem die Spiele geweiht sind. In jeder Hand hält er einen Blitz. Seine Statue ist aus dunklem Holz geschnitzt und sehr alt. Er lächelt geheimnisvoll. Hier wurde am Morgen ein Wildschwein geopfert und verbrannt. Auf dem Altar sehen wir noch die Asche vieler Opfergaben.

An der Seite stehen Athleten in einer Gruppe, jugendliche Kämpfer, alle prächtig gewachsen. Einige tragen einen Lendenschurz, andere sind nackt. Ihre athletischen Körper, die muskulösen Beine, die durchtrainierten Arme und Brustkörbe hätten jeden Bildhauer begeistert.

Ein Diener legt Ölzweige in ein Feuer, das auf einem niedrigen Seitenaltar brennt, und übergibt den Flammen Opfergaben, wie Weihrauch und Honigkuchen. Dann bringt er, auf dem Boden davor, ein Trankopfer dar.

Einen Augenblick später steigt der Priester feierlich die Stufen zum großen Altar hinauf, ein älterer, würdiger Mann in einem weißen, kunstvoll drapierten Gewand. Er trägt eine Fackel mit dem ewigen Feuer. Mit ihr zündet er das aufgestapelte Holz an.

Ich schwöre, dass ich ein frei geborener Grieche bin

Der Geruch von schwelendem Pappelholz und Weihrauch erfüllt die Luft. Doch bald bricht die olympische Flamme durch den Rauch, und aus der Menge steigt ein Seufzen auf, das wie das Anschwellen des Windes klingt. Tempeldiener bringen neue Opfergaben, Körbe voller Fleisch aus den Keulen von Rindern, die mit vergoldeten Hörnern und Blumenkränzen um den Nacken zum Schlachten geführt worden waren.

Der Priester dreht sich der Menge zu und ruft: »Wenn sich hier ein Mann befindet, der eines Blutverbrechens oder einer Gotteslästerung schuldig ist, dann soll er gehen! Wenn unter euch Frauen sind, dann müssen sie ebenfalls gehen!«

Ein Murmeln antwortet ihm.

Der Priester ruft: »Dann spreche ich den ersten Eid, die Athleten mögen meine Worte wiederholen.«

Alles blickt nach rechts, zu den jungen Sportlern. Diese rücken ein wenig zusammen und kommen näher. Der Priester wendet sich ihnen zu und spricht ihnen vor: »Ich schwöre, dass ich nicht gegen die Regeln der olympischen Wettkämpfe verstoßen werde. Ich schwöre, dass ich Gymnastik nicht um eines Rekordes willen treibe oder sie berufsmäßig ausübe, sondern um der körperlichen Vollkommenheit willen, wie es sich für einen Freien geziemt.«

Wie ein Echo kommt es im Chor zurück: »Ich schwöre, dass ich ein frei geborener Grieche einer freien griechischen Gemeinde bin, dass auch mein Vater und meine Brüder frei geborene Griechen sind, wie auch meine Vorväter frei geborene Griechen waren!«

Wenn das Feuer niedergebrannt ist, wird es mit Wasser aus dem Fluss Alpheus gelöscht. Ist die Asche erkaltet, wird sie hart und glatt und der Altar des Zeus wächst ein Stück weiter dem Himmel entgegen. So vermischen sich Erde, Luft, Wasser und Feuer, um ihn zu lobpreisen, der alles regiert.

Athleten aus ganz Griechenland

Wir gehen zur Kampfbahn. Sie liegt hinter dem Hain, zweihundert Meter lang und so breit, dass zwanzig Läufer nebeneinander starten können. Grün sind die Hänge zu beiden Seiten gewesen, bevor die Menge das Gras zertrampelt hat. Jetzt sind sie mit Zuschauern besetzt, die den Athleten zuschauen und Wetten abschließen.

Es sind keine Kopfbedeckungen erlaubt, auch uns nicht, um die Sicht nicht zu behindern.

Es sind wohl mehr als zehntausend, vielleicht sogar zwanzigtausend Zuschauer anwesend. Der satirische Dichter Lukian meinte später, man zähle bis zu vierzigtausend Zuschauer. Sie alle wollen die Wettläufe der Knaben sehen!

Einige Athleten beten, denn sie meinen den Wettlauf nur

mithilfe der Götter gewinnen zu können, andere trinken am Wasserbecken, wieder andere sitzen im Gras und massieren sich die Muskeln.

Der Oberrichter verkündet die Namen der Wettkämpfer – die uns nichts sagen – und ermahnt sie, ihr Bestes zu geben, zur Ehre ihrer Städte, zur Freude ihrer Väter und um ihres eigenen Ruhmes willen.

Schon tönt das Trompetensignal und sofort brüllt die Menge begeistert auf, aber zweimal verzögert sich das Rennen, weil die Teilnehmer falsch starten und von den Aufsehern durch Schläge mit langen gegabelten Stangen bestraft werden. Die Zurufe, die durch das Stadion brausen, werden ungeduldiger.

Wieder schallt die Trompete, die Läufer schießen vor. Die Distanz ist kurz. Ein braun gebrannter Knabe mit lockigem Haar löst sich aus der Gruppe und erreicht die Zielmarke als Erster. Jubel braust auf. Die Menschen am Ende der Strecke springen auf und umringen ihn.

Ein Regen aus Blüten und Ölzweigen geht auf seine Schultern nieder. Manche wischen ihm den Schweiß vom Gesicht, andere heben ihn auf ihre Schultern, die Männer seiner Stadt legen ihm eine Blütenkrone auf den Kopf, winden ein Band um seinen Arm, ein anderes um seine Oberschenkel. So tragen sie ihn zum steinernen Sitzplatz der Richter, wo er den Palmenzweig erhält, der als Zeichen des Sieges gilt, bis zur letzten Nacht, in der die Sieger mit wilden Olivenzweigen gekrönt werden.

Damals schickten viele Städte Delegationen auf weite Reisen durch alle griechischen Staaten. Sie wurden begleitet von

Trompetern und Bannerträgern. Es war wie eine Prozession zwischen den hochsommerlich abgeernteten Feldern, unterwegs wurden sie begeistert begrüßt. Man bot ihnen Wasser, Obst und Weizen an, man bekränzte sie mit Blüten. Für die Nacht hielt man Schutzdächer für sie bereit oder sie schliefen in Pinienhainen, unter freiem Himmel, unter den Sternen und dem Mond.

Dagegen sind unsere modernen Olympischen Spiele fast zu einer Art Monsterschauen herabgesunken, sie haben den Scharm des Originals verloren.

Und doch: Schön, dass man die Spiele wiederbelebt hat. Wir werden sehen, dass wir noch sehr viel mehr von den Griechen übernommen haben.

Geburt der Demokratie

Arsenale, Zollgebäude, Wechselstuben und Warenbörsen

Unser nächstes Ziel ist Piräus, der Hafen Athens. Die Stadt liegt auf einer Landzunge – eigentlich sind es ja sogar drei Häfen. Sie sind das Handelszentrum der Stadt und ihre größte Einnahmequelle. Hier erheben sich hunderte von Schiffshäusern und Lagerhallen, Arsenale, Zollgebäude und Wechselstuben.

In den Warenbörsen wird mit gewebten Stoffen, Getreide, Holz, Öl, Wein und anderen Erzeugnissen der Landwirtschaft und des Handwerks von Attika gehandelt. In den Schauhäusern wird zunächst alles zollfrei ausgestellt. Der Handel erstreckte sich in die ganze griechische Welt, nach Sizilien, an die Küste Italiens, bis zum Schwarzen Meer und nach Skytien, an das Asowsche Meer, nach Südrussland ebenso wie an die Mündung des Nils und in die Cyrenaika.

Die riesigen Werften mit ihren Schachteldächern vermögen bis zu vierhundert Schiffe aufzunehmen, die zwischen den Stegen auf Fertigstellung oder Reparatur warten. Hier liegen außer den schwerfälligen Handelsrundschiffen mit einem Mast, an dem ein buntes viereckiges Segel aufgezogen wurde, die schnelleren Langschiffe, die Fischerboote und die mächtige Kriegsflotte. Am auffälligsten sind die riesigen Trieren, Kampfschiffe, die gerudert werden, wobei im Inneren bis zu einhundertsiebzig Mann Besatzung auf drei Bankreihen sitzen und sich im Takt von Flötenmusik bis zur Erschöpfung in die Riemen legen müssen. Diese Trieren sind mit einem Sporn ausgestattet, der mit Bronze beschlagen ist. Mit ihm werden die feindlichen Schiffe gerammt und zum Kentern gebracht.

Das brackige Wasser schmatzt kleinwellig an die Schiffsrümpfe, die Boote dümpeln vor sich hin, Möwen erfüllen die Luft mit ihrem Geschrei, Seeschwalben vollführen elegante auf- und abschwingende Bögen, im Wasser schwimmen angebissene Früchte und Schalen, Holzstücke, Reste von Fischen, sogar Amphoren.

Das Geschrei der Kaufleute erhebt sich aus dem Menschengedränge, die Gerüche von gerösteten Kastanien und gebratenem Huhn, von heißem Linsenbrei und all den köstlichen Dingen, die von den Verkäufern angeboten werden, durchziehen die Luft.

Auffällig sind uns die Tempel der verschiedensten Kulte, denn hier werden alle geduldet, die Altäre thrakischer oder phönizischer Gottheiten, angebetet von den Menschen aus den verschiedenen Kolonien, die sich in Piräus angesiedelt hatten, das von einer mächtigen Mauer umgeben ist.

Wir hören Musik und Gesang. Eine Prozession zieht am Hafen vorbei, hinauf zur Akropolis, und wir folgen ihr. Sie führt Opfergaben mit sich, darunter ein gesticktes Gewand für die Göttin Athene.

Eine Gasse aus Schaulustigen bildet sich. Jungfrauen tragen Körbe voller Obst, Pokale, Amphoren, Krüge und Rauchfässer an ihnen vorbei, gefolgt von Ochsen, Widdern und Kälbern.

All die Tiere sollen auf dem großen Altar geopfert werden. Während der vorangegangenen Nacht blieb fast ganz Athen wach, denn diese Prozession ist ein alter Brauch, er geht auf die Sage des vom Meer her kommenden Dionysos zurück. Ist es nicht ähnlich wie bei unseren Prozessionen und den kirchlichen Festen südlicher Länder mit ihrem Überschwang, dem Volksfestcharakter, den Fahnen, Teppichen, Trachten und Priestern?

Und das Gewand der Göttin Athene – verzeiht, aber an seiner Stelle kann man sich gut eine Maria, die Muttergottes vorstellen. Viele christliche Bräuche haben heidnischen Ursprung.

Der Zug nähert sich seinem Ende. Er bewegt sich noch über die Agora, wie der Marktplatz jeder altgriechischen Stadt heißt und wo wir uns nun auch hinbegeben. Gemeint ist in Athen allerdings der berühmte Markt, das Zentrum griechischen Lebens und der athenischen Demokratie.

Ein Platz von gewaltiger Größe

Die Straße ist voller Lärm und Geschrei, voller Getöse. Hier ist es dunkler als in den Gassen Krotons und Mytilenes, das kommt nicht nur daher, dass die Straße eng und gewunden ansteigt, es liegt vor allem daran, dass die Gebäude zu beiden Seiten höher sind, Lagerhäuser und Schuppen.

Dieser Rundbau hier ist ein öffentliches Badehaus. Wir werden später in Rom noch eine Therme kennen lernen. Die Römer übernahmen auch diese Einrichtung, wie so vieles, von den Griechen. Zunächst war die Ausstattung bescheiden, man bezahlte ein Eintrittsgeld und wurde von »Badeknaben« mit Kannen voll heißem und kaltem Wasser übergossen. Später wurden die Bäder komfortabler, sie bekamen zum Teil fließendes Wasser.

Schon Homer schildert Badeszenen. Da gießt die Zauberin Kirke dem müden Odysseus mit Kräutern vermischtes Wasser über die Schultern, da wird sein Sohn Telemach von der jüngsten Tochter eines fürstlichen Gastgebers gebadet. Ja, die Freude an Vergnügungen und Wohlleben ist groß. Es gibt Parfümerien, man pflegt soziale Kontakte, ist galant – aber es gibt auch Kriminalität. Der Philosoph Aristoteles wird berichten, dass auf Diebstahl im Bad die Todesstrafe steht!

Doch nun öffnet sich uns der Blick auf den Platz. Er hat eine gewaltige Größe. Behörden, darunter die Münze, haben hier ihren Sitz in hellen Marmorbauten.

Menschen drängen in die Tempel oder flanieren in den Säulenhallen, suchen die Verwaltungen und die Gerichte auf, stehen um die Standbilder herum oder schöpfen Wasser aus den Brunnen.

Die Agora ist das Herz Athens. Sie hat ihren Ruhm bis in unser Jahrhundert bewahrt. Die Agora Athens ist, wenn nicht der erste, so doch der bedeutendste Platz des Altertums, von dem die weitreichendsten Wirkungen ausgingen. Hier, darf man sagen, entstanden die Demokratie, die Philosophie, die dramatische Kunst und vieles, vieles andere mehr. Wenn man das klischeehafte Wort vom »pulsierenden Leben« überhaupt anwenden will, dann hier, auf die Agora Athens. Auf der Agora entwickelten sich der Staat, die Politik und die Kultur gleichermaßen. Ob Arm oder Reich, die Agora ist jedermanns Wohnstube, der Platz für Geschäftigkeit und Müßiggang. Hier verbringen die Athener ihre Tage, ihr seht es ja, hier wird es nie langweilig, denn es gibt immer etwas zu erzählen, zu erfahren, zu streiten. Hier werden die neuesten Theaterstücke genauso besprochen wie Liebesaffären, häusliche Angelegenheiten oder Feldzüge und Verteidigungsmaßnahmen, sei es gegen die Perser oder die Spartaner.

Viel früher war die Agora nur Athens Markt, jetzt haben sich die meisten Händler in die Nebenstraßen und auf die kleineren Plätze zurückgezogen. Aber die Geschäftsleute führen trotzdem ihre Verhandlungen mit Vorliebe hier, in den schattigen Laubengängen.

Rund um den Platz stehen zwar auch einige Privathäuser, vor allem jedoch öffentliche Gebäude und die Werkstätten von Bildhauern, Handwerkern, Metallgießern, Tischlern oder Schuhmachern.

Aber wie lebte der »normale« Athener?

Unterprivilegierte Frauen

Der einfache Athener stand im Morgengrauen auf und machte sich bald auf den Weg zum Markt, denn das Einkaufen war Männersache. Die Frauen waren in jeder Beziehung unterprivilegiert, man kann ruhig sagen: unterdrückt. Deshalb sah der einkaufende Athener auf seinem Weg auch fast nur Männer, die frei sind wie er, oder Sklaven, die Lasten schleppten. Frauen gingen meist nur hinaus, wenn sie Wasserkrüge vom

Brunnen in die Wohnhäuser brachten, denn die allerwenigsten Häuser hatten eine eigene Wasserversorgung. Und wer im Dunkeln unterwegs war, musste aufpassen, nicht in Schmutz und Abwässer zu treten, die nachts auf die unbeleuchteten Straßen geschüttet wurden, Athen verfügte nämlich über keine Kanalisation. Man ging barfuß, selten wurden Sandalen getragen. Wenn der Athener die Freude hatte, ein junges Mädchen oder eine Frau zu sehen, dann weil sie aus dem Fenster eines wohlhabenden Hauses schaute. Sie verschwand aber, sobald sie ihn erblickte – aus Stolz und weil es von ihr verlangt wurde. Kamen ihm einmal zwei Mädchen entgegen, schauten sie zur Seite. Übrigens war es – und ist es noch – nachts auf den Straßen gefährlich. Diebe hatten sich darauf spezialisiert, ihre Opfer im Dunkeln zu überfallen. Manche trugen daher brennende Fackeln, die nicht nur Licht spenden sollten, sondern auch als Waffe dienten. Junge Männer, die betrunken von Festen kamen, strolchten durch die dunklen Straßen und hämmerten an Türen, hinter denen sie Frauen vermuteten. Dennoch war und ist Athen für seine Freiheit berühmt, auch für die der Rede. Arme Männer und zuweilen auch Sklaven traten auf der Agora für ihre Interessen ein. Man sagt ironisch, dass in Athen selbst die Pferde und Esel ein überzogenes Selbstvertrauen haben. Viele Philosophen, unter denen es natürlich auch solche Leute gibt, die wir heute als »Stammtisch-Politiker« bezeichnen würden, aber eben auch so erlauchte Geister wie Thukydides, Kritias und Platon verachteten die einfachen Athener und es missfiel ihnen, dass die Demokratie allen so viel Macht gab. Es war wie überall, der reiche, gebildete Athener hielt den einfachen

Bürger für zu ungebildet, um die Angelegenheiten der Stadt zu regeln. Er meinte, dass nur er selbst diese Aufgabe übernehmen könne. Die Ärmeren ärgerten sich darüber und bestraften nicht selten die Gegner der Demokratie.

»Demokratie«, dieses Wort ist nun schon oft gefallen. Mit Demokratie meinte der große Perikles im 5. Jahrhundert vor Christus eine Staatsform, die damals geradezu revolutionär war. Volksherrschaft heißt sie, weil in ihr nicht nur einige wenige, meist Adlige oder Reiche, bestimmen, sondern die Mehrheit der Bürger. Zwar hatten nach dem Gesetz in Streitfällen alle das gleiche Recht, in der Praxis aber war doch der im Vorteil, der sich Ansehen erworben hatte, freilich nicht durch Zugehörigkeit zu einer mächtigen, bevorzugten Gruppe, sondern durch eigenen Verdienst. Ebenso wurde kein Armer oder Unbekannter, der für die Stadt etwas leistete, ausgeschlossen.

Gehen wir hinüber zur Pnyx.

Staatsführung durch das Volk

Die Pnyx, der eigentliche Versammlungsplatz, den man ausbaute, weil die Agora zu klein geworden war und natürlich ihrem eigentlichen Zweck, dem Markt, vorbehalten bleiben sollte, ist terrassenförmig in die Felsen hineingebaut und liegt südwestlich der Akropolis. Hier sind Sitzbankreihen aus Holz aufgestellt.

Schauen wir uns die attische Demokratie doch einmal genauer an. Denn sie ist der erste und zugleich gelungenste Versuch einer Staatsführung durch das Volk. Allerdings hatte sie auch ihre Grenzen. Zunächst einmal konnten ja nur relativ wenige Leute lesen. Außerdem konnte Athen von den abgelegeneren Städten nur schlecht erreicht werden. So war das Wahlrecht auf die Söhne frei geborener Athener beschränkt, die einundzwanzig Jahre alt sein mussten. Nur sie und ihre Familien genossen die bürgerlichen Rechte. Es war ein streng abgegrenzter Kreis von Bürgern, der zur Zeit des Perikles, als die Demokratie ihre vollkommenste Ausprägung erhielt, die politische Macht innehatte. Und trotzdem, innerhalb dieses Kreises war das Recht für alle gleich, vor dem Gesetz und in der Volksversammlung.

Vor uns setzt sich ein Mann, der mit seinem Freund oder Nachbarn gekommen ist, mit ihm auf eine Bank. Der Besucher scheint aufgebracht zu sein, er redet laut: »Nie, seit ich mich selbst wasche, tat mir mein Auge so weh vom Staub wie heute am Morgen, wo wir souveränes Volk Versammlung haben. Sieh nur, wie leer der Platz noch ist. Die Leute stehen auf der Agora herum, schwatzen und finden kein Ende. Doch wenn sie zu spät kommen, was meinst du wohl, wie sie sich um die besten Plätze drängen und einander schieben und stoßen und übereinander purzeln!«

Die Demokratie entstand nach vielen Wirren, die wir im Einzelnen nicht schildern können. Vorausgegangen war eine Zeit von Alleinherrschern und Königen. Nun war Athen reich geworden und die Bürger wollten mehr Macht. Das wichtigste und revolutionärste Element der Demokratie, die sich nach und nach herausbildete, war die Volksversammlung. Ursprünglich kam man dazu auf dem Marktplatz von

Athen, auf der Agora, zusammen. Später wurde dieser Versammlungsort auf dem Felsenhügel Pnyx geschaffen, dicht bei der Akropolis. Sechstausend Männer können sich hier versammeln, denn Frauen sind – wie das so oft der Fall ist – ausgeschlossen!

Wenn man bedenkt, dass sich das bis in unser Jahrhundert erhalten hat! Die Appenzeller in der Schweiz konnten sich ja bekanntlich erst vor wenigen Jahren zum Wahlrecht für Frauen durchringen.

Neben den Frauen durften auch keine Sklaven oder Ausländer daran teilhaben. Als Ausländer betrachtete man jeden, der aus einer anderen Stadt kam, auch wenn er in Athen lebte und arbeitete. Insgesamt gehörten, so gesehen, zum »Volk« nur dreißigtausend Menschen, etwa zehn Prozent der Gesamtbevölkerung. Und die Bauern waren von vornherein benachteiligt. Da sie außerhalb lebten, hatten sie eine beschwerliche Wanderung zu den Versammlungen zurückzulegen, mussten sehr früh aufstehen oder begannen ihren Weg bereits am Abend zuvor und wanderten über Nacht.

Die Mehrheit schwieg

Zu Wort melden konnte sich jeder, aber nur einmal zum gleichen Thema und nur über die Sache, die gerade verhandelt wurde. Entscheidend war, dass der Redner niemanden beleidigen durfte. Hatte ihm der Vorsitzende das Wort erteilt, betrat er den Rednerstein, einen höher stehenden Block, und setzte sich einen Myrtenkranz auf, was ihm das nötige Ansehen verschaffte. Aber das allein genügte nicht; hatte er eine leise Stimme, stotterte oder redete er ungeschickt, wurde er erbarmungslos ausgelacht. Daher waren es vor allem Adlige mit guter Bildung, die Wortführer wurden. Die Mehrheit schwieg – wie immer und überall. Wir kennen ja die Redewendung von der »schweigenden Mehrheit«.

Und darin lag eine große Gefahr. Schon damals spielten sich die professionellen Redner in den Vordergrund, die nicht immer die besten Ansichten vertraten. Es wurden sogar Reden gegen Honorar verfasst und gehalten. So kam es, dass man unter einem »Politiker« bald nicht mehr jeden engagierten Bürger verstand, sondern nur noch die Berufsredner.

Waren alle Reden gehalten, wurde abgestimmt, und zwar durch Handheben – wie heute noch. Die einfache Mehrheit entschied. Ein Schreiber protokollierte die Beschlüsse und veröffentlichte sie auf geweißten Holztafeln. Danach brachte man sie ins Archiv. Diese Beschlüsse begannen mit den Worten: »Rat und Volk haben beschlossen.«

Für den Athener ist ein Bürger nicht nur ein Mann, der wählt, sondern auch einer, der Ämter übernimmt, in der Gemeinde oder bei Gericht. Dazu muss er frei, bereit und fähig sein, dem Staat zu dienen. Keiner, der einem anderen untertan ist oder durch Arbeit sein tägliches Brot erwerben muss, kann die Zeit oder die Fähigkeit dazu haben. Auf diese Weise wird ein großer Teil der Bevölkerung vom Wahlrecht ausgeschlossen. Die Wähler schließen sich nicht in Parteien zusammen, sie werden als Anhänger entweder der oligarchischen, also einiger Auserwählter, oder der demokratische Gemeinschaften vertretenden Gruppe zusammengefasst. Es kommt dabei zum Beispiel darauf an, ob sie für oder gegen die Ausweitung des Wahlrechtes, die Vorherrschaft der Volksversammlung und die Unterstützung der Armen auf Kosten der Reichen sind. Es gibt Vereinigungen jeder Art: religiöse und familiäre Clans. Dazu militärische, Arbeiter-, Schauspieler- und politische Bünde oder Vereine, die sich nur zum Bechern und Schlemmen zusammenfinden.

Die stärksten Verbände sind die der Oligarchen, deren Mitglieder sich zu gegenseitiger Hilfeleistung in Politik und Gesetz verschworen haben. Sie werden von dem gemeinsamen Hass gegen das niedere Volk zusammengehalten. Ihnen gegenüber steht die verhältnismäßig demokratische Gruppe der kleinen Geschäftsleute, der Bürger, die Lohnarbeiter geworden sind, und derjenigen, die die Mannschaften der Handels- und der athenischen Kriegsflotte stellen. Diese Bünde sehen missgünstig auf den Luxus und die Vorrechte der Reichen und lassen in Athen Gerber, Schafhändler, Seiler, Harfenbauer und Lampenmacher an die Spitze des Staates treten.

Nach Perikles' Tod ging die Staatsführung auf die Oligarchen allein über und sie nutzten die persönlichen Vorrechte, die sich daraus ergaben, weidlich aus. Vom Beginn der Demokratie mit Solon bis zur Eroberung Athens durch die Römer wird der erbitterte Kampf zwischen Oligarchen und Demokraten mit Reden, Abstimmungen, Scherbengerichten, Morden und Bürgerkriegen geführt.

Ein Herold fordert die Leute auf: »Geht, Bürger, geht weiter! Auf den Platz! Wir wollen anfangen!«

Wir lassen die Athener also ihre politischen Geschäfte regeln. Heute Abend werfen wir noch einmal einen Blick auf eine besondere Spielart ihrer Demokratie.

Jetzt aber kommen wir zu etwas Besonderem. Wir lernen nämlich das Theater kennen, oder besser, den Beginn unserer Theaterkultur. Das Dionysostheater, das wir besuchen wollen, liegt direkt unterhalb der Akropolis. Die Griechen wurden übrigens von den ägyptischen Tempeln zu ihren Bauten angeregt. Das Theater aber, das Theater ist nun wirklich etwas ganz Neues, geboren aus dem eigenartigen Trieb des Menschen, sich selbst, sein Schicksal, seine Tragödien und Komödien darzustellen. Das kennt man erst seit Athen, jedenfalls in dieser umfassenden Form, vor so vielen Zuschauern, mit Dichtern, die für das Theater schreiben. Und mit Schauspielern – keinen Schauspielerinnen, wohlgemerkt, denn in Griechenland spielen die Männer auch die Frauenrollen.

Gibt es jemanden, der die große Bedeutung des Theaters durch die Jahrhunderte europäischer Kultur bis heute bezweifeln will? Wohl kaum!

Das Theater ist voll besetzt

Schaut dort oben: Wie eine Fata Morgana erhebt sich das Bild der Akropolis. Die Burg und der Tempelbezirk Athens sind eine architektonische Meisterleistung, die zudem mit den größten Werken der zeitgenössischen Bildhauerkunst geschmückt ist. Das Parthenon, der Haupttempel der Akropolis, strahlt in lebendiger Farbigkeit! Blau … rot … durchzogen von goldenen Bändern, und dazu die bunten Figuren auf den Giebelfriesen...

Vielleicht sollten wir nun doch ein Wort zur griechischen Plastik sagen. Entweder wurden nackte Männerkörper – Götter oder idealisierte Jünglinge – abgebildet oder bekleidete Frauengestalten, meist Göttinnen. Der herausragende Bildhauer war Phidias. Er war einer der größten Künstler der Menschheit und der erste, von dem wir wenigstens einige Lebensdaten kennen. Man hat Michelangelo mit ihm verglichen. Er arbeitete für Perikles an vielen großen Projekten Athens mit, als Planer, Berater und Organisator wie auch als ausführender Künstler. Viele Jahrhunderte lang schmückten seine Werke die größten Kultstätten. Sie waren Ziel auch für die gebildeten Reisenden der Antike. Die Römer ließen tausende von Marmorkopien nach griechischen Originalen anfertigen, die dann im ganzen Römischen Reich verteilt wurden. Glücklicherweise, denn so blieben wenigstens diese Kopien teilweise erhalten, während die Originale aus Bronze, Gold oder Elfenbein sämtlich untergegangen sind. Phidias, der im 5. Jahrhundert vor Christus lebte, errichtete im Parthenon der Akropolis das große Standbild der Göttin Athene aus reinem Elfenbein. Wahrscheinlich leitete er auch die Anfertigung der riesigen Figuren im Giebel. Nicht nur Fürsten, Adlige oder Reiche waren damals die Auftraggeber, sondern das ganze Volk, eben die athenische Demokratie. Für Olympia schuf Phidias eine gewaltige Zeusstatue, auch sie aus Gold und Elfenbein. Sie wird zu den sieben Weltwundern gezählt. Aber Phidias steht nur stellvertretend für viele Künstler, deren Namen uns nur zum Teil überliefert sind. Am Parthenon dürften siebzig bis achtzig Bildhauer gearbeitet haben, die wohl aus den verschiedensten Gegenden kamen.

Das Bild des Tempels erlischt, die Umgebung tritt wieder hervor. Asphodelos und Ginster blühen, Königssalbei und Mimosen. Bronzefarbene Eidechsen, mit grünen Längsbändern geziert, huschen über die Steine. Judasbäume prunken mit purpurroten Bällen.

Das Dionysostheater ist eine Art Tempelchen aus schmalen, übermannshohen Säulen. Drinnen erheben sich aufsteigende Ränge im hufeisenförmigen Halbrund vor der Bühne.

Wir besuchen eine Aufführung der »Lysistrata« von Aristophanes. Seine Komödien sind sowohl Lustspiel und Posse als auch bestes politisches Kabarett, voller Heiterkeit, Witz – aber auch besinnlich, ermahnend, gleichzeitig frech und fromm. Goethe nannte ihn den »ungezogenen Liebling der Grazien«.

Die »Lysistrata«, deren Heldin den bezeichnenden Namen »die Heeresauflöserin« trägt, brachte Aristophanes bereits 411 vor Christus zur Aufführung. Er war damals vierunddreißig Jahre alt, geboren in Athen zur glücklichen Friedenszeit nach den Perserkriegen, als die Stadt ihre glanzvollste Epoche erlebte und Perikles den Parthenon auf der Akropolis bauen ließ.

Vor uns liegt das dreitürige Bühnenhaus, dessen unterer Teil aus grauem Stein besteht. Es ist jetzt zum Teil durch die gemalte Wiedergabe der Akropolis verstellt. In der Säulengalerie darüber stehen Götterbilder, übermannshohe Statuen. Auf ihren Köpfen und Schultern sitzen gurrende Tauben, umschwirrt von Schwalben und Sperlingen. Und sonderbar –

immer wieder sind Eulenrufe zu hören. Es muss sie in Schwärmen geben. Daher wohl das Sprichwort: »Das ist wie Eulen nach Athen tragen«, das heißt: völlig unnütz.

Neben dem Theaterbau fällt das Gelände mit Lorbeerhainen und dunklem Buschwerk zum Meer ab, das als Lichtstreifen in der Ferne zu ahnen ist.

Der Zuschauerraum hat 78 Sitzreihen. Er fasst tausende von Besuchern. Die Leute schwatzen, sie bedienen sich aus Körben mit Ziegenkäse, Obst und Gebäck, gießen sich Wein aus Krügen in Becher oder direkt in den Mund.

Jede Aufführung hat eine Menge Zuschauer. Die Vorstellungen sind beliebt und gut besucht, außerdem bekommt jeder Athener eine Art »Entschädigung«, also bares Geld dafür, dass er ins Theater geht. Ebenso gibt es Freibillets. In den Tagen der Dionysien – sozusagen in der Hauptsaison – legt man in ganz Athen die Arbeit nieder, alle Streitigkeiten vor Gericht werden vertagt, man verfügt einen allgemeinen Zahlungsaufschub und entlässt Häftlinge aus den Gefängnissen. Dabei wird auch hemmungslos Wein getrunken, denn Enthaltsamkeit gilt als Respektlosigkeit gegenüber Dionysos, dem jungen, zügellosen Gott.

In diesen Tagen bewegen sich farbige Umzüge durch die Straßen, bei denen es nicht beim Trinken bleibt.

Zunächst saßen die Zuschauer auf der Erde. Nur hoch gestellte Persönlichkeiten bekamen Sitze aus Holz, später baute man die Reihen aus Kalkstein. Die marmornen Sitze vorne mit den runden Lehnen gehören den verschiedensten Würdenträgern. Sie sind nicht nur bequemer, man kann sie sogar mit Sonnendächern versehen.

Bunt gekleidete Musikanten kündigen mit Flötenspiel, Trommelwirbel und Beckenschlag den Beginn der Vorstellung an. Aber es wird auf den Rängen kaum leiser, der Lärm ändert nur seinen Charakter, als hätte die Erwartung ein eigenes Geräusch.

Zwei Schauspieler treten auf. Sie sind als Frauen kostümiert und tragen Masken aus Holz und Leder vor ihren Gesichtern, die mit durchsichtigem Gewebe bespannt und bunt bemalt sind, Mund und Augen bleiben frei. Frauen und Mädchen, davon haben wir ja schon gesprochen, dürfen an Kulthandlungen – als solche gelten auch Theateraufführungen – nicht aktiv teilnehmen. Schauspielerinnen gibt es also nicht.

Auf diesen Steinen stehen alle Dramatiker der Welt

Die ersten Vorstellungen beginnen im Morgengrauen, dann wetteifern die verschiedenen Bühnendichter nacheinander um die Gunst des Publikums.

Die Schauspieler erhalten eine umfassende Ausbildung. Sie werden verehrt und üppig bezahlt. So schlug das europäische Theater seine Augen auf. Denn hier – an diesem Ort, im Dionysostheater von Athen – und nirgends sonst wurden die europäische Tragödie und die Komödie geboren, die Satire ebenso. Das war eine Sternstunde unserer Kultur. Auf diesen Steinen dort unten – der Skene, der Bühne – stehen alle Dramatiker der Welt, mögen sie nun Shakespeare, Schiller, Molière oder Lessing heißen. Sogar das Musiktheater hat hier seine Wurzeln, sodass die Linie auch zu Claudio Monteverdi in die Renaissance, zu Mozart ins Wiener Rokoko, zu Giuseppe Verdi ins Mailand des 19. Jahrhunderts und zu Richard Wagner ins bayerische Bayreuth führt. Sogar der Bühnenraum des Bayreuther Festspielhauses hat hier sein Vorbild, kein Wunder, es gibt ja keine bessere Form. Immer wieder greifen Dichter und Komponisten auch auf die hier zum ersten Mal aufgeführten Stoffe zurück, bis in die allerjüngste Zeit. Und das wird nicht enden.

Wieder ruft eine Eule, wie um das zu bekräftigen.

Auf der Plattform neben der Bühne steht der Chor. Die Bühne selbst ist aus Stein. Auf dieser Bühne kann man die Dekorationen aufbauen. Während sich die Tragödien meist vor Palästen oder Tempeln abspielen, für die in der Regel ein Portal genügt, entwickelt sich die Komödienhandlung oft vor mehreren benachbarten Häusern, von denen jedes seine eigene Tür braucht. Doch unser heutiges Stück macht da eine Ausnahme. Obwohl es eine Komödie ist, und zwar eine deftige, spielt es vor der Burg von Athen.

Das Ausgehen ist für uns Frauen nicht leicht

Die Akropolis ist als bemalter Prospekt, mit Tempeln und Säulenhallen stilisiert dargestellt, quer über den Hintergrund der Bühne gespannt.

Jede Dekoration kann während der Aufführung gewechselt werden, je nachdem, ob die Szene auf einem Feld oder am Meer spielt oder, wie hier, vor der Akropolis.

Der Schauspieler, der die Lysistrata spielt, beginnt mit künstlich hoher Stimme eine Klage über die Saumseligkeit der anderen Frauen, die sie aufgefordert hatte, zu ihr zu kommen, um ihnen einen wichtigen Vorschlag zu machen. Ihre Nachbarin Kalonike beruhigt sie:

> *»Sie kommen gewiss, mein Herz! Das Ausgehen ist für uns Frauen nicht so leicht: Wir müssen unsere Männer bedienen, die Knechte wecken, das Kind zurechtlegen, es waschen und füttern.«*

Da haben wir schon die Anweisungen für die weibliche Rolle. Die Welt hat sich seit Jahrtausenden kaum verändert.

Kalonike fährt in ihrer Rede fort:

> *»Ich geh lieber heim! Was können wir Frauen schon Vernünftiges tun, oder gar Ruhmvolles? Wir sitzen doch nur aufgeputzt und mit Blumen im Haar herum – schminken uns, schlingen uns den safrangelben Schal um und tragen Bänderschuhe zu modischen Schleppkleidern ...«*

Lysistrata, die Heldin, widerspricht ihrer Freundin sofort:

> *»Das eben ist es, was uns retten wird, die gelben Schals, die Bänderschuhe und die Salben, die Schminke und die durchsichtigen Gewänder!«*

Das ist Lysistratas Botschaft:

»... Wir sitzen hübsch geputzt daheim, wir streichen im durchsichtigen Florkleid, wie von Amor, halb entblößt mit glattgerupftem Schoß an ihnen vorbei: Ihr sollt sehen, wie die Männer da brünstig werden und mit uns ins Bett wollen, aber wir kommen nicht, schlagen es rund ab! – Sie machen Frieden, sage ich euch, und zwar bald!«

Es geht darum, dass Lysistrata den Krieg gegen Sparta beenden und die Frauen Athens überreden will, sich ihren Männern so lange zu verweigern, bis diese die Waffen niederlegen. Hier beginnt die moderne Friedensbewegung – mit weiblicher List. Damit keimt bei den Griechen bereits eine neue Gesittung – meilenweit entfernt von den Stammesfehden der Urzeitmenschen. Meilenweit entfernt zwar – nur leider noch nicht gänzlich und nicht endgültig.

Auf der Bühne nähert sich das Stück seinem Höhepunkt. Lysistrata hat ihr Ziel erreicht, die Frauen sind bereit, alles zu versprechen, und schwören:

»Fasst alle den Humpen an! Und sprecht mir den Eid
für euch nach und ihr bekräftigt dann zugleich den Schwur!«

Eine Athenerin nach der anderen berührt den Humpen und spricht:

»Nie soll ein Buhler noch ein Ehemann … –«
»Nie soll ein Buhler noch ein Ehemann … –«
»Mit steifer Rute zu mir kommen. – Sprich doch nach!«
»Mit steifer Rute zu mir kommen. – Ach, mir werden die Knie weich, Lysistrata!«

Aber Lysistrata ist unbarmherzig, sie fährt fort, den Schwur zu sprechen:

»Ich will zu Hause unberührt bleiben …«
»Ich will zu Hause unberührt bleiben …«
»Im gelben Schal, geschminkt und aufgeputzt …«
»Im gelben Schal, geschminkt und aufgeputzt …«
»Will meinen Mann in helle Flammen setzen …«
»Will meinen Mann in helle Flammen setzen …«
»Und mich ihm nie ergeben …«
»Und mich ihm nie ergeben …«
»Und wenn er mich mit Gewalt dazu zwingen will …«
»Und wenn er mich mit Gewalt dazu zwingen will …«
»Verderb ich ihm den Spaß und rühr mich nicht!«

Ja, würden die Frauen dem Rat von Lysistrata doch auch zukünftig folgen … Aber ganz so friedlich sind auch sie nicht. Sie wollen ja ruhmbedeckte Helden. Und Helden stehen auch deshalb so hoch in der Gunst, weil sie vor dem Überfall räuberischer Feinde und vor der Verschleppung in die Sklaverei schützen sollen.

Jetzt beschwört Lysistrata ihre Genossinnen:

> *»Seid standhaft, harrt nur noch kurze Zeit aus, denn ein Orakel sagt: wir siegen, wenn wir einig bleiben!«*

Das könnte man den Frauen auch heute ins Stammbuch schreiben.

Theater als Notwendigkeit

Übrigens sprach man im griechischen Theater nicht von »aufführen«, sondern von »lehren« und meinte damit besonders die Tragödie. Schon die älteste Poesie, aus der auch das Theater hervorgegangen ist, wollte vor allem belehren. Von der Dichtung wurden die ersten Mythen verbreitet, all jene Sagen, in denen sich der moralische Gehalt hinter einer allegorischen Darstellung verbirgt. Dennoch hätte sich die Bühnenhandlung vielleicht niemals entwickelt, wären nicht Ereignisse eingetreten, die das Theater gewissermaßen notwendig, sogar unvermeidbar machten.

Das Volk von Athen, die Töpfer, Schuster, Handwerker und Bauern, die kleinen und armen Leute, kämpften nämlich gegen die wenigen reichen Familien um gleiche Rechte, um mehr Demokratie. Ein gewisser Peisistratos, um die Mitte des 6. Jahrhunderts vor unserer Zeitrechnung von den Bürgern an die Macht gebracht, sah in dem Theater, vor allem in der Tragödie, das beste Mittel, die Bürger zu erziehen.

Peisistratos rief die Dionysien ins Leben, die Feiern zu Ehren des Fruchtbarkeitsgottes. Man beging und begeht sie im Dezember, wenn die Natur den Winterschlaf beginnt, und im März, wenn sie wieder erwacht. Mit diesen Feiern werden die Satyrspiele, in denen das Volk auf dem Land die Naturerscheinungen deutet, in die Stadt gebracht. Da sah man den berühmten Wagen des Thespis, von dem eine Satyrgestalt ihre frechen Scherze herabschrie. Vermutlich führte jeder Stamm im Wettbewerb mit den anderen seine eigenen Spiele auf und zu diesen Gelegenheiten wurden immer wieder neue geschrieben. So entstanden die griechischen Theaterstücke aus den ländlichen Gesängen und Tänzen, die der Chor vor dem Altar des Gottes Dionysos aufführte, es folgten die großen Tragödiendichter, die wie Riesen am Eingang zur europäischen Theaterlandschaft stehen. Ich nenne die drei wichtigsten: Aischylos mit dem »Prometheus«, Sophokles mit der »Antigone« oder dem »König Ödipus« und Euripides als den ersten Gestalter des unerschöpflichen »Iphigenie«-Stoffes.

Genies des Theaters! Und mindestens ebenso stark war die Freude am Komischen. Da gibt es Chöre, die als Vögel mit Federn gespickt sind, oder Satyrn in Wieselpelzen mit Schwänzen.

Damit verlassen wir das Theater.

Kommt! Die Sonne senkt sich zum Horizont, die Schatten werden länger. Sie werfen bizarr geformte Muster auf das Halbrund der Sitzplätze und auf die Bühne. Und wieder ruft eine Eule, dunkel und klagend, als wollte sie die Nacht und ihren Beuteflug über die nächtlichen Hügel ankündigen.

Von einem Hügel unterhalb der Akropolis haben wir einen freien Blick auf das Vorland bis zum Hafen Piräus und auf das Meer – eine schimmernde weite Fläche, die sich erst gelblich, später rötlich verfärbt, je tiefer die Sonne sinkt. Darüber lagern einige lang gestreckte Wolken, die sich am Farbschauspiel beteiligen. Die schwarzen Silhouetten von Segelbooten scheinen von einem Pinsel hingetuscht zu sein.

Wir wollen über die drei größten griechischen Philosophen sprechen, über Sokrates, Platon und Aristoteles. Das heißt, wir werden jetzt beginnen, unser Gespräch aber unterbrechen, um kurz an einem der Gastmähler teilzunehmen, durch die Sokrates berühmt wurde. Man kann Hellas nicht verlassen, ohne sich zumindest ein wenig mit diesen drei Persönlichkeiten beschäftigt zu haben. Ganze Generationen vor uns haben es schon getan und noch viele nach uns werden es tun.

Sokrates

Sokrates war der Älteste des Dreigestirns, ein junger Steinmetz – oder Bildhauer –, von dem einige Mädchenfiguren beim Aufgang zum Athenatempel auf der Akropolis stammen sollen. So genau weiß man über ihn nicht Bescheid. Seine Gespräche sind nur durch Schreiber und dank der Nachdichtungen seines Schülers Platon überliefert.

Eine Parallele übrigens zu Jesus, von dem auch nichts Schriftliches überliefert ist, außer durch die Evangelisten, die voneinander abgeschrieben haben.

Die Schreiber ritzten die Gespräche in Kurzschrift in wachsbeschichtete Stoffblätter und schrieben sie später mit Tinte auf Papyrus aus. Schönschreiberinnen vervielfältigten die Texte.

Übrigens machte Aristophanes, von dem wir eben die Komödie »Lysistrata« gesehen haben, Sokrates in einer anderen Komödie, »Die Wolken«, zur Zielscheibe seines Spottes. Angeblich besuchte Sokrates die Aufführung, stand aber mittendrin auf und ging heim.

Auf dem Höhepunkt seines Ruhms wird Sokrates als merkwürdiger, hässlicher Kauz geschildert, über fünfzig Jahre alt, mit einer Glatze, die eingerahmt war von einem Kranz roter Haare. Auch soll er nicht besonders reinlich gewesen sein. Aber er war sehr einflussreich.

Seine Haupttätigkeit bestand darin, auf der Agora zu promenieren und junge Leute um sich zu scharen. Man sagt, Sokrates sei ein Mann gewesen, der andere Menschen zum Denken anzuregen vermochte, indem er nur solche Fragen stellte, zu denen einem gute Antworten einfallen konnten. Dann fragte Sokrates auf gelassene Art weiter, als wäre er dumm, sodass der andere drauflosredete. Sokrates korrigierte ihn aber gleich und erklärte, dass die Dinge nicht so sind, wie man sie sich denkt. Er sagte es nicht direkt, sein Partner merkte es vor allem daran, wie Sokrates ihn ansah. Sokrates selbst meinte von sich: »Unergründlich bin ich, und ich bringe es dahin, dass die Menschen nicht mehr weiterwissen.«

Das klingt eitel und ein bisschen unheimlich. Aber er war eigentlich die Klarheit in Person. Er führte ein sehr einfaches Leben, jeder Philosophiestudent kennt den Satz, den er beim

Anblick der vielen Waren auf dem Markt ausrief: »Wie zahlreich sind doch die Dinge, derer ich nicht bedarf!«

Nun, das große Dreigestirn der griechischen Philosophie wird durch ihn eröffnet und wäre ohne ihn nicht möglich gewesen. Er war körperlich und seelisch robust und das wirkte sich auf seine Intelligenz aus, auch auf seine Menschenfreundlichkeit. Seine Vorliebe für Ironie gehört dazu. Er galt auch als selbstbeherrscht, aufgeschlossen und liebenswürdig und gewann bald einen Kreis von treuen Anhängern.

Über seine Ehe mit Xanthippe wird viel erzählt, aber ob es immer das Richtige ist? Der Name »Xanthippe« als Synonym für »zänkisches Weib« ist jedenfalls heute noch sprichwörtlich.

Die gesamte griechische Philosophie basiert auf Sokrates. Er war, unermüdlich redend und fragend, auf der Jagd nach dem Allgemeinen. Für dieses Allgemeine würden wir heute »die Begriffe« sagen. Sokrates glaubte, dass man sich anstrengen müsse, um Gut und Böse zu erkennen. Man solle Kenntnisse erwerben, denn Tugend folge aus Wissen. Und Wissen bedeute vor allem Selbsterkenntnis. Uns allen ist der Spruch »Erkenne dich selbst« geläufig. Und niemand soll willentlich Unrecht tun, eine Forderung, die wie ein christlicher Grundsatz klingt. Überhaupt wurden viele christliche Gebote schon vor Christus gedacht.

Sokrates schätzte das Wissen und die Überlegenheit des Intellekts. Er hoffte, seine jungen Gesprächspartner durch rationales Fragen zur Wahrheit zu führen, da er ein unreflektiertes Leben für wertlos hielt.

Seine Fragestellungen müssen oft provozierend gewirkt

haben, vor allem, wenn er andere aufs Glatteis zu führen versuchte, was ihm viel Vergnügen bereitet haben muss.

Er beschäftigte sich mit dem sittlichen Leben. Denn das sittliche Leben hängt nach seiner Meinung von der Einsicht in das ab, was gut ist. Nach Sokrates beruht also die Tugend auf Wissen, und wer weiß, was gut ist, der will auch das Gute. Nur der Weise ist der Gute und damit der Lebenstüchtige. Denn aus dem Wissen des Guten fließt unmittelbar das tugendhafte Leben. Sokrates war überzeugt davon, dass es ein absolutes, unwandelbares Sittengesetz gibt, das wir zum Herrn über Leib und Seele machen sollten – eine sehr optimistische Einstellung. Doch er verfügte auch nicht über so viele Erfahrungen wie wir und er wusste nur wenig über die Menschheitsgeschichte. Außerdem hatten die Philosophen des Altertums auch noch keine naturwissenschaftlichen Kenntnisse.

Antike Astronomie

Und doch erklärte Demokrit schon 500 Jahre vor Christi Geburt, dass die Natur aus Atomen besteht, die im leeren Raum herumgeschleudert werden. Und Platon lehrte bereits 350 vor Christus die Kugelgestalt der Erde. Er bekannte sich zum pythagoreischen Weltbild: »Um das Zentralfeuer kreisen der Reihe nach Erde und Gegenerde, Mond, Sonne, die das Zentralfeuer für die Erde spiegelt, und die Planeten.«

Man fand die Achsendrehung der Erde als Ursache der Jahreszeiten heraus und sah die Sonne im Mittelpunkt des Weltbilds. Dass wir in einem heliozentrischen Weltsystem leben – mit Helios, der Sonne, im Mittelpunkt – und dass die Planeten und die Erde um die Sonne kreisen, ahnte man ebenfalls. Bereits 270 vor Christus errechnete Aristarchos von Samos mit einfachsten Mitteln den Erdumfang und die Größe und Entfernung von Sonne und Mond.

Schon die Ägypter bestimmten ja die beste Zeit für Saat und Ernte nach den Sternen. Sie nutzten das Erscheinen des Sirius in der Morgendämmerung als Indikator für den Anbruch der jährlichen Nilüberschwemmungen. An Mond und Sternen orientierten sie sich nachts auf dem Meer. Vor allem haben sie ihre Pyramiden nach den Himmelsrichtungen ausgerichtet. Die drei großen Pyramiden von Gizeh könnten ein Spiegelbild der drei Gürtelsterne des Orion sein, den sie »Osiris« nannten.

Dass sie auch Astrologie betrieben, rechnen wir heute eher zum Aberglauben.

Die erste wissenschaftliche Astronomie betrieben dann die Griechen. Sie wollten die Welt begreifen und erklären. Sie waren die ersten Theoretiker – interessanterweise hat das Wort »theoria« den gleichen Stamm wie Theater – und welches Theater beeindruckt uns Menschen mehr als die Wanderung der leuchtenden Himmelslichter über das finstere Firmament?

Ganz langsam und mit vielen Varianten schufen die griechischen Denker jenes Weltbild, das sich fast zwei Jahrtausende lang hielt, wenn es auch nicht richtig ist. Danach sind die Sterne leuchtende Punkte, die sich auf kristallenen Sphären – oder Kugelschalen – um die Erde drehen. Auch die Erde sei eine Kugel im Zentrum des Kosmos. So sahen es Pythagoras und seine Anhänger.

Doch man wusste mehr. Platon pflegte in seiner Akademie vor allem die Theorie, während Aristoteles, Begründer des Lyceums, sich auf Beobachtung und Experiment stützte. Damit kam man zu erstaunlichen Erkenntnissen.

Aristarch von Samos, ein Lyceum-Student, erkannte allein durch Nachdenken und Beobachtung, dass sich die Erde in 24 Stunden um sich selbst dreht, dass die Himmelskörper nur scheinbar über das Firmament wandern, dass die Sonne und nicht die Erde im Mittelpunkt des Kosmos steht, wodurch sich die manchmal scheinbar rückläufige Bewegung der Planeten erklären lässt, dass die Erdbahn um die Sonne geneigt ist, wodurch die Jahreszeiten entstehen, und schließlich, dass die Sonne ein Fixstern wie viele andere ist. Aristarch erkannte auch, dass die Sonne wesentlich größer und weiter entfernt sein muss als der Mond.

Nun – etwa hundert Jahre nach Aristarch von Samos berechnete der griechische Mathematiker und Astronom Eratosthenes von Kyrene mit primitivsten Hilfsmitteln, aber genialen Überlegungen den Erdumfang und kam dem richtigen Wert erstaunlich nahe. Alles ohne unsere Hilfsmittel, ohne Fernrohre, Teleskope, ohne Sextanten und natürlich auch ohne Kenntnis der Lichtgeschwindigkeit, von der man nicht einmal etwas ahnte.

Allerdings waren die beiden damit ihrer Zeit weit voraus. Aristarch stand mit seinen Ansichten fast allein. Seine realistischen Vorstellungen und Eratosthenes' geniale Methoden wurden für Jahrhunderte verdrängt, bis sie von Kopernikus und Giordano Bruno wiederbelebt wurden. Für die Behauptung, die Sonne stehe im Mittelpunkt der Welt, wurde man mehr als anderthalb Jahrtausende später, noch in der Renaissance und darüber hinaus, von der Inquisition verfolgt und sogar verbrannt.

Ich habe mich schön gemacht, um vor einen Schönen zu treten

Inzwischen hat sich das Himmelstheater vor uns verwandelt. Es ist von rotem Feuerzauber in ein Violett übergegangen, das facettenreich mit der Dunkelheit verschmilzt.

Wieder rufen die Eulen, diesmal mit Recht, denn es ist ihre wahre Stunde, mögen sie nun in den Bäumen nisten oder im Giebel und auf den Säulen der Akropolis sitzen.

Es wird finster. Aus keinem der Häuser fällt Licht, die Nacht ist sternklar, aber mondlos. Manchmal geht ein Athener vorbei, der sich den Weg mit einer Fackel beleuchtet. Ihr flackerndes Licht wandert über gelbliche Mauerwände.

Wir gehen auf die Häuser zu. Vor einer dunklen Tür stehen einige Männer. Zwei tragen Fackeln. Der eine ist ein älterer, etwas beleibter Mann mit hoher Stirn, die von einem Haarkranz gesäumt ist.

Sein Begleiter fragt: »Du hast gebadet, Sokrates? Und du trägst Sandalen? Das ist selten!«

»Ja«, antwortet Sokrates, »ich habe mich so schön gemacht, um schön vor einen Schönen zu treten.« Im Übrigen machte er aber einen abwesenden Eindruck, als sei er mit sich selbst und seinen Gedanken beschäftigt.

Wir folgen ihnen ins Haus. In einem kleinen Raum liegen

bereits einige Männer auf Ruhebetten. Auf kleinen Tischen vor ihnen stehen Schalen mit Obst, Gebäck und Käse neben Bechern und Karaffen, die mit Wein oder Wasser gefüllt sind.

Öllämpchen tauchen alles in ein angenehm warmes Licht.

Ein Diener reicht den Gästen Wasser zum Waschen der Hände und ein Tuch zum Abtrocknen. Ein Mann, der Gastgeber Agathon, ruft Sokrates vom anderen Ende des Saales zu: »Komm hierher, Sokrates, leg dich zu mir!«

Sokrates geht hinüber und legt sich neben dem Gastgeber nieder. Man speist, bringt Trankopfer dar – und stimmt ein Lied an, zu Dionysos' Ehren, was aber eher misstönend und rau als schön klingt.

Eine Flötenspielerin tritt ein, aber Sokrates ruft unwillig: »Schickt sie fort. Sie mag sich selbst etwas vorspielen oder, wenn sie will, den Frauen in ihren Gemächern. Wir bleiben heute allein bei unseren Gesprächen.«

»Nun gut, aber bei welchen Gesprächen?«, fragen die anderen.

»Das werde ich vorschlagen«, antwortet Sokrates.

»Ach«, ruft Agathon, »ich wünschte, ich bekäme durch deine Berührung auch etwas von deiner Weisheit ab.«

Sokrates sagt lachend: »Das könnte dir so passen, Agathon, dass die Weisheit etwas wäre, das aus einem vollen Gefäß in ein leeres fließen könnte. Wenn das mit der Weisheit ebenso wäre, würde ich den Platz an deiner Seite sehr schätzen, denn gewiss würde ich mich mit mancher deiner schönen Weisheiten füllen. Meine eigene wäre da nur karg, vielleicht sogar anfechtbar, denn sie ist wie ein Traum. Deine aber strahlt und nimmt immer mehr zu.«

Nach dieser Schmeichelei bedient sich Sokrates aus seinem Becher. Er trinkt und fährt fort: »Sprechen wir einmal vom Eros. Glaubst du, dass der Eros das Gute ist und dass alle Menschen das Gute für immer besitzen wollen?«

»Ich denke, ja«, antwortet Agathon.

»Dann folgere ich, dass der Eros der Drang ist, das Gute für immer zu besitzen!«, erklärt Sokrates lächelnd.

Gibt es eine schönere Definition für die Liebe?

Wir verlassen das Gastmahl und suchen unser Athener Gästehaus auf, das nur wenige Schritte entfernt in einer Seitenstraße liegt.

Der zweite Abend

Philosophen und Frauen

Philosophieren heißt vor allem fragen

Nachdem wir uns ausgeruht, erfrischt und gegessen haben, treffen wir uns wieder zum Gespräch. Wir müssen noch über Platon und Aristoteles reden. Vorher aber wollen wir unseren Blick auf Sokrates beenden. Er war, wie die früheren Philosophen, davon überzeugt, dass die Wahrheit dem prüfenden Denken zugänglich ist. Sein Logos hat einen Kern von Rationalismus, er ist bereits ein Stück Aufklärung. Sokrates stellte sich damit gegen fast alles, was Sitte und Brauch den Griechen damals vorschrieben, sowohl im Ethischen wie auch im Religiösen. Nach Wahrheit müsse man unablässig fragen, meinte er. Womit er ausdrücken wollte, dass man niemals im Besitz der Wahrheit sein kann.

Man warf ihm Gotteslästerung vor. Man klagte ihn an, dass er nicht an die Götter glaube und die jungen Männer verderbe. Als spätere Soldaten sollten sie Befehle ausführen und niemals fragen oder gar zweifeln. Berühmt und charakteristisch für Sokrates ist seine Bemerkung vor dem Athener Gericht: »Ich weiß, dass ich nichts weiß.«

Nicht zuletzt deswegen wurde er zum Tod verurteilt.

Philosophieren hieß für Sokrates vor allem fragen, immer wieder fragen. Man darf sich nicht mit einer Antwort begnügen. Seine Verurteilung hatte natürlich auch politische Gründe. Das ist heute im Prinzip nicht viel anders. Der selbstständig denkende Bürger ist unbequem. Nur sind die Strafen heute weit weniger drakonisch.

Vielleicht hat zu Sokrates' Verurteilung auch beigetragen, dass er beim Volk unbeliebt war, weil er zuvor als ein Mitglied des Rates der Fünfhundert vergeblich versucht hatte, die Hinrichtung einiger Generäle zu verhindern, die nach einer gewonnenen Seeschlacht nicht alle Schiffbrüchigen hatten retten können.

Ich wünschte, jeder könnte wie Sokrates von sich sagen: »Mein ganzes Leben lang bin ich dem Gedanken gefolgt, der sich mir als der richtige gezeigt hat.« Wie auch immer, er hätte das Recht gehabt, jede andere Strafe für sich vorzuschlagen. Wenn er die Verbannung gewählt hätte, wäre ihm das wohl gewährt worden. Seine Ankläger wollten ihn eigentlich nur zum Schweigen bringen. Aber Sokrates hielt stattdessen eine Rede mit der Forderung, er wolle für den Rest seines Lebens als öffentlicher Wohltäter vom Staat unterhalten werden. Das empfand man als Hohn und deshalb fühlten sich die Geschworenen beleidigt.

Doch es gibt vielleicht noch einen tieferen Grund für das Todesurteil. Er liegt in der Natur der Menschen begründet. Der Mensch braucht Sicherheit, er will Gewissheit, um leben zu können. Und wenn nun einer kommt, der den Menschen erklärt, dass es weder Sicherheit noch Gewissheit gibt, so wird er ihnen unbequem. Das war Sokrates' Schicksal.

Aber werfen wir noch einen Blick auf Sokrates im Gefängnis. Sein alter Freund Kriton wollte ihn zur Flucht überreden. Es war alles vorbereitet. Doch Sokrates meinte, dass es jetzt auf Einsicht und Überzeugung ankomme. Er konnte Kriton schließlich davon überzeugen, dass er nicht fliehen durfte. Darin wird Sokrates' Haltung, dass in allen ethisch relevanten Fragen nur die Einsicht gelten darf, noch einmal ganz deutlich.

Sokrates hatte nämlich erkannt, dass man nicht tun darf, was man möchte. Denn wer möchte in dieser Lage nicht fliehen? Nein, man darf auch nicht tun, was andere Leute meinen. Kriton – und all seine Freunde, vielleicht sogar die meisten Athener – waren der Meinung, Sokrates solle fliehen und er werde fliehen. Aber Sokrates setzte dem entgegen: »Man muss das tun, was sich in einer vernünftigen Untersuchung als das Richtige erweist. So habe ich es mein ganzes Leben lang gehalten und so werde ich es auch jetzt tun.«

Ob Sokrates vielleicht erst durch seine Verurteilung und seinen Tod seine große geschichtliche Wirkung erlangt hat, darüber können wir nur spekulieren. Das mag sein. Sokrates sagte nach seinem Todesurteil zu seinen Richtern: »Jedoch, es ist nun Zeit, dass wir gehen. Ich, um zu sterben, und ihr, um zu leben. Wer aber von uns beiden zu dem besseren Geschäft hingeht, das ist allen verborgen außer Gott.«

Was gut ist, das muss jeder selbst mit seinem Gewissen ausmachen! Sokrates war natürlich nicht der Erste in der griechischen Philosophie, der bohrende Fragen stellte, aber sicher der Tiefgründigste, auch wenn sein Ton oft leicht, manchmal fast heiter war.

Platon

Platon, der Schüler von Sokrates, wuchs auf dem Landgut seines Vaters bei Athen auf. Er war ein gebeugt gehender, weit gereister Mann. 387 vor Christus wurde er auf der Rückreise von Sizilien nach Griechenland gefangen genommen und kam nur gegen Zahlung eines Lösegeldes frei. In Athen blieb er den Rest seines Lebens.

Alle seine Schriften kreisen um Sokrates, obwohl natürlich keine seiner Aussagen authentisch sein kann. Platon versuchte aber auch gar nicht, Sokrates' Leben zu erzählen, er wollte ihn vielmehr dadurch ehren, dass er ihn als Sprachrohr – oder als Kulisse – für sein eigenes philosophisches Werk benutzte. So schuf er das schönste literarische Denkmal, das jemals ein Schüler für seinen Lehrer errichtet hat. Darüber hinaus war Platon der Erste, der Transzendentes lehrte, das heißt Dinge, die sinnlich nicht wahrnehmbar sind. Er nannte es »Idee« und die »Idee« wiederum das »eigentlich Seiende«. Wichtig ist, dass er eine Akademie gründete, die er nach dem Grabmal des Helden Akademos benannte – daher der Name »Akademie«. Sie lag am Stadtrand von Athen, ein Garten in einer der schönsten Landschaften. Dort scharte er einen kleinen Kreis um sich, etwa zwanzig Mathematiker und Naturwissenschaftler, die ihre Gedanken vortrugen. So wurde die Akademie Platons zum Vorbild aller Akademien, sogar der Universitäten. Platon verlangte eine fünfzehnjährige Ausbildung, dabei setzte er zehn Jahre für Mathematik an, fünf Jahre für Philosophie.

Damals kannte man im Wesentlichen diese fünf Wissenschaften: Arithmetik, Geometrie und Stereometrie, also Raumlehre, Astronomie und Akustik. Dass Platon auch Schriftsteller war, beweist er durch seine Dialoge. Er beweist es aber auch durch eigene Gedichte, vorwiegend Distichen. Mindestens dreiunddreißig sind erhalten, die ihn als hochsensible, feinsinnige Persönlichkeit ausweisen, bei der scharfer Verstand und Gefühlstiefe vereinigt sind. Ich gebe euch drei Beispiele. Das erste:

Schaust nach den Sternen empor, mein Stern.
O wär ich mit tausend Augen der Himmel.
Ich sähe nieder mit ihnen auf dich.

Oder ein anderes:

Morgenstern warst du dereinst,
der unter den Lebenden strahlte;
nun bei den Toten im Tod,
strahlst du als Abendgestirn.

Ein drittes noch, in dem er sich als Liebender zeigt:

Werf ich den Apfel dir zu
und bist du geneigt mich zu lieben,
oh, so fang ihn und schenk
mir deine Keuschheit dafür.
Trägst du andres im Sinn –
was der Himmel verhüte! –,

so fang ihn doch und bedenke:
Wie rasch schwindet die Schönheit dahin!

Im letzten Gedicht spricht er doch sehr deutlich von der körperlichen Liebe. Dabei bringen wir seinen Namen immer mit dem Begriff der platonischen Liebe zusammen und stellen uns darunter eine rein ideelle Liebe vor, die auf körperliche Kontakte bewusst verzichtet.

In seinen Dialogen wollte Platon jedoch zeigen, dass eine Liebe, die zuerst durch den Anblick des schönen Körpers entsteht, sogar zu dem Wunsch werden kann, eine Leidenschaft für die Schönheit an sich zu entwickeln, die übersinnlich und transzendental ist, sodass nur der Geist sie erfassen kann.

Dabei kommen wir noch einmal auf die Homosexualität der Griechen zu sprechen. Die sokratisch-platonische Philosophie machte die sexuelle Enthaltsamkeit zum neuen Ideal.

Der Einzelne, ein Glied des Staates

Man sollte Platons Ideenlehre lesen. Er hat sie in seinen großen Dialogen dargestellt, sie bildet das Zentrum seiner Philosophie.

Wir wollen hier nur kurz auf den »Phaidon« eingehen. Dieser erzählt von den Gesprächen des Sokrates mit seinen Freunden an seinem Todestag. Es geht darin um den Tod und die Unsterblichkeit der Seele und dabei fließt die Ideenlehre als fundamentaler Gedanke ein. Platon meint, es gebe »ein

Schönes an und für sich und ein Gutes und ein Großes – und so alles andere. Wenn mir jemand sagt, weswegen irgendetwas schön ist, entweder weil es eine blühende Farbe hat oder Gestalt oder sonst etwas dieser Art, so lasse ich das andere und halte mich ganz einfach und kunstlos daran, dass nichts anderes es schön macht als eben das Schöne«. Man könnte hinzufügen: »als das Schöne selbst« oder »das Schöne allein«, also die »Idee des Schönen«.

In Platon können wir vor allem den Begründer des Idealismus sehen. Seine materielle Welt wird von etwas Immateriellem geschaffen und regiert. Hinter den sichtbaren Erscheinungen steht für ihn die wahre, unveränderliche Wirklichkeit. Gerade diese idealistischen Gedanken haben das philosophische und religiöse Denken des Abendlandes geprägt. Er meinte auch, dass wirklicher Gottesdienst Mitarbeit an einem edlen Werk bedeutet, nämlich an der Pflege der Seele. Mit Platon wird die Metaphysik zu einer Disziplin, ebenso bereitete er der analytischen Philosophie den Weg. Natürlich kann man Platon, wie alle griechischen Philosophen, nicht verstehen, wenn man ihn nicht aus seiner Zeit heraus betrachtet. Die griechische Sprache, das griechische Denken und Handeln, die griechische Kunst, die griechische Polis, also der Stadtstaat, die griechischen Götter: Aus all dem lebt Platon – und greift doch weit darüber hinaus.

Es gibt drei Zentren seines Denkens: den Humanismus, die Wissenschaftslehre und die Staatslehre. Auf den Staat beziehen sich seine beiden umfangreichsten Werke: »Politeia« (der Staat) und »Nomoi« (die Gesetze). Auf den Humanismus kommen wir in der Renaissance ausführlicher zu sprechen.

Jetzt erscheint es mir wichtiger, einige Worte zu Platons Staatsverständnis zu sagen.

Platon betrachtete den Staat als einen »Menschen im Großen«, daher wird für ihn der Einzelne zu einem bloßen Glied des Staates und daher kann der Staat die Aufhebung des Privateigentums und die Gütergemeinschaft verlangen.

Das klingt nach Kommunismus, schon damals, es gibt eben kaum etwas Neues unter der Sonne, wenigstens nicht seit der griechischen Hochkultur.

Platon sagte weiter: »Der Staat kann auch die Aufhebung von Ehe und Familie verlangen, die Zeugung der Kinder unter Aufsicht stellen.« Jedenfalls sollte man nach Platon auch die Kindererziehung dem Staat vorbehalten.

Platon war halt auch ein Dogmatiker, für ihn gab es keine Freiheit. Aber er hat es später eingeschränkt. In seiner letzten Schrift, den »Gesetzen«, spricht er auch der Familie einen Anteil an der Kindererziehung zu. Er meinte eben, vielleicht ein bisschen zu idealistisch, dass der Staat ein notwendiges Mittel sei, um die Tugend im Menschen zur Entfaltung zu bringen. Die Glückseligkeit des Menschen, sagt Platon, ist an sein Leben im Staat gebunden, denn dessen Zweck ist die Erziehung der Bürger zur Tugend, und die schafft den Menschen Glückseligkeit.

Fast wird er visionär oder sogar illusionär, wenn er meint: »Der richtige Staat ist so eingerichtet, dass die denkende Vernunft in ihm herrscht, denn alle Tugend ruht auf Erkenntnis, das heißt auf Wissenschaft. Die Herrschaft der Vernunft im Staate bedeutet also Herrschaft der Wissenschaft, und die richtige Staatsverfassung ist die, in der die Wissenden, die Philosophen, am Ruder sind.«

Wie weit sind unsere Politiker heute davon entfernt!

Die Beschäftigung mit Platon ist alles in allem deshalb so wichtig, weil von ihm die Grundbegriffe des abendländischen Denkens geprägt worden sind. Ob wir von der Wahrheit sprechen, vom Guten, vom gerechten Staat, immer steht er Pate.

Aristoteles

Nun aber zu Aristoteles – wir können ihn uns spitzbäuchig vorstellen, mit dünnen Beinen, glatzköpfig und kurzsichtig. Er hatte einen Sprachfehler, den seine Schüler nachäfften. Dieser große Philosoph kleidete sich gern wie ein Stutzer, er liebte gutes Essen und badete in warmem Öl, das er später verkaufte. Und dennoch – was für eine geistige Potenz! Er lebte nur wenig später als Sokrates und Platon. Ob er der bedeutendste Philosoph Griechenlands war, mag umstritten sein, jedenfalls ist er derjenige, der den größten Einfluss auf die abendländische Geschichte gehabt hat.

Aristoteles ist der einzige griechische Philosoph, der von der christlichen – sagen wir besser, von der katholischen – Kirche akzeptiert wurde. Allerdings verdankt er das vor allem dem römischen Philosophen Boethius, der – fast 500 Jahre nach Christus – das gesamte Werk des Aristoteles ins Lateinische übersetzte. Dadurch wurde dieser für das mittelalterliche Denken die einzige Quelle. Er beeinflusste die Philosophen Albertus Magnus und Thomas von Aquin, die sich intensiv mit Aristoteles' Werk auseinander setzten.

Man hat Aristoteles den ersten Professor Europas genannt. Er war keine künstlerische Natur. Ihm fehlten die geniale Fantasiefülle und poetische Inspiration Platons, aber er besaß ein feines ästhetisches Urteil, war ein großer Sammler, Kritiker und Organisator, in erster Linie aber war er Naturforscher, dem natürlich ebenfalls alle Hilfsmittel fehlten, die der modernen Wissenschaft selbstverständlich sind. Er besaß kein Thermometer, kein Barometer, keine Lupen und keine Fernrohre, keine Reagenzgläser und Präzisionswaagen, nicht einmal eine richtige Uhr, denn man kannte zu seiner Zeit weder Minuten noch Sekunden. Man hatte überhaupt ein ganz anderes Zeitgefühl, vielleicht gar keines. Und dennoch wusste auch Aristoteles, dass die Erde eine Kugel ist, auch wenn er sie noch im Zentrum des Universums sah.

Das Besondere an seiner Philosophie war nun, dass er als Erster dem menschlichen Erkennen eine Theorie abgewinnt und versucht, das Denken in seiner Gesetzmäßigkeit zu verstehen. Platon hatte an allgemeine Gesetzmäßigkeiten in der Natur geglaubt. Aristoteles ging noch weiter, indem er die Meinung vertrat, dass alles vernünftig erklärt und verstanden werden könne. Er erkannte, dass man die Natur nur dann wirklich erforschen kann, wenn jede der verschiedenen naturwissenschaftlichen Disziplinen eigenständig, von den anderen getrennt, arbeitet.

Für ihn bestanden die Wissenschaften aus drei großen Gruppen: 1) aus der Theorie, die die Wahrheit zu erkennen sucht, 2) aus der Praxis, in der das richtige Verhalten dominieren soll, und 3) aus der Produktivität, die etwas Neues schafft. Er pflichtet seinem Lehrer Platon darin bei, dass Wissenschaft erst in begründetem Wissen besteht – im Gegensatz zum Glauben also, der fast immer unbegründet ist. Daher sieht er die Hauptaufgabe der Logik darin, das begründende Denken zu untersuchen. Dieses begründende Denken besteht für ihn darin, dass für ein Urteil der Beweis geliefert werden muss, indem man das Urteil aus anderen Urteilen ableitet.

Für Aristoteles führt Denken nur mittels Beweis und Definition zur Erkenntnis. Er meint, dass Schlussfolgerung und Definition zur Wissenschaft gehören. Die Forderung der Wissenschaft ist daher, dass das Urteil bewiesen und der Begriff definiert wird. Er betreibt Erfahrungswissenschaft. Für ihn sind Ideen Wesenheiten zweiten Ranges, er spricht ihnen die selbstständige Existenz völlig ab. Die Idee, meint er, sei nichts anderes als eine überflüssige Verdoppelung durch Hinzufügung des Wortes »an sich«. Das heißt, dass zum Beispiel »die Wesenheit« des Pferdes aus allen Pferden abstrahiert ist, sie ist das aus allen Pferden abstrahierte Pferd »an sich«. Also kommt nach Aristoteles die volle Wirklichkeit nur den Einzeldingen zu.

Er sagt, dass das Allgemeine nicht für sich allein existieren kann, denn es hat keine Substanz, es ist nichts Substanzielles. Das Wesen kann sich nicht außerhalb der Dinge befinden, deren Wesen es ist. Also meint er, das Wesen des Pferdes ist in einem bestimmten Pferd – und in einem anderen – aber sonst nirgends. Das Wesen einer Sache ist ein Teil der Sache.

Man kann Aristoteles also als den ersten Erfahrungswissenschaftler bezeichnen. Er ist der Erste, der unserer Welt durch logische Zergliederung auf den Grund zu kommen sucht. Indem er konkrete Fakten verlangt, die für ihn überhaupt erst die Grundlage jedes Denkens sind, befreit er die Naturwissenschaften von den Fesseln der Philosophie.

Wir haben schon von seiner Humanität gesprochen. Das wollen wir noch verdeutlichen. Ganz wichtig ist für Aristoteles die bewusste Wahl eines Mittelwegs. Diese Lehre wurde eine seiner bekanntesten. Er wollte, dass der Mensch immer das rechte Maß finden solle, einen Mittelweg zwischen Extremen, zum Beispiel zwischen spartanischer Enthaltsamkeit und luxuriösem Wohlleben. Außerdem streben für Aristoteles alle Dinge auf ein Ziel zu. Das ist ihnen eingeboren, eine Art Streben nach Selbsterfüllung. Er meinte damit das Streben, alle in einem Ich schlummernden Möglichkeiten zu verwirklichen. Darin erkennt man auch den religiösen Charakter seiner Philosophie. Er meinte, dass das Streben des Menschen auf seine Glückseligkeit zielt. Und er sagte auch, dass es die Vernunft ist, durch die sich der Mensch vom Tier unterscheidet.

Aristoteles war – wie gesagt – der einzige griechische Philosoph, den die christliche Kirche schon früh akzeptiert hat. Er lehrte nämlich ausdrücklich einen Monotheismus, er kannte also nur einen Gott. Das zwölfte Buch seiner Metaphysik war ganz dieser These gewidmet. Er dachte Gott abgesondert von der Welt. Gott war für Aristoteles eine transzendente reine Form und nicht etwa – wie die »sich in der Welt selbst auswirkenden Formen« – in die Welt einbezogen.

Gottsein wäre also nach Aristoteles reines Geistsein. Gott ist ein reines Denkwesen, aber sein Denken ist nicht, wie das menschliche Denken, Bewegung, es geht nicht den Weg vom möglichen Wissen zum tatsächlichen Wissen. Sein Denken ist ein ruhiges Im-Besitz-Sein des Wissens, ein Schauen seiner selbst.

Das sind schöne Gedanken, wenn auch nicht leicht zu verstehen. Aber es ist eine Gottesvorstellung, die wir heute am ehesten nachvollziehen können. Allerdings werden wir uns in anderer Weise schwer tun mit Aristoteles, da er die herrschende Meinung von der Minderwertigkeit der Frau, der Handwerker und Sklaven teilte.

Die Idee der Wissenschaft als Wissenschaft

Die Einstellung zur Frau hatte sich ja seit den Tagen Ägyptens gründlich geändert. Dort wurde die Frau, wie wir schon gehört haben, besonders geschätzt. In Griechenland dachte man jedoch anders. Wir mögen das heute unverständlich finden. Doch es war die Realität.

Sprechen wir erst von den Bauern und dem »gemeinen Volk«, über die sich die athenischen Gebildeten, vorwiegend die Adligen, lustig machten und die sie als Böcke verspotteten. Das ist vielleicht sogar noch zu verstehen, denn diese armen Leute lebten in einer aus Rausch, Grauen und Wollust zusammengebrauten Welt. Ihnen waren Zauberer, Sibyllen, also jede Art weissagender, in Höhlen hausender Frauen, und Orakel, wie das von Delphi, allemal näher und verständlicher als die Philosophen.

Aristoteles aber war ein universeller, ein umfassender Geist, auch wenn er irrte. Er nahm Stellung zur Politik, indem er verlangte, dass die herrschende Klasse aus einer Aristokratie des

Geistes und der Tugend bestehen sollte. Er wünschte sich die mittleren Klassen, also die Bürger, die zumindest zu einem bescheidenen Wohlstand gekommen waren, einbezogen, weil sie dann nicht aus Unzufriedenheit an einen politischen Umsturz dachten. (Damit nannte er bereits ein Rezept gegen den Terrorismus unserer Zeit.) Er wollte aber das Bürgerrecht auf eine Minderheit beschränken, kleiner als die, welche im Athen seiner Zeit tatsächlich das Privileg der Bürgerschaft genoss. Dabei sollten Landarbeiter, Handwerker und Ladeninhaber eben ausgeschlossen bleiben.

Das klingt unsozial. Aber damals dachte man, dass Handarbeit gemein mache. Denn Handarbeit lasse dem Mann keine Zeit, seine Bürgerpflichten zu erfüllen. Dazu brauche er Muße – eine Ansicht, die erst das Christentum revidieren wird.

Dass Aristoteles vom »geborenen Sklaven« sprach, zeigt ihn einmal mehr als konservativen Denker, zumal schon damals gegensätzliche Meinungen diskutiert wurden. Freilich verlangte auch Aristoteles, dass kein Grieche einen Griechen versklaven dürfe.

Positiv und ganz neu war, dass Aristoteles eine Geschichte der Tiere, also eine Art Tierleben schrieb, nicht »Brehms Tierleben« sondern »Aristoteles' Tierleben«, mit einer Sammlung von Tatsachen aus dem Leben der Tiere. Damit hatte sich bisher noch niemand befasst. Er aber beschäftigte sich mit der Anatomie, Physiologie und den Verhaltensweisen aller Tiere.

Darüber hinaus wandte sich sein umfassender Geist der Poesie zu, obwohl er seinem eher unkünstlerischen Wesen nach vielleicht nicht der rechte Mann dazu war, Tragödien oder epische Dichtungen zu beurteilen. Trotzdem ist seine »Poetik« doch der früheste und wichtigste Beitrag zur Literaturwissenschaft. Aristoteles gab ihr eine eigene Sprache und eigene Definitionen, die noch später, und zwar bis in unsere Tage hinein, ihren Einfluss ausübten. Gemeint ist die Lehre von der Einheit des Ortes, der Zeit und der Handlung im Drama, wie wir es heute lernen, obwohl Aristoteles eigentlich nur eine einzige Einheit forderte, nämlich die der Handlung.

Bei allem, was er leistete, blieb Aristoteles ein bescheidener Mann, immer bereit, seine Theorien zu überprüfen, und bemüht, sich besser auszudrücken, wenn er zu neuen Erkenntnissen gekommen war.

Nun noch ein Wort zu seinem Ende. Er war der Lehrer Alexanders des Großen und als sein Günstling war er den Athenern verdächtig. Einem Prozess, der nach Alexanders Tod wegen des Vorwurfs der Gotteslästerung gegen Aristoteles angestrengt werden sollte, entzog er sich auf die Insel Euböa, wo er 63-jährig starb. Vielleicht nahm er Gift.

Epikur

Damit ist ein weiteres Stichwort beziehungsweise ein weiterer Name gefallen – Alexander der Große. Eine der prägenden Gestalten der Antike. Doch wir werden hier nicht ausführlich über ihn sprechen. Ob Genie oder Größenwahnsinniger, darüber wird gestritten. Er gehört eben zu jenen Eroberern und Feldherrn, die zwar aus der Geschichte der Menschheit herausragen, ihr aber im Sinn der Evolution keine Impulse gegeben haben. Sein Reich, so gewaltig es war, brach mit seinem Tod auseinander. Unsere Entwicklungsgeschichte ist noch so reich an wesentlichen Persönlichkeiten, dass wir immer wieder gezwungen sein werden, uns zu beschränken.

Aber einen Philosophen aus Athen will ich noch erwähnen. Er liegt mir am Herzen: Epikur. Er ist zugleich der liebenswürdigste und menschlichste. Er wurde etwa vierzig Jahre nach Aristoteles geboren. Wenn wir ihn uns vorstellen, dann sehen wir vielleicht einen milden, bescheidenen Weisen in seinem Garten vor den Toren Athens lustwandeln. Oft wird die pauschale Vorstellung verbreitet, er sei lediglich ein krasser Genussmensch gewesen, der nichts anderes im Sinn hatte als sein Wohlergehen. Eben ein Epikureer. Das gibt es sonst in der Geschichte der Philosophie übrigens nicht, dass ein Name derart zum allgemeinen Begriff wurde.

Epikur suchte das Glück, das ist wahr, aber nicht aus Genusssucht, sondern um seines Seelenfriedens willen. Man sollte ihn lesen, es lohnt sich. Ich erinnere an einige Worte, die euch sicher gefallen werden. Epikur sagte nämlich, dass es unmöglich sei, die Angst zu verlieren, wenn man nicht über die wahre Natur des Alls Bescheid wisse, sondern darüber Vermutungen auf Grund von Göttermärchen anstelle. Es sei, sagte er, nicht möglich, ohne die Naturwissenschaft ungetrübte Freuden zu genießen.

Er meinte auch, dass dem verständigen Menschen der Zufall nur in nebensächlichen Dingen einen Strich durch die Rechnung mache. Die ihm wichtigen Dinge habe er nämlich vorher mit seinem Verstand geregelt.

Und Epikur machte sich auch Gedanken über den Kosmos, die durchaus modern anmuten. Das All, lehrte er, war so, wie es jetzt ist, und es wird auch immer so bleiben. Neben dem All gebe es nichts, was in das All eindringen und eine Veränderung bewirken könne. Das All bestehe aus Körpern und Leere. Dass es Körper gebe, bestätige uns die Wahrnehmung. Und wir müssten das Unsichtbare durch Überlegungen beurteilen, die im Einklang mit den Wahrnehmungen stehen. Also war Epikur auch ein Rationalist. Vielleicht war seine ganze dem Dasein zugewandte Lebensanschauung aus der Vernunft geboren. Sie ist ja nicht nur genusssüchtig, sie ist viel eher vernünftig. Ganz gewiss jedenfalls war er kein seelenkranker, frustrierter, neurotischer Mensch.

Die Frau in Hellas

Nun sollt ihr aber doch mehr über die Frau in Griechenland erfahren. Das Bild vom antiken Hellas ist sonst vielleicht ein wenig zu hell, zu strahlend, mindestens aber unvollständig. Wir können dieses Kapitel, das eher trübe ist, nicht übergehen.

Etwas habe ich ja bereits angedeutet. Auch die großen Epen Homers, die »Odyssee« und die »Ilias«, erzählen vorwiegend von einer Welt der Männer, obwohl es eine Frau war, die schöne Helena, um die gekämpft wurde. Aber sie wurde eben doch wie ein Besitztum des Mannes behandelt, nicht wie ein selbstständiges Wesen, das sich frei für ihren Geliebten, Mann oder Gefährten entscheiden kann. Sie war im Grunde nur ein Spielball.

Freilich gab es, in Ausnahmefällen, diese Freiheit auch für die Frau, wie gerade in der »Odyssee«, in der Penelope, die Gemahlin des Odysseus, selbst unter ihren Freiern einen Nachfolger für ihren Gatten, der nach dem Trojanischen Krieg viele Jahre auf seiner Irrfahrt nach Hause war, wählen konnte.

Aber Odysseus' Frau war eine Königin und galt als Witwe. Auch Sappho, die ein so freies Leben führte, war Witwe und reich.

Außerdem spielten die Epen Homers in einer sehr frühen, archaischen, nicht der klassischen Zeit, und Sappho lebte teils auf Sizilien, teils auf der Insel Lesbos, also nicht in Athen.

Später wandelte sich die aristokratische Ordnung, von der noch Homer berichtet, in die Athener Volksherrschaft. In diesem neuen demokratischen Stadtstaat wurde der Einfamilienhaushalt zur wichtigsten Lebensform. In ihm war der Mann das Oberhaupt, unter ihm standen die Ehefrau und die Kinder – sowie die Sklaven, die das Land bebauten.

Die Hausgemeinschaft als Kern der Gesellschaft

Der freie, wohlhabende Athener lebte vorwiegend in der Öffentlichkeit. Er politisierte und diskutierte. Der Frau unterstand zwar der Haushalt, aber sie war nur Gattin und Haushälterin und hatte nach dem Gesetz keinerlei öffentliche Aufgaben zu erfüllen. Sie war nur dafür verantwortlich, dass daheim alles reibungslos ablief, damit der Mann sich in den Kolonnaden der Agora ergehen und die politischen Versammlungen besuchen konnte.

Im Grunde war die griechische Frau nie mündig, stets wachte jemand über sie, entweder der Vater oder der Onkel. Diese konnten eine Ehe lösen und die Frau neu verheiraten. Die Aufgabe der Frau war es, Kinder zu gebären, um die Existenz der Gemeinschaft zu sichern. Dabei wollten die Athener unbedingt vermeiden, dass die Heiligkeit des Hauses durch fremdes Blut entweiht wurde. Deshalb betrachtete man den Ehebruch als ein Verbrechen und deshalb wachte der Staat über die Sexualität der Frau.

Wir betrachten das heute als Eingriff in die Privatsphäre, doch diesen Begriff kannte man damals noch nicht. Eine Frau, die Ehebruch beging, durfte nicht mehr an den religiösen Riten teilnehmen und ihr Mann war gezwungen, sich von ihr scheiden zu lassen. Beides war grausam, denn Religion und Ehe, zusammen mit den Kindern und dem Haushalt, bildeten den einzigen Lebensinhalt der Frauen. Und die Männer durften sich Konkubinen halten.

Demosthenes, der große Redner, drückte es so aus: »Die Hetäre haben wir für das Vergnügen, die Konkubine für unsere täglichen Bedürfnisse und die Gattin, damit sie uns legitime Kinder gebiert und unseren Haushalt verwaltet.«

Die Frau hatte nur wenige Möglichkeiten, ihren Lebensunterhalt zu sichern. Weder erbte sie Grundbesitz noch durfte sie Verträge unterschreiben. Nur wenn der Ehemann nicht dazu im Stande war, für seine Familie zu sorgen, konnte sich die Frau als Amme Geld verdienen oder einen kleinen Handel mit Wollwaren und Wein betreiben. Die Sklavinnen besorgten dann das Spinnen der Wolle und das Weben der Stoffe.

Ein besonders finsteres Kapitel war außerdem, dass man

das Bevölkerungswachstum durch Kindstötung regulierte. Das war an der Tagesordnung. Und selbstverständlich traf dieses Los Mädchen öfter als Knaben.

Verdammen wir die Griechen aber nicht zu sehr, auch heute werden noch Jahr für Jahr etwa eine Million Kinder nach der Geburt umgebracht, weil sie das falsche Geschlecht haben, weil sie Mädchen sind. Man tadelte schon damals: »Auch der arme Mann zieht seinen Sohn auf und auch der reiche Mann setzt seine Tochter aus.«

Häufig setzte man die neugeborenen Mädchen in einem Krug aus, sie starben an Frost und Hunger oder wurden von wilden Tieren gefressen.

Eine Frau, die nicht verheiratet war, konnte sich nur auf eine einzige Weise ernähren, nämlich durch Prostitution. Unter den Dirnen gab es auch Töchter von Sklavinnen, die ihrem Herrn zu Willen sein mussten, und Töchter aus freien Familien, die verführt worden waren.

Der Vater durfte seine gefallene Tochter verkaufen. Es gab Seeräuber und Händler, die auf Frauenraub spezialisiert waren.

Von Pythagoras wissen wir, dass er den Mädchen die gleiche Erziehung zukommen ließ wie den Knaben, aber das war eben auch in einer italienischen Kolonie Griechenlands. Platon forderte zwar die gleiche Erziehung für Mädchen und Knaben, glaubte aber, dass die Frau geringere Fähigkeiten als der Mann besitze. Außerdem brauche die Frau den Mann, während umgekehrt keine Abhängigkeit bestehe.

Auch Aristoteles war der Ansicht, dass die Frau unter dem Mann stehe. Er meinte, ihr fehle die natürliche Fähigkeit zur

Tugend, gestand ihr aber zu, dass sie über andere Vorzüge verfüge, wie zum Beispiel einen schönen Körper und Fleiß.

Aristoteles bezeichnete den Charakter der Frau als von Natur aus defekt – eine verhängnisvolle Ansicht. In seiner Nachfolge meinte der Theologe Thomas von Aquin im 13. Jahrhundert, dass die Frau zwar nicht direkt ein Irrtum Gottes sei, da Gott ja nicht irren könne, dass sie aber doch nur ein unvollständiger Mann sei. Und 600 Jahre später stempelte sogar noch Sigmund Freud die Frau zu einem defekten Mann, indem er sagte, sie sei in sexueller Beziehung immer neidisch auf ihn.

Ob das nun in der Praxis allerdings wirklich alles so krass war? Ob die athenischen Frauen wirklich so benachteiligt und unterdrückt waren, wie es nach dem Gesetz und der Meinung der Philosophen aussieht? Manchmal sind die Verhältnisse in der Realität etwas anders. Sicher hat es auch Liebe und Verständnis füreinander gegeben. Und einigen Frauen gelang es, durch ihre Erziehung, durch ihre Schönheit und Intelligenz eine bevorzugte Stellung zu erlangen, Wohlstand, Anerkennung, sogar ein freies Leben. In der Regel erhielt das athenische Mädchen aber keine besondere Erziehung. Wenn es mit vierzehn oder fünfzehn Jahren verheiratet wurde, dann konnte es gerade ein bisschen weben. Aber die Frau konnte durchaus das Haus verlassen, um Verwandte zu besuchen, um sich eine politische Rede anzuhören oder ins Theater zu gehen. Zum Gastmahl durfte sie ihren Mann nicht begleiten, aber sie konnte sich andere Freiheiten verschaffen. Wenn der Ehemann langweilig war, hielt sich die Frau vielleicht sogar einen Liebhaber. Das war denkbar, wenn der Ehemann ein

Auge zudrückte und hoffte, dass alles geheim blieb. Denn sonst hätte er sich scheiden lassen müssen. Bei der Scheidung war er gezwungen, die Mitgift an den Vater seiner Frau zurückzugeben. Das konnte sich nicht jeder leisten, ohne seine eigene Bequemlichkeit zu opfern. So kam es also, dass manchmal neben der Frau und dem Kind auch ein Liebhaber schlief.

Große Gestalten der Weltliteratur

Die griechische Kultur hatte ein merkwürdiges Verhältnis zur Frau. In der Öffentlichkeit spielte sie keine Rolle, desto leidenschaftlicher befassten sich die Dichter mit ihr. Aischylos, Sophokles, Euripides und Aristophanes vermochten in ihren Dramen nicht auf sie als tragende, die Handlung vorantreibende Figuren zu verzichten. Sie schildern ihren Schmerz, ihre Liebe und ihre Leidenschaft, bis hin zum Mord. Nicht nur die schöne Helena, auch Antigone, Eurydike, Klytämnestra, Elektra, Medea und nicht zuletzt die menschliche Iphigenie – sie alle wurden zu den größten Gestalten der Weltliteratur.

Beseelte Werkzeuge

Immer wieder haben wir auch Sklaven erwähnt, schon seit wir in Ägypten waren. Daher sollten wir noch über die Sklaverei in Griechenland sprechen.

Es ist gewiss eines der düstersten Kapitel unserer Geschichte, dass Menschen andere Menschen benutzen und über sie verfügen. Der Sklave war immer auch ein Werkzeug, das die Möglichkeiten seines Herrn enorm erweiterte. Schon Aristoteles hatte das so gesehen und nannte die Sklaven »beseelte Werkzeuge«!

Wann es die ersten Sklaven gab, wird wohl nie ganz zu klären sein. Es gab und gibt sie in fast allen Kulturen der Erde. Die Griechen haben den Brauch wahrscheinlich von den Phöniziern übernommen. Schon mit der griechischen Kolonisation – also ab etwa 750 vor unserer Zeitrechnung – raubten die Griechen systematisch Menschen und veranstalteten regelrechte Jagden auf sie, vor allem auf die im Hinterland lebenden so genannten Barbaren. Sie wurden als Beute auf den großen Sklavenmärkten verkauft.

Welches Ausmaß der Handel annahm, ersieht man daraus, dass allein auf der Insel Delos im 2. Jahrhundert vor Christus täglich etwa zehntausend Sklaven ihre Besitzer wechselten. Nicht viel anders war es in Athen, auf Kios oder in Byzanz.

Im so genannten goldenen Zeitalter des Perikles gab es in Athen dreihunderttausend Sklaven und dreißigtausend freie Bürger – ein dunkler Schatten, so sehen wir es heute. Früher hätte man uns wegen einer solchen Ansicht verständnislos belächelt.

Im Altertum waren die Plünderung von Städten und die Versklavung ihrer Bürger alltäglich. Alle waren davon bedroht. Sogar Königssöhne wurden geraubt und in die Sklaverei verkauft. Die Piraten des Mittelmeeres verdienten großartig an diesem Geschäft.

Ihr bekanntestes Opfer war sicher Julius Cäsar, der nur deshalb dem Sklavenmarkt entging, weil seine Familie ein immenses Lösegeld für ihn aufbringen konnte.

Kinder von Sklaven waren von Geburt an ebenfalls Sklaven. Auch Findelkinder wurden oft zu Sklaven, und Findelkinder gab es viele, galt doch die Kindesaussetzung als Möglichkeit der Familienplanung. Da der durchschnittliche Lebensstandard nur die Erziehung von einem oder zwei Kindern ermöglichte und da man Söhne den Töchtern vorzog, wurden wesentlich mehr Mädchen als Knaben ausgesetzt. Das machten sich viele Bordellbesitzer zu Nutze. So wurden zahllose Findelkinder schon als Kinder zur Prostitution gezwungen.

Wenn wir unsere heutige Zeit kritisieren, dürfen wir also nicht die Nachteile des Lebens in den alten Kulturen übersehen. Wer sagt uns denn, dass wir damals als privilegierte Freie und nicht als Sklaven geboren worden wären?

Und man brauchte gar nicht als Sklave geboren worden zu sein, auch wenn man seine Schulden nicht tilgen konnte, wurde man zum Besitztum des Gläubigers. Das wurde freilich später sowohl in Griechenland wie auch in Rom verboten. Dass es manchen Sklaven relativ gut gehen konnte, dass manche zu Vertrauten, sogar zu Freunden ihrer Herren wurden, spricht auch nicht für die Sklaverei. Nicht alle Bürger konnten sich mehrere Sklaven leisten, meist blieb es bei einem einzigen. Dieser konnte unentbehrlich werden und zählte fast zur Familie wie vor allem Ammen, Erzieher und Erzieherinnen.

Aristoteles hatte dreizehn Haussklaven, für ihn war es

selbstverständlich, dass manche Menschen von Natur aus Sklaven waren. Platon begnügte sich mit fünf. Es gab auch Leihsklaven für besondere Gelegenheiten wie Feste und Gastmähler, Köche, Tänzerinnen und Musiker. In der römischen Kaiserzeit war es für alle Wohlhabenden selbstverständlich, sich Spezialsklaven zu halten, Masseusen, Hausärzte, Sänften- und Fackelträger, Portiers, die wie Hofhunde vor der Haustür angekettet wurden, griechische Gelehrte – und viele andere mehr. Daneben gab es die Sklaven, die man zu Handwerkern ausbildete. Weder die Griechen noch die Römer hätten ihre hohe Kultur ohne Sklaverei entwickeln können.

Und auch nach den Griechen und Römern war die Sklaverei nicht zu Ende! Aber das ist nun schon ein Vorgriff auf künftige Zeiten. Wer kennt nicht »Onkel Toms Hütte« und die Sklaverei in den amerikanischen Südstaaten, die erst im vorletzten Jahrhundert, nach einem blutigen Krieg, abgeschafft wurde?

Auch die großen Religionen duldeten die Sklaverei. Sowohl die Bibel als auch der Koran setzen sie als gegeben voraus, jedenfalls für Anhänger eines fremden Glaubens. Die Sklaverei fand durch das römische Recht Eingang in das Christentum. Paulus schrieb im ersten Korintherbrief, dass ein jeder in seinem Stand bleiben solle, also auch jeder Sklave. Und der Kirchenvater Augustinus meinte, dass das Sklavenlos dem Sünder von Gott als natürliche Strafe auferlegt werde. Denn es sei sicher besser, einem Menschen als Sklave zu dienen, als der Begierde.

Sogar Luther bestätigte die Sklaverei noch – und nach der

Entdeckung der Neuen Welt bereicherte sich das christliche Abendland grausam und unrühmlich am Sklavenhandel. Portugiesische Seefahrer eröffneten im 15. Jahrhundert den Handel mit afrikanischen Sklaven, bald folgten auch die Franzosen und vor allem die Engländer, die ihre Kolonien mit billigen Arbeitskräften belieferten.

Noch 1425 erlaubte Papst Nikolaus V. den Portugiesen ausdrücklich, »Heiden« zu versklaven, und 120 Jahre später gestand Papst Paul III. auch kirchlichen Amtsträgern das Recht zu, Sklaven zu halten.

Der dritte Tag

Rom

Roma aeterna

Einige Jahrhunderte sind vergangen.

Vor uns liegt eine Anhöhe, die in diffuses Licht getaucht ist. Eine schleierdünne Wolkenschicht bedeckt den Himmel. Die Sonne zieht als fahle Scheibe hindurch – eine Täuschung, die durch die rasch davontreibenden Wolken entsteht.

Weiter unten dehnt sich in einem hügeligen Gelände das Gebäudegewirr einer Stadt. Es ist nicht Athen. Einige Bezirke schmiegen sich in Täler, während andere sich über Höhen erstrecken, die grün herausleuchten, da auf ihnen Zypressen, Pinien, Palmen und viele andere Bäume wachsen.

Der Lärm auf den Straßen klingt gedämpft herauf, wie unter einem flauschigen Teppich.

Wir wollen uns nun Rom ansehen, die unvergleichliche Stadt, wie es damals hieß, obwohl Rom natürlich nicht die erste Stadt der Menschheit ist. Wir kennen ja bereits mehrere, Jericho, Memphis und Athen. Aber Rom kann man doch als erste Großstadt bezeichnen, es beherbergt mehr als zwei Millionen Menschen, die zum großen Teil in Mietshäusern wohnen. Bis zu zwanzig Familien leben darin, auf fünf Stockwerke verteilt. Das hat es noch nie gegeben. Rom – Roma aeterna – ist auch die erste Stadt mit nennenswerten Ziegelbauten, mit Kuppeln und Gewölben, reich in Marmor ausgestaltet. Es gibt mehr als 4000 Wohnblocks, mehr als 1700 Wohnhäuser, über 200 Lagerhäuser, mehr als 800 öffentliche Bäder, 100 öffentliche Latrinen und fast 50 Bordelle, dazu über 1300 Brunnen, über 200 Backöfen und einige Feuerwachen. Eine Riesenstadt.

Unter uns türmt sich das Kapitol säulengeschmückt auf dem kapitolinischen Hügel, links davon erstreckt sich die Linie des Forum Romanum. Von hier aus wird die Welt regiert.

Wir sehen Tempel, Dächer, wirr verschlungene Straßen, Aquädukte mit Gebäude überspannenden Konstruktionen. Sie bringen das frische Wasser aus den Bergen in die Stadt. Sie sind die Lebensadern. Überall stehen Statuen, Götterbilder, zu Göttern erhobene Kaiser, Imperatoren, goldfunkelnde Adler mit ausgebreiteten Flügeln, reliefgeschmückte Säulen, Triumphbögen, und dann die kaiserlichen Paläste auf dem Palatin. Vom Namen dieses Hügels leitet sich die Bezeichnung Palast ab, wie der Begriff Kaiser vom großen Cäsar kommt. Rom war über Jahrhunderte hinweg, fast zwei Jahrtausende lang, die wichtigste Stadt im Abendland, es gab keine wichtigere. Rom war nicht nur das Zentrum der damaligen Welt, es blieb über Jahrhunderte ihr Mittelpunkt, überdauerte selbst das römische Weltreich. Es wurde zur Kapitale des Christentums, zum Sitz der Päpste und zu ihrem politischen Mittel- und Angelpunkt. Über die Wirren der Völkerwanderung hinweg und das ganze Mittelalter hindurch, selbst noch nach der Reformation, behauptete Rom diese Stellung. Erst in unseren Tagen verblasst Roms Einfluss, wenn auch nur politisch, denn noch immer umspannt der Einfluss des Vatikan die ganze Erde.

Das ist, wie ihr merkt, ein großer Hymnus auf Rom.

Wenn man jedoch nach der Rolle der Wissenschaft, nach Philosophie, den Künsten, dem Theater, der Dichtung, den Bildhauern fragt, legt man den Finger auf, nun ja, nicht gerade eine Wunde, wohl aber auf ein Defizit.

Drei Dinge hat die Welt Rom zu verdanken

Nach dem ungeheuren Schub, den sie in Griechenland erhalten hatte, verfiel die kulturelle Evolution in eine Art Lethargie. Sie machte eine lange Pause. Man kann auch sagen, die Errungenschaften konsolidierten sich. Es war, wie wenn sich die Evolution einmal hätte ausruhen müssen, um Atem zu schöpfen für einen neuen großen Aufschwung, zu dem sie später, eigentlich erst in der Renaissance, mit erneuerter Kraft wieder ansetzen wird. Natürlich darf man nicht behaupten, dass sich überhaupt nichts bewegte. In Syrien wird das erste Glas geblasen, Julius Cäsar führt im 1. Jahrhundert vor unserer Zeitrechnung den julianischen Kalender ein, bei dem auf drei Jahre mit 365 Tagen jeweils ein Schaltjahr mit 366 Tagen folgt. Der Juli, Julius Cäsars Geburtsmonat, ist nach ihm benannt.

Herodes, den man den Großen nennt, lässt den ersten Hafen im offenen Meer in der Nähe des heutigen Haifa bauen, bei dem Zementblöcke verwendet werden, die man in riesigen Holzformen gießt. Strabon berechnet den Erdumfang und nimmt an, dass in den unbekannten Teilen der Erde noch andere Kontinente existieren müssen. Wir sehen den Mathematiker und Mechaniker Heron ein dampfgetriebenes Spielzeug basteln, bei dem Dampfstrahlen einen Kessel rotieren lassen, aber er zieht keinen praktischen Nutzen aus dieser Erfindung. Die Welt hätte sich vielleicht anders entwickelt, wenn er es getan hätte.

Aber es gibt eben kein Hätte und Wäre in der Geschichte.

Wir können mit der Aufzählung fortfahren, um zumindest die wesentlichsten Ereignisse zu erwähnen: Kaiser Vespasian ordnete den Bau des Kolosseums an, das fünftausend Zuschauer fassen konnte. Es wird das größte Amphitheater der Welt werden und bleibt es bis zum Anfang unseres Jahrhunderts, ein großartiges Beispiel antiker Baukunst. Vor allem aber – leider geht das alles ein bisschen arg durcheinander, gehört aber in die Zeit des römischen Imperiums – greift der Römer Lukrez kurz vor Christi Geburt die Lehre Epikurs auf, von dem wir schon erzählt haben. Auch er betont die atomare Beschaffenheit der Materie und verkündet, dass nicht irgendwelche geheimnisvollen Götter, sondern die Naturgesetze das Schicksal der Menschen bestimmen.

Gehen wir also. Ein schmaler, ausgetretener Weg führt von der Anhöhe hinab und an Landhäusern mit säulengeschmückten Eingangspforten vorbei. Vögel vollführen in den dichten Schirmen der Pinien, die einen herben Geruch ausströmen, einen gehörigen Lärm und übertönen fast die Geräusche der Stadt.

Die Römer übernahmen aus den Ländern und Städten, die

sie erobert hatten – Ägypten, Griechenland, Südfrankreich, Spanien, Tunis, also Karthago – viele technische Verfahren und vervollkommneten sie mit Kunstverstand. Berühmt sind ihre Gläser bis in unsere Zeit, wo sie auch als Kopien angeboten werden, in Blau-, Grün-, Rot- und Gelbtönen, alle wie milchig und verschleiert.

Die reichen Römer tranken aus solchen Gläsern und Kelchen. Die Römer vervollkommneten auch die Metallgewinnung. Wichtig für ihre Bauten wurde vor allem das Ziegelbrennen. In der Töpferei waren sie ebenfalls Meister, obgleich die griechischen Vasen, Schalen und Krüge nach wie vor unerreichte Gipfel dieses Handwerks darstellen. Die Färberei und die Gerberei kamen zur Blüte. Es gab Großbäckereien, Öl wurde in riesigen Mengen gepresst, man brauchte Mörtel für die städtischen Bauten. Außerdem kam – wir erinnern uns an Jericho und die mühselige Ackerbestellung, an den ersten Weizen – Dünger in Gebrauch, vor allem Viehdung.

Auch im Sinne der kulturellen Evolution haben die Römer Verdienste. Allerdings liegen ihre großen Leistungen nicht auf philosophischem Gebiet. Drei Dinge hat ihnen die Welt zu verdanken. Einmal kann man sie die Väter der modernen Architektur nennen. Sie entwickelten den Gewölbebau, Kuppeln, mit denen sie riesige Innenräume überwölben und dadurch überhaupt erst schaffen konnten. Nun brauchten sie keine tragenden Säulen mehr, sie benutzen sie nur noch als schmückende Ornamente. Aber vielleicht noch wichtiger war doch die Gewinnung von Mörtel und die Einführung der Ziegelbauweise für mehrstöckige Häuser, Wohnblocks, Wasserleitungen und Abwasserkanäle, Straßen und Brücken.

Zum Zweiten – und das ist besonders hervorzuheben – schufen sie das römische Recht, auf dem unsere Zivilisation bis heute basiert, und drittens entwickelten sie die Kunst der Verwaltung.

Ein Körper aus Gliedern unterschiedlicher Herkunft

Man könnte das römische Weltreich mit einem Körper vergleichen, der aus Gliedern unterschiedlicher Herkunft zusammengesetzt ist. Die oftmals in Eroberungskriegen oder Revolten geschaffenen politischen Institutionen stellten das Fundament dar, auf dem die großartigste Staatskonstruktion der antiken Welt ruhte. Rom, erst ein Bauerndorf, dann eine Stadt, die Italien eroberte, Rom wurde zur Großstadt und zur Hauptstadt des gesamten mittelmeerischen Raumes. Rom vereinigte in seinem Reich die verschiedenartigsten und gegensätzlichsten Völker, Traditionen, Kulturen, Sprachen und Religionen.

Urbi et orbi, das sagt heute nicht nur der Papst in seinem Segen, das sagten schon die Zeitgenossen von Kaiser Augustus, indem sie ihre Stadt und die ihnen bekannte Welt als eine Einheit betrachteten. Der Dichter Ovid schrieb, dass anderen Völkern Raum nur in gemessenen Grenzen gegeben sei, einzig für den Römer seien die Stadt und die Welt eins. Schon damals verstand man Rom als ewige Stadt, als Hauptstadt eines im wesentlichen befriedeten Reiches. Der große Vergil ermahnte die Römer, den Völkern mit Macht zu gebieten, friedlich Ordnung zu stiften und die Unterworfenen zu schonen.

Obwohl andererseits mit äußerster Härte regiert wurde, war es eben doch Roms Verdienst, dass in allen seinen Gebieten Frieden und Sicherheit herrschten. Unter dem Schutz des römischen Adlers, der das römische Gesetz und die politischen Institutionen symbolisierte, kamen überall Handel und Wirtschaft zu neuer Blüte. Durch die Vermischung und gegenseitige Befruchtung der verschiedenartigsten Zivilisationen entstanden reifere und verfeinertere Lebensformen, Kulturen und Künste.

Die politische Klammer förderte das Entstehen der letzten großen Leistungen der klassischen Kultur, und zwar in der ganzen römischen Welt. Jahrhundertelang bewährte sich die römische Verfassung, die zur Grundlage vieler Verfassungen der Menschheit wurde. Das bleibt Roms Verdienst – kein geringes. Denn es war ein Sieg nüchternen Denkens und praktischer Vernunft. Man könnte darüber nachdenken, ob die Römer damit nicht mehr für die Menschen geleistet haben als die Griechen mit ihren philosophischen Gedanken – jedenfalls für das Zusammenleben, für die Gemeinschaft.

Hier sollte man den Anteil Roms ins rechte Licht rücken, denn der größte Philosoph kann seine Gedanken nicht entfalten, wenn im alltäglichen Leben das Chaos herrscht. Einen gesunden Geist gibt es nun einmal nur in einem gesunden Körper. Ein für die Römer charakteristischer Spruch. Und wenn man statt Körper Staat sagt, dann steht der Geist stellvertretend für alle kulturellen Leistungen, also für die Künste, das Denken, die Literatur, das Theater, die Malerei, die Musik.

Die lang gestreckte Linie der Bogenbrücke

Wir gehen an einem Bestattungsplatz vorbei, hier stehen reliefgeschmückte Sarkophage und Grabmäler. Alle Beerdigungsplätze liegen außerhalb der Stadt. So schreibt es das Gesetz vor. Und dort hinten, fast am Horizont, entsteht ein neuer Aquädukt. Für zwei Jahrtausende bleibt die säulen- und bogengetragene Silhouettenlinie dieser Aquädukte für Rom charakteristisch.

Durch das rasche Wachstum der Bevölkerung wurde die Wasserversorgung immer wichtiger. Die beiden Kaiser Augustus und Agrippa ließen deshalb verschiedene alte Aquädukte renovieren und das Wasser dreier Quellen auffangen. Als schließlich die Goten 410 nach Christus in Rom einfielen, gab es elf große Aquädukte, die das lebenswichtige Nass über viele Kilometer herbeischafften. Es floss teils auch unterirdisch in Tunneln, Kanälen und Rohrleitungen. Über eintausend Brunnen sorgten dafür, dass jedes Haus Wasser hatte. Die Leitungen wurden wie bei uns unter den Straßen entlanggeführt. Fast jedes Haus verfügte über eine Zisterne, über Leitungsrohre, viele Häuser hatten auch Springbrunnen. Rom beschäftigte allein über siebenhundert Wasserarbeiter.

Auf der lang gestreckten Linie einer Bogenbrücke, die von eng stehenden Pfeilern gestützt wird, stehen von großen Holzrädern bewegte Kräne und Flaschenzüge. Männer arbeiten, von hier aus winzig wie Insekten, auf Gerüsten.

Wir betreten die Stadt durch die Aurelianische Mauer. Die Straße wird von dichten Häuserreihen begrenzt, davor liegen teilweise überdachte Gehsteige. Da und dort werden Körbe mit frisch eingekauften Lebensmitteln an Hanfseilen hochgezogen. Auch die Läden werden zahlreicher. Bei den Metzgern hängen ausgenommenes Geflügel, enthäutete Kaninchen und Schinken über der Theke.

Die Häuser dürfen in der Regel nicht höher sein als die doppelte Straßenbreite. Sonst würden sie zu viel Licht wegnehmen. Eine Ausnahme bilden allerdings die Mietshäuser, die bis zu fünf Stockwerke emporwachsen. In der Stadtmitte, in den so genannten »insulae«, gibt es besonders viele, meist von Spekulanten erbaute. Diese neue Art von Gebäuden finden wir in allen Stadtteilen Roms, sie waren das Grundelement dieses lärmenden Häusermeeres. Darin gab es Werkstätten und Läden, dort lebten bis zu zwanzig Familien auf engstem Raum, in Lärm und Gestank – vielleicht auch in fröhlicher Nachbarschaft. Oder zankend und streitend.

Als Freizeitbeschäftigung gab es Theater und Zirkusspiele. Nicht umsonst sorgte die römische Verwaltung für »panem et circenses«, »Brot und Spiele«. Die Amphitheater waren immer überfüllt, die Spiele waren begehrte Abwechslungen. Viele römische Dichter liefern uns genaue Beschreibungen.

Wir könnten uns jetzt das Kolosseum ansehen. Aber wir waren bereits in Olympia und im Dionysostheater in Athen – also entscheiden wir uns für das Neue, Andersartige – für eine der Thermen. Wir gehen durch eine Straße des klassischen Rom.

Kinder treiben Reifen und lassen Kreisel tanzen. Zahllose Katzen streunen herum, die nun als Haustiere gehalten werden. Hier gelten sie aber nicht mehr als heilig wie im alten Ägypten.

Viele Holztüren der Häuser sind mit großen Nägeln beschlagen, sodass sich kunstvolle Muster gebildet haben. Über den Balkonbrüstungen und Fensteröffnungen hängt Wäsche, viele Fenster haben Vorhänge, Frauen lehnen sich hinaus und schwatzen über die Straße mit ihren Nachbarinnen.

Andere Frauen gehen in Tuniken vorbei, die bis auf die Sandalen reichen. Sie sind in der Taille gegürtet. Alle tragen ein Tuch über dem Haar, das linksseitig herabhängt und über die Brust zur rechten Seite geführt wird.

Die Frauen in Rom

Die Frauen in Rom, vor allem die aus den oberen Schichten, lebten besser als die Frauen in Griechenland. Zwar hatte auch hier der Mann die Gewalt über die Familie, aber die Frauen konnten doch freier über ihr Leben bestimmen. Auch wenn sie nie politische Rechte bekamen, hatten sie doch oft wirtschaftliche Macht. Viele erhielten eine gute Erziehung, lernten lesen, schreiben und rechnen, und das ermöglichte ihnen Tätigkeiten in verschiedenen Berufen, nicht nur an der Seite ihres Gatten, sondern auch selbstständig.

Ihre wirtschaftliche Lage war sogar besser als in den darauffolgenden tausend Jahren. Die Schwester erbte genauso viel wie der Bruder und Testamente konnten ohne Einschränkung zu Gunsten von Töchtern gemacht werden. Während der Kaiserzeit häufte manche vornehme Frau riesige Vermögen auf und legte ihr Geld geschickt an.

Der Römer achtete seine Ehefrau und seine Mutter, wenn sie ihre Grenzen respektierten. Der Platz der Frau war das Heim, sie war die Mutter der Familie. Hier hatte sie die gleiche Macht wie der Vater. Allerdings musste sie tugendhaft leben und ihm gehorchen. Doch konnte sie sich zumindest scheiden lassen. Kaiser Augustus war es, der den Frauen schließlich auch gesetzlich viele Rechte und Freiheiten einräumte, wenngleich er andererseits den Männern das Vergnügen beließ, mit ihren Geliebten, Konkubinen und Sklavinnen zu schlafen. Bordelle blühten an allen Straßenecken.

Natürlich durfte die verheiratete Frau nicht fremdgehen. Der Ehebruch war verpönt, eine Frau sollte nur mit ihrem Ehemann schlafen. Tat sie das nicht, so verlor sie die Hälfte ihrer Mitgift und ein Drittel ihres Vermögens. Auch konnte sie mit Verbannung auf eine einsame Insel bestraft werden. Der Vater der Frau durfte den Liebhaber töten, wenn er ihn in flagranti erwischte, dem Ehemann war das nur dann erlaubt, wenn der Liebhaber von niederer Geburt war. Immerhin machte sich auch der Mann des Ehebruchs schuldig, wenn er mit einer freien, verheirateten Frau schlief. Die meisten Frauen kamen der Bestrafung dadurch zuvor, dass sie sich vor einem Ehebruch scheiden ließen. Scheidungen waren bald an der Tagesordnung und Frauen wechselten die Männer wie Kinder ihr Spielzeug. Die Männer ihrerseits lebten so zügellos, dass sie neben ihrer Ehefrau noch dutzende von Geliebten, Konkubinen und Sklavinnen hatten.

Daneben übten Frauen auch den Dienst als Vestalinnen aus. Die Vestalinnen waren die Dienerinnen der Göttin Vesta. Sie lebten an der Südseite des Forums. Ihr Tempel wurde von sechs Jungfrauen betreut, die das ewige Feuer dreißig Jahre lang zu hüten hatten. Dann konnten sie, meist wohlhabend, ins weltliche Leben zurückkehren. Sie genossen hohes Ansehen.

Alle sind auf mündliche Mitteilungen angewiesen

Händler und Bauern, Soldaten und Müßiggänger bevölkern die Gehsteige. Über die gewölbte, gepflasterte Fahrbahn rumpeln Wagen auf derben Rädern, gezogen von Ochsen oder Kühen zwischen klobigen Deichseln. Lastenträger, die ihre Bürde in Gestellen buckeln oder auf dem Kopf balancieren, müssen geschmückten Sänften ausweichen, in denen sich vornehme Römer oder wohlhabende Damen durch den Schmutz tragen lassen. Da gibt es Viehtreiber, Straßenhändler, Volk aus aller Welt.

Die langen Bleirohre an vielen Häusern sind die erste Wasserinstallation der mediterranen Welt. Das frische Wasser aus den Bergen wird zu den Brunnen und öffentlichen Bädern geleitet, aber auch in die Privathäuser. Auf den hohen Ziegeltürmen wird der Vorrat für die wohlhabenden Bürger in

Bleibecken gespeichert. Durch das Gefälle entsteht so viel Druck, dass alle angeschlossenen Häuser damit versorgt werden können.

Noch bemerkenswerter ist, dass die Abwässer der Häuser durch ein Tunnelsystem abgeleitet wurden. Die Tunnel sind so hoch, dass man aufrecht darin gehen kann. Über eiserne Wehre flossen die Abwässer in die große Kloake, die »cloaca maxima«, und dann in den Tiber, eine Ekel erregende Vorstellung, aber das war eine Voraussetzung dafür, dass die Menschen in dieser Millionenstadt einigermaßen gesund leben konnten, dass sich keine Seuchen ausbreiteten.

In einem Barbierladen sitzt ein Römer in langer Tunika, unter der seine nackten Füße in Sandalen herausschauen, auf einem bequemen, aus Stroh geflochtenen Lehnstuhl und betrachtet sein frisch rasiertes Kinn kritisch in einem Metallspiegel.

Die Barbiere sind nicht nur für die Schönheit, die Bärte und Frisuren der Römer da, sie sind mindestens genauso wichtig für jede Art der Nachrichtenübermittlung. Sie tragen die amtlichen Verlautbarungen weiter, natürlich auch jede Art Klatsch und Tratsch aus den Stadtvierteln. Es gibt ja noch keine Zeitungen, überhaupt nichts Gedrucktes, nur handgeschriebene Nachrichten. So ist man auf die mündliche Mitteilung angewiesen.

Wie viele Irrtümer sich da einschleichen, was alles aufgebauscht und verfälscht wird, lässt sich leicht denken. Übrigens werden während der heißen Mittagsstunden alle Läden geschlossen. Dann schiebt man Holzbretter vor die Türen und verriegelt sie. Ist es Nacht geworden, wandern Wächter mit Fackeln durch die Straßen und kontrollieren, ob alle Häuser versperrt sind. Eine Straßenbeleuchtung gibt es noch nicht.

Gewichte und Maße

Ein Markt, der von zweigeschoßigen, mit Kolonnaden geschmückten Gebäuden umschlossen ist, tut sich vor uns auf. In den oberen Stockwerken gibt es viele Schreibstuben. Sie werden von Kaufleuten gemietet, die landwirtschaftliche Güter in großen Mengen aufkaufen und in andere Märkte exportieren, wobei sie möglichst die Wasserwege benutzen.

Der Platz selbst ist bis in den letzten Winkel hinein voll gestellt mit Verkaufsständen, die mit braunen Stoffbahnen überdacht sind, sodass Waren und Verkäufer im Schatten sind. Da wird gefeilscht und gezetert, gestikuliert und angepriesen, ausgesucht und geprüft. Gemüse und Getreide, Obst, Geflügel und Eier werden angeboten – und alle Früchte des Feldes, ebenso Wein und Öl. In einem Winkel wird frischer Fisch verkauft, der beim ersten Tageslicht aus der Hafenstadt Ostia herangeschafft worden ist. Abgewogen wird auf schwankenden Waagen, die man in der Hand hält, wobei das Gegengewicht aus einem Messingmedaillon besteht, auf dem ein Relief der Fruchtgöttin Ceres dargestellt ist.

Man kennt nicht nur Gewichte, es gab auch bereits Maße. Sonst wäre die römische Baukunst nicht denkbar. Hier um den Markt herum sehen wir Läden, Werkstätten und Bäckereien. In der Gasse dort drüben werden die schweren Steine der Getreidemühlen von Sklaven gedreht. Der Bäcker arbeitet meist draußen, er schiebt das Fladenbrot in den Backofen, in dem ganz hinten das Feuer flackert, so wie heute in jeder guten Pizzabäckerei.

In der Mitte des Marktes steht einer der vielen Brunnen Roms, umgeben von einem Säulenkranz, auf dem ein kreisförmiges Ziegeldach ruht. Am Rand lehnen Krüge und Amphoren, Mägde kommen mit ihren Gefäßen, schwatzen und trollen sich wieder. Kinder trinken aus der hohlen Hand und lachen ihrem glitzernden Spiegelbild zu.

Müde alte Frauen und Greise haben sich auf den Stufen des Brunnens niedergelassen und plaudern.

In den Straßen um den Markt herum stehen die Lagerhäuser für Getreide, Wein und Öl. Wein wie Öl werden in großen Tongefäßen, den Amphoren, aufbewahrt. Man gräbt sie der Kühle wegen im Boden ein.

Im Hof steht die Ölpresse, daneben riesige Fässer mit schwarzen, braunen, hell- und dunkelgrünen, rosenholzfarbigen, glatten und runzligen Oliven. Sklaven greifen mit bloßen Armen in die Gefäße, um die öligen Früchte durchzurühren.

Die Handwerker ließen sich gern in einem bestimmten Bezirk nebeneinander nieder. Sie haben herausgefunden, dass die Konkurrenz ihnen nicht schadet, sondern im Gegenteil Kunden anlockt und das Geschäft belebt. Da sucht und findet der Römer alles. Wie in den arabischen Souks oder Basaren oder auch in heutigen Fußgängerzonen. Es gibt eine Goldschmiedegasse, eine Straße der Bäcker, Gassen der Korbflechter, der Töpfer und Schneider. Die Meister wohnen vielfach direkt über ihren Läden. Und immer wieder sorgen kleine Schenken am Straßenrand für Erfrischungen.

Da lehnen die Leute an einer gemauerten Theke, in die man Vertiefungen für Krüge mit heißen und kalten Getränken eingelassen hat. Die Tonbecher werden griffbereit auf einem Wandbord aufbewahrt.

Schaut einmal, dort drüben wird ein Haus mit einem Tonnengewölbe gebaut. Die Bögen werden aus Ziegeln über Holzverschalungen gemauert. Es gibt unzählige davon in Rom.

Der bedeutendste Platz ist das Forum. Heute werden seine Ruinen von tausenden von Touristen besichtigt. Leider haben die Römer das Forum mit den alten Bauten über Jahrhunderte hinweg als Steinbruch benutzt, daher ist es fast völlig zerstört.

Das Forum war der Mittelpunkt der Welt, sowohl politisch als auch religiös, hier wurde die Politik des Imperiums bestimmt. Es ist eine rechteckige, von prächtigen Bauwerken und Säulenhallen umgebene Anlage aus Verwaltungsgebäuden und Tempeln und geschmückt mit Triumphbögen. Im Süden wurde das Forum vom Palatinischen Hügel mit den Kaiserpalästen überragt, im Nordwesten vom Kapitol, der im Altertum der Haupthügel war.

Doch nun wenden wir uns endlich dem Ort zu, wo sich der Römer am liebsten aufhält: in einer der großen Badeanstalten, in den Thermen des Caracalla. Bei den Griechen gab es Bäder zunächst für die Athleten. Die Römer lernten die Bäder bei den Griechen kennen und nannten sie auch nach dem griechischen Wort »thermos«, was »warm« bedeutet.

Nun kam zwar die Anregung zum Baden aus Griechenland, aber die Römer machten auf ihre Art ein Kunstwerk daraus. Ihre Schwitzbäder waren wie Tempel, ihre Thermen glichen Palästen. Zuallererst war das Baden für sie eine Kulthandlung, dann Reinigung und zuletzt Vergnügen und Lebensinhalt. Schon 33 vor der Zeitwende gab es in Rom 170 öffentliche Bäder, große und prächtige, dazu zahllose kleinere private. Sie befanden sich in Gasthäusern, die damit um Kunden warben, oder am Rand von Geschäftsvierteln, bevorzugt an Verkehrsknotenpunkten. Man erließ Badeordnungen und setzte Eintrittspreise fest.

Kuppelhohe Räume

Die Therme des Caracalla könnte eine Kirche, ein Dom oder sonst ein Prunkbau sein, so prachtvoll ist ihr Äußeres.

Vor dem Eingang erstreckt sich ein Park, liebevoll mit den verschiedensten Buscharten und Bäumen bepflanzt. Menschen ohne Zahl strömen in den Bau, alle in Tuniken gekleidet, diesen Hemdröcken mit Gürteln. Sie unterscheiden sich nur durch ihre Farben voneinander. Die Tuniken der Männer reichen bis zum Knie, die der Frauen bis zu den Füßen.

Die Thermen bilden fast einen eigenen Stadtteil, umgeben von Gärten, geschmückt mit Statuen, die im Freien und in den kuppelhohen Räumen aus Nischen oder Galerien von Sockeln herabgrüßen. Brunnen plätschern vor Gastwirtschaften, vor Erholungsstätten, vor Bibliotheken und Schulen für Leibesübungen. Die Leute schlendern durch Arkaden mit Läden, mit Imbissstuben, Massageräumen, mit Wohnungen für die Diener und Verwaltungstrakten. Hier kaufen sie Öle und Salben, treffen ihre Freunde, besehen sich die neuen Kunstwerke, Mosaiken und Plastiken, setzen sich zum Lesen nieder oder hören einem Vortrag zu.

Das öffentliche Bad ist ein weiträumiger Komplex, prachtvoll ausgestattet mit vielfarbigem Marmor, mit Säulen, Friesen und Kranzgesimsen, mit Fußbodenmosaiken und mit Wannen, die aus einem einzigen kostbaren Marmorblock gehauen worden sind, herbeigeschafft aus entlegenen Provinzen.

Etwa 1600 Personen können gleichzeitig bedient werden, im Durchschnitt 5000 pro Tag.

Die Thermen sind täglich von mittags bis Sonnenuntergang geöffnet. Bei besonderen Anlässen kann man sie auch nachts für einige Stunden besuchen. Die Säle werden dann mit großen Bronzeleuchtern erhellt. Ein Bild eigenartigen Zaubers, wenn der aufsteigende Dampf vom flackernden Licht angestrahlt wird.

Täglich strömen Millionen Liter Wasser über die Aquädukte in die Kaltwasserbecken, die Schwimmbecken und die Warmwasserbecken. Ein dichtes Netz von Kanälen und Röhren, die in die Wände und in den Fußboden eingelassen sind, versorgt die verschiedenen Behälter und Bäder. Wirklich, die technische Einrichtung ist fast noch erstaunlicher als die aufwändige Ausstattung: die Heizungen und Lüftungen, die genau geplante Wasserversorgung und -entsorgung. Man beschäftigt ein Heer von Lieferanten und Bediensteten, Ingenieuren, Installateuren, Heizern, Reinigern, Aufsehern, Badewärtern. Natürlich braucht man für all das viele Diener. In den Thermen des Caracalla sind es ungefähr zehntausend, quasi die Bevölkerung einer kleinen Stadt.

Die Bäder geben vielen Menschen Arbeit. Meist sind es Sklaven, darunter auch solche, die selbst zu Besitz gelangt sind. Und – was nicht vergessen werden darf – um die Bäder zu heizen, wurden riesige Waldflächen kahl geschlagen – erste schädigende Eingriffe in die Umwelt.

Aber es begann ja schon früher. Als der Mensch den ersten Baum fällte – natürlich auch, als er den ersten Baum pflanzte –, griff er bereits in den Haushalt der Natur ein. Doch damals ahnte man von den Schäden noch nichts. Unbeschwert verbringt das römische Volk hier mit Spielen und Baden seine freien Nachmittage, wenn nicht gerade ein außergewöhnliches Schauspiel im Zirkus stattfindet. In den »Villen des Volkes«, wie man die Kaiserbäder nannte, gibt es keine Klassenunterschiede. Die Thermen sind des Römers liebster Zeitvertreib. »Bäder, Wein und Liebe richten unsere Körper zu Grunde«, hieß es, »doch nur Bäder, Wein und Liebe bedeuten Leben.«

Man muss sich den Ablauf eines Bades etwa so vorstellen: Zuerst nimmt man ein Schwitzbad, um dem Körper die schädlichen Stoffe zu entziehen. Dann trocknet man sich ab und steigt, auch um die Transpiration zu fördern, in möglichst heißes Wasser. Danach geht man in mäßig warmer Luft ein wenig umher. Anschließend taucht man in kaltes Wasser, um den Blutkreislauf anzuregen. Schließlich machen Massagen und Einreibungen mit Öl und wohlriechenden Essenzen die Muskeln geschmeidig. Danach begibt man sich in die Palästra, die

Ringerschule. Hier trainiert man seinen Körper mit Laufen, Ballspielen, Ringen und anderen gymnastischen Übungen.

Der Zugang zu den Bädern wurde unter den verschiedenen Kaisern unterschiedlich gehandhabt. Man kennt Polizeiverordnungen, die das getrennte Baden von Männern und Frauen anordnen, aber es gab auch Perioden, in denen gemeinsam gebadet werden durfte. Einerseits heißt es: »Die Bäder sind nach Geschlechtern getrennt«, andererseits: »Die Frauen haben in den Trajansthermen gebadet.«

In den Mietshäusern, die eigene Bäder hatten, und in vielen kleineren öffentlichen Bädern badeten Männer und Frauen gemeinsam. Kaiser Hadrian ließ Männer und Frauen trennen, wobei die Räume für die Frauen kleiner waren, aber eleganter ausgestattet wurden. Sicher ist, dass viele vornehme Frauen die öffentlichen Bäder mieden, um ihrem Ruf nicht zu schaden.

Lasst uns zwei Römer im Bad belauschen.

»Nun, auch hier, Sextus?«, fragt ein etwas korpulenter Mann.

»Ja, ich bin froh, Severus«, antwortet ein Schlanker, »froh, dass ich die komfortabel ausgestatteten Thermen so nah habe und hier mein Dampfbad nehmen kann, ohne befürchten zu müssen, meine Kleider danach nicht mehr an ihrem Platz zu finden.«

»Die Masseure verstehen ihr Handwerk«, erwidert ihm Severus. »Das sind keine Pfuscher, die dich nur beliebig kneten und zwicken.«

»Ja, alle Diener hier sind sehr geschickt, und immer ist einer zur Stelle, wenn man ihn braucht.«

»Gewiss, die Organisation ist ausgezeichnet.«

Hunderte von Dienern scheinen unterwegs zu sein. Sie tragen Reisigbündel und Holzscheite, um die Feuer am Brennen zu halten, mit denen das Wasser erwärmt wird. Wieder andere huschen wie Schatten durch die Nebelschwaden. Sie tragen Stöße von Handtüchern oder kleine Amphoren mit parfümiertem Öl für die Massagen. Andere Diener reinigen den Mosaikfußboden von den Sandspuren, die die Besucher der Palästra hinterlassen haben.

Gastmahle und Kunstförderung

Wir wissen ja, dass die Römer die Bäder von den Griechen übernommen haben. Aber das war nicht das Einzige. Rom verdankt den Hellenen viele Formen der Zerstreuung, ganz besonders die Tragödien und Komödien. In Rom hatte man Plautus und Terenz als Komödiendichter. Hier lebte auch ein Mann, Freund des Kaisers Augustus, den man den bekanntesten Förderer der Künste nennen kann. Maecenas, daher die Bezeichnung »Mäzenatentum«.

Maecenas war besonders ein Gönner von Horaz, Vergil und Properz. Er scharte in seinen Palästen und Gärten einen Kreis von Künstlern, Dichtern und Gelehrten um sich. Horaz schenkte er ein Landgut und blieb ihm in Freundschaft verbunden.

Natürlich gab es auch jede Art von Gesellschafts- und Glücksspielen. Dazu ein üppiges Leben in Muße, mit regelmäßigen Gelagen und Gastmahlen. So ein großes Festessen bestand meist aus sieben Gängen, von der Vorspeise bis zum Nachtisch. Uns ist das Gastmahl des Trimalchio lebendig geschildert worden. Da gab es mit Honig und Mohn überzogene Haselmäuse, eine hölzerne Henne, die Pfaueneier legte, es gab den Sternzeichen entsprechende Gerichte, den »Stier« aus Rindfleisch, den »Steinbock« mit Hummer – und vieles andere mehr. Eine sorgfältig geschulte Dienerschaft servierte die Speisen mit Musik und Tanz.

Ganz schön üppig, wenn nicht schon an der Grenze zur Dekadenz.

Ein dichtes Netz gepflasterter Straßen

Dort drüben sitzen zwei Männer auf einer Bank, beide in mittlerem Alter. Der eine hat gerade eine Reise hinter sich gebracht. Ich möchte, dass wir uns seinen Bericht anhören, denn dabei erfahren wir nicht nur etwas vom Reisen zur damaligen Zeit, sondern auch etwas über eine der größten Taten der Römer: das Straßennetz, das schließlich den halben europäischen Kontinent durchzog. Allein auf dem Gebiet des heutigen Italien gab es nahezu 400 Hauptstraßen und 18 000 gepflasterte Hauptverkehrswege, 83 000 Kilometer gepflasterte Landstraßen. Ein dichtes Netz von Nebenstraßen und Wegen führte sogar über die Alpen, bis nach Paris, Wien, Augsburg, Köln oder Leiden. Viele Fähren wurden durch Brücken ersetzt. Noch heute kennen wir 40 000 Meilensteine aus der römischen Zeit.

Eine andere Straße führte über den Balkan durch die Türkei und Palästina, dann an der afrikanischen Küste entlang nach Alexandria, von dort über Tunis in die algerische Wüste, wo sie erst hinter dem heutigen Oman endete. Ich nenne übrigens immer die Namen, wie wir sie heute kennen, damit keine Verwirrung entsteht. Von Tanger verlief die Straße wieder ein Stück an der Westküste Marokkos entlang in den Süden des Landes, eine andere übersprang die Meerenge von Gibraltar, durchzog Spanien und Frankreich, ging von Calais über den Kanal nach London – und endete schließlich hinter Liverpool am Meer, vor dem Sprung nach Irland.

Unschätzbar, was dieses römische Straßennetz für das europäische Mittelalter, für Handel und Verkehr bedeutet hat. Die Straßen sind zwischen vier und sieben Metern breit und haben, zumindest in den Städten, Gehsteige. Sie bestehen aus grobem Schotter, darauf kommt eine Lage aus feinerem Schotter, die, wenn nötig, zum Beispiel in der Nähe der größeren Städte oder auf verkehrsreichen Strecken, durch eckige Pflastersteine ersetzt wird. So kann der Belag dem Gewicht der Wagen, den Witterungseinflüssen und sogar den Bodensenkungen besser standhalten. Die antiken Techniker verfügten über genaue Kenntnisse der unterschiedlichen Bodenbeschaffenheit und aller Besonderheiten des Terrains. Sie verstanden ihr Handwerk, ganz gleich, ob die Straße durch einen Sumpf, durch Torf oder über Hügel führte, wo man mit Sturzbächen zu rechnen hatte. Im heutigen italienischen Wort »strada«, dem englischen »street« und dem deutschen »Straße« klingt diese Errungenschaft der römischen Zivilisation nach. »Strada«, »street« und »Straße« leiten sich ja nicht vom lateinischen Wort für Straße her, denn das heißt »via«.

»Strada« leitet sich vielmehr von einer bedeutenden technischen Einzelheit des Straßenbaus ab, nämlich vom Nivellieren und Pflastern, wodurch sich die römischen Verkehrsstraßen von den anderen staubigen, ungepflasterten Straßen des Altertums so vorteilhaft unterschieden. Der Bau der großen Verkehrsadern machte gewaltige öffentliche Arbeiten notwendig: das Abtragen von Felsen für den Bau von Tunnels, die Konstruktion mehrerer mächtiger Bogenreihen übereinander zur Errichtung von Brücken.

Über das sternförmige Straßennetz Roms, dessen Mittelpunkt der von Augustus auf dem Forum errichtete Goldene Meilenstein bildete, zogen Soldaten und Kaufleute, wurden Waren und Ideen verbreitet, die ganze Kultur, später das Christentum, und schließlich kamen auch die »Barbaren«, die dem römischen Weltreich sein Ende bereiteten.

Tacitus berichtet, dass ein Kurier, am frühen Morgen in Mainz aufgebrochen, nach der über 180 Kilometer langen Reise noch am Abend desselben Tages in Köln ankommen konnte. Gut ausgestattete Pferdewechselstationen halfen ihm dabei. Von Rom nach Mainz brauchte man zehn Tage. Übrigens möchte ich im Zusammenhang mit den Straßen noch erwähnen, dass es in Rom lange Zeit verboten war, in Wagen zu fahren, denn sie erwiesen sich als zu hinderlich. Die reichen Römer ließen sich in Sänften durch den Schmutz tragen. Erst als die Straßen verbreitert wurden, war auch der Fortschritt auf Rädern nicht mehr aufzuhalten. Seit dem 2. Jahrhundert nach Christus begann der Wagen die Sänfte zu verdrängen.

Und noch ein kleines Detail zur Wohnkultur am Rande:

Zu dieser Zeit kamen bei den Römern neben der Truhe zur Kleideraufbewahrung die ersten Schränke mit Türen und Fächern in Gebrauch.

So, nun endlich können wir den beiden Männern zuhören:

»Warum machst du eine so große Reise?«, fragt der ältere Herr, »bis ans südliche Ende?«

»Warum wohl? Geschäfte, mein Lieber. Die erste Nacht verbrachte ich in einer mehr als bescheidenen Herberge. Der einzige Luxus war ein Laubengang, dafür musste ich mich mit einem kratzenden Sack begnügen! Am nächsten Morgen ging es weiter auf meinem Maulesel, gegen Abend ritt ich in einen Ort, in dem der Kanal beginnt, der durch die Pontinischen Sümpfe führt. Da gab es zwar Gastwirtschaften, so viel ich wollte, aber es waren alles elende Spelunken mit den frechsten und betrügerischsten Wirten. Spät abends versuchte ich einen Platz auf einem Boot zu ergattern. Die Schiffer kümmerten sich überhaupt nicht um mich. Als ich sah, dass manche Leute einfach auf die flachen Kähne sprangen, machte ich es auch so.

Diese Schiffchen werden von Maultieren auf Treidelwegen durch das Wasser gezogen. Wir hörten die Frösche quaken und die ganze Nacht plagten uns Mücken. Ruhe fand ich keine, denn irgendjemand sang erbärmlich, ein anderer schnarchte laut und ein Dritter schimpfte auf die beiden, weil er Ruhe haben wollte. Ich muss aber doch irgendwann eingeschlafen sein, als ich nämlich erwachte, stand die Sonne schon eine Handbreit über den Feldern. Dann gingen wir an Land.

Die Via Appia stieg immer weiter an. Am folgenden Tag

fuhr ich mit einem Wagen nach Formiae. Jeder durfte sich glücklich schätzen, wenn er dort im Landhaus eines Freundes behaglich untergebracht werden konnte und nicht auf eine der dreckigen Schenken angewiesen war, in denen man zudem noch befürchten musste, ausgeraubt zu werden. Ich hätte wirklich nicht gedacht, dass es an dieser Straße, die Meile für Meile von unserer Macht und Größe zeugt, so etwas gibt! Der Wirt schlurfte muffig und unwillig heran, um die Bestellung entgegenzunehmen, und dann musste ich mich mit dem zufrieden geben, was seine miserable Küche bot. Doch nicht genug damit, ich musste viel mehr bezahlen, als der Fraß wert war. Und die Nacht! Wer es nicht vorzieht, sich in dem großen, stinkenden Raum halb auf den Tisch zu legen und so zu schlafen, der wird ein Opfer des gefräßigen Ungeziefers, von dem das so genannte Bett wimmelt. Es verdient diesen Namen wirklich nicht.«

»Das klingt ja grauenhaft«, murmelte der ältere Mann. »Wie lange warst du unterwegs?«

»Dreizehn Tage, seit ich Rom durch die Porta Capena verlassen hatte.«

»Dreizehn Tage, fast ein halber Monat. Nicht gerade wenig.«

»Aber immerhin – was haben die Leute wohl früher gemacht, als es die Via Appia noch nicht gab?«

»Nun ja, damals wusste man noch, dass das Leben ein Weg ist, der zu Fuß zurückgelegt werden muss.«

Die Baugeschichte einer einmaligen Metropole

Über Rom hätte ich noch viel zu sagen. Aber ich kann nicht die ganze Geschichte Roms aufrollen, mit allen Volkstribunen, Kaisern, Rednern, Dichtern, Philosophen – die es natürlich auch gab –, mit allen Sitten und Unsitten, so reizvoll das wäre. Das römische Panorama ist ja eines der reichsten und farbigsten der Historie, und je mehr man sich damit beschäftigt, desto faszinierender wird es, vor allem deshalb, weil es uns in seiner Sachlichkeit, seiner Nüchternheit und Vernunft so sympathisch erscheint.

Aber wir würden Wochen brauchen, wollten wir auch nur eine gewisse Vollständigkeit anstreben.

Auch die Baugeschichte dieser einmaligen Metropole der Alten Welt ist beeindruckend. Gartenanlagen haben wir schon in Ägypten gesehen, es gibt auch in Rom Parks, so zum Beispiel für den römischen Feldherrn Lucull, dessen Freude am Luxus sprichwörtlich wurde.

Aber im Jahr 64 nach Christus brannte Rom.

Dass Kaiser Nero den Befehl gegeben haben soll, die Stadt anzuzünden, gehört wahrscheinlich ins Reich der Fabel. Aber es ist eine bezeichnende Geschichte, die den Wahn dieses Kaisers charakterisiert. Wie auch immer, man machte sich unverzüglich an den Wiederaufbau.

Man ließ alle Straßen wieder in Stand setzen. Ein neues, großartiges Kanalisationssystem machte es möglich, viele der Straßen zu nivellieren, zu verbreitern und neu zu pflastern.

An den Kreuzungen stellte man Altäre oder Weihestatuetten auf. Brücken wurden gebaut oder ausgebessert, Triumphbögen zu Ehren des Kaisers, der jungen Prinzen und vieler Feldherren errichtet. Mit ihren dreigeteilten Durchgängen wurden sie zum Vorbild mittelalterlicher Kirchenportale. Dabei wurden auch zahllose Tempel, Säulenhallen, Bäder und Brunnen wiederhergestellt. Und nun etwas ganz Wichtiges: Der friedliebende Kaiser Hadrian errichtete 138 nach Christus das Athenäum, die erste höhere Lehranstalt, wenn man so will, sogar die erste Universität Europas oder zumindest die Mutter aller Universitäten. Aus diesem Grund gibt es heute das Athéné in Belgien – oder in Italien die Bezeichnung »ateneo« für Universität.

Auf Griechisch heißt es »athenaion«. Es war ein Heiligtum der Göttin Athene, in dem Dichter und Gelehrte ihre Gedanken vortrugen. Die Römer waren nun einmal fasziniert von Griechenland und seiner Kultur. Obwohl sie Hellas erobert und unterworfen hatten, galt es ihnen immer als Vorbild. Wer etwas auf sich hielt, holte sich griechische Lehrer für seine Söhne, man lernte Griechisch, man reiste nach Griechenland, die ganze römische Plastik zeigte keinen neuen, eigenen Ausdruck. Dagegen gab es, wie wir gesehen haben, einen großen Stilunterschied zwischen der ägyptischen und der griechischen Kunst.

Auf zwei Beispiele der Baukunst möchte ich euch aber noch besonders hinweisen, weil sie etwas ganz Neues darstellten.

Beide ließ Kaiser Hadrian schaffen. Das Erste ist das Pantheon. Ursprünglich war es als Tempel gedacht, ein Rundtempel im hellenistischen Stil. Sein Inneres hat den gewaltigen Durchmesser von vierzig Metern, ganz ohne Stützen. Darüber erhebt sich eine frei tragende Kuppel, eine Kassettendecke aus getriebener Bronze, die man als Triumph der römischen Architektur bezeichnen kann. Licht fällt in das Pantheon durch eine runde Öffnung von acht Metern Durchmesser im Scheitelpunkt der Kuppel, sodass es gleichzeitig eine präzise Sonnenuhr darstellt. Und von dieser Kuppel führt eine direkte Linie zum Dom von Florenz, zur Peterskirche in Rom, zur Saint Paul's Cathedral in London und über den Atlantischen Ozean zum Capitol in Washington.

Im Pantheon mit seinem gedämpft einfallenden Himmelslicht hat man ein Gefühl der Weite, der Freiheit, des Schwebens, das danach frühestens wieder in den gotischen Kathedralen erreicht wird. Vielleicht stammt sogar der Entwurf, zumindest jedoch die Anregung zu diesem Tempel, der mit zahlreichen Götterbildern geschmückt war, von Kaiser Hadrian selbst, der, wie Cäsar, Augustus, Claudius und Marc Aurel, zu den großen Gestalten der Weltgeschichte gehört.

Das zweite Gebäude ist Kaiser Hadrians Grabmal, die heutige Engelsburg. Sie beeindruckt freilich weniger durch ihre Ästhetik als wegen ihrer gewaltigen Ausmaße. Kaiser Hadrian konnte den Bau nur in Auftrag geben, er starb vor seiner Vollendung. Im Lauf der Geschichte erfuhr die Engelsburg viele Veränderungen, sie war Mausoleum für die römischen Kaiser, Festung von Adelsgeschlechtern und Fluchtburg der Päpste.

Die Engelsburg ist ebenfalls ein Beweis für das große Können der römischen Baumeister und ihre Beherrschung der

Statik. Plinius der Ältere, der als Erster die Erscheinungen der Natur in überlegter Ordnung dargestellt hat – er starb beim Ausbruch des Vesuv, bei dem Pompeji verschüttet wurde –, und der Dichter Martial: Beide schreiben stolz, dass keine Stadt der Welt mit Rom verglichen werden könne.

Damit bezogen sie sich natürlich auf die ihnen bekannte Welt, Ägypten, Griechenland, Palästina und Nordafrika, die Provence und England. Weiter reichte ihr Weltbild nicht.

Rom war tatsächlich gewaltig. Freilich, wenn Plinius und Martial Rom als einzigartig bezeichneten, so haben sie sich vielleicht weniger auf die Ausmaße und die Einwohnerzahl als vielmehr auf die Pracht seiner Bauwerke und die Großartigkeit seiner öffentlichen Einrichtungen bezogen. Jedenfalls beginnt zu ihren Lebzeiten, im 1. Jahrhundert nach Christus, in Rom das eigentliche, das revolutionierende Bauen, gerade so, als ob die alte republikanische »urbs« aus Tonziegeln, Holz und Stein mit der wachsenden Macht und mit neuen Regierungsformen auch ihr Antlitz ändern musste.

Zwar ging der Plan, die Stadt umzugestalten, auf Cäsar zurück, doch verwendete man erst unter seinem Nachfolger Augustus weißen Marmor. Trotz aller Neuerungen wollten die Römer sich aber nicht von ihren alten Tempeln und dem Forum mit seiner bunten Menschenfülle trennen, auch nicht von den engen, schattigen Straßen, in denen die Frauen schwatzen konnten und die Männer sich in Kneipen trafen.

Da auf den Hügeln die Wasserversorgung weniger gesichert war, zogen es die meisten Römer vor, im Zentrum zu wohnen. Augustus sorgte für Wächter, richtete nächtliche Streifen mit Fackeln ein und ließ die Zahl der öffentlichen

Brunnen vermehren. Die Regierungszeit des Augustus war wohl eine der segensreichsten der Weltgeschichte. Im 1. Jahrhundert nach Christus umfasste das römische Weltreich drei Millionen dreihunderttausend Quadratkilometer und hatte vierundfünfzig Millionen Einwohner. Nie zuvor hatte es ein so großes einheitliches Staatsgebilde gegeben, das so viele verschiedene Völker umschloss.

Bei so vielen Menschen mag man sich fragen, wo sind da die Friedhöfe?

Nun, die Römer begruben ihre Toten außerhalb der Stadt, die Christen später unterirdisch in Katakomben.

Der freie Römer achtet eifersüchtig auf seine Rechte

Aber wir wollen lieber noch vom römischen Recht sprechen.

Es hat im Lauf der Geschichte viele Änderungen und Ergänzungen erfahren. Interessant ist, dass sogar unser heutiges Rechtssystem davon beeinflusst ist. Der freie Römer achtete eifersüchtig auf seine Rechte, die ihm auch als Durchschnittsbürger zustanden. Er besaß vor allem zwei Grundrechte: das Recht der Anrufung der römischen Volksversammlung und das Stimmrecht. Das Recht auf Berufung war so anerkannt und so wichtig, dass ein Richter, der eine Todesstrafe vollziehen ließ, ohne dem Beklagten die Möglichkeit zur Berufung zu geben, sich des Mordes schuldig machte. Dieses alte republikanische Prinzip wurde unter den Kaisern auf die Zivilprozesse ausgedehnt.

Von da an konnte man – wie es noch heute üblich ist – von einer niedrigen Instanz an eine höhere appellieren. Es gab zwei Oberste Reichsgerichte, das eine unter dem Vorsitz eines Konsuls, das andere unter dem Vorsitz des Kaisers selbst. Diese neuen Gerichtshöfe wurden bald wichtiger als die früher üblichen Stadtgerichte und die Sonderstrafgerichtshöfe, wobei das Recht auf Anrufung des Kaisers besonders hoch eingeschätzt wurde. Das war nicht nur ein großer Gewinn an Rechtssicherheit für jeden Einzelnen, sondern ein enormer Gewinn an Humanität überhaupt.

So, wir haben nun den Stadtrand erreicht. Ein letzter Blick zurück zeigt uns das unregelmäßige Häusermeer des antiken Rom im Licht der untergehenden Sonne, die hinter dem Hafen von Ostia ins Meer sinkt. Die Ziegelbauten leuchten, unregelmäßig durchzogen von den dunklen Schluchten der Straßen und Gassen. Da und dort, besonders im Zentrum, stechen die Marmorgebäude wie hellere Inseln hervor, darunter das lang gezogene Forum Romanum mit seinen Prachtbauten, begrenzt einerseits vom Oval des Kolosseums, andererseits vom Kapitolinischen Hügel, der Trajanssäule und den hoch gelegenen Palästen des Palatin. Und alles wuchert aus den Tälern über die Anhöhen der sieben Hügel, umfasst von der Aurelianischen Mauer. Die wie mit dem Lineal gezogenen, von Bögen getragenen Linien der Aquädukte führen schnurgerade von den Bergen in die Stadt hinein.

Der Himmel schmückt sich mit Kupferschleiern.

Das lateinische Alphabet

Halt! Noch ein letztes Wort zu Rom, ehe wir der Stadt den Rücken kehren. Aus ihr kommt die universale Sprache des europäischen Mittelalters, die alle anderen Sprachen beeinflusst hat. Latein ist die Basis nicht nur des Italienischen, auch des Französischen und Spanischen. Sogar unsere deutsche Sprache und die englische sind vom Latein stärker durchsetzt, als uns bewusst ist. Es ist die Sprache vieler Wissenschaften geblieben. Weltweit verwenden Botaniker und Mediziner lateinische Begriffe, die Insektenforscher ebenso, um nur einige zu nennen. Mit der Sprache kam auch die Schrift, das lateinische Alphabet. Mit seinen sechsundzwanzig schlichten Buchstaben hat es die Welt erobert.

Das hat vielleicht eine tiefere Bedeutung. Die Schrift ist ja nicht einfach Form, sie ist auch Inhalt. Mit der Schrift hat sich ein Teil des römischen Geistes über die Erde erstreckt: Sachlichkeit, Nüchternheit, Klarheit in geistigen und materiellen Dingen. Es gibt sicher kein Werk der Weltliteratur, keine wissenschaftliche Abhandlung von Bedeutung, überhaupt kaum ein irgendwie wesentliches Schriftstück, das nicht in Latein vorhanden wäre. Selbst wenn es ursprünglich in einer ganz anderen Schrift geschrieben wurde, in kyrillischer, arabischer, chinesischer – irgendwann wurde es übersetzt. So kann heute alles – mit ganz wenigen Ausnahmen –, was Menschen je schriftlich niedergelegt haben, in lateinischen Buchstaben entziffert werden. Sie wurden, über das Medium der englischen Sprache, zur universalen Schrift der Menschheit.

Und in Rom hat man sie zuerst geschrieben.

Aber wieso wussten die römischen Schreiber, Dichter, Juristen, Historiker – und die Leute, von denen die Inschriften in die Monumente gemeißelt wurden –, wie die Worte orthographisch richtig geschrieben wurden? Es gab doch damals keinen Duden und erst recht keine gedruckten, in tausenden von Exemplaren vervielfältigten Rechtschreibbücher?

Darauf können wir wohl keine Antwort mehr finden. Irgendeine Übereinkunft, irgendwelche Unterlagen, nach denen auch die Schüler lernten, muss es gegeben haben. Und die Römer hatten auch Bücher, Bücher in Rollen. Es wurde viel gelesen. Es gab sogar Buchhandlungen. Als der römische Dichter Plinius erfuhr, dass man seine Werke in Lyon kaufen konnte, wunderte er sich darüber und meinte, er habe gar nicht gewusst, dass es dort überhaupt Buchhandlungen gebe.

Ja, es gab einen organisierten Buchhandel, der von Rom aus alle Länder des Reiches mit den neuen Schriften belieferte – alle in der einheitlichen lateinischen Sprache.

Das begann im 1. Jahrhundert vor Christus. Schon Cicero klagte über schlechte, von Fehlern wimmelnde Abschriften griechischer Autoren. Sein Freund, der Verleger Titus Pomponius Atticus, war nicht nur ein Freund der Literatur, sondern auch ein tüchtiger Geschäftsmann. Er begnügte sich nicht mit dem üblichen Abschreiben durch Haussklaven, er ließ professioneller kopieren. Waren die Texte auf ihre Qualität geprüft worden, wir würden sagen lektoriert, dann wurden sie in mehreren Sälen jeweils fünfzig Schreibern gleichzeitig diktiert, und die Abschriften gingen erst in den Handel, nachdem sie erneut geprüft worden waren.

Seit Kaiser Augustus gab es nach und nach auch öffentliche Bibliotheken – schließlich waren es achtundzwanzig. Zu jeder großen Therme gehörte eine Bibliothek, in den Caracalla-Thermen hat man zwei entdeckt, am Ende der Zisternenreihen, mit tiefen Nischen zum Unterbringen der Werke. Auch private Bibliotheken kamen in Mode, der Handel mit Geschriebenem blühte – so sehr, dass Seneca gegen das wahllose Lesen wetterte, indem er meinte, man solle das Planlose bei der Lektüre vermeiden, das nur dem intellektuellen Schein diene. Man solle die Bücher nicht nach Menge oder äußerem Schmuck auswählen, sondern sich auf eine kleine Zahl von Werken beschränken, die man sich mit Gewinn zu Eigen machen könne.

Der dritte Abend

Jesus von Nazareth

In Bethlehem wird ein Kind geboren

Jetzt, an unserem Abend im römischen Gästehaus, beschäftigen wir uns mit einem Thema, mit dem wir so leicht nicht zu Ende kommen können. Unter dieser Stadt Rom, die wir zu unseren Füßen haben liegen sehen, unter dieser glänzendsten aller damaligen Städte, tickten bereits seit mehreren Jahrhunderten zwei Zeitbomben. Die eine wird es zerstören, die zweite zu neuem Glanz erheben.

Mit der ersten ist die Völkerwanderung der germanischen Stämme gemeint, durch die Rom erobert und zerstört werden wird. Mit der zweiten das Christentum, das zwar auf andere Weise auch zum Untergang des römischen Imperiums beiträgt, aber die Stadt andererseits zum Sitz des Papsttums macht.

Die Römer waren in religiösen Fragen über Jahrhunderte hinweg sehr tolerant gewesen. Jeder durfte glauben, was er wollte, vorausgesetzt dass er keinen anderen damit belästigte und dem Staat nicht schadete.

Diese religiöse Toleranz haben die ersten Christen mit ihrem Anspruch, im Besitz der allein selig machenden Wahrheit zu sein, in Frage gestellt. Das war in dieser Form etwas Neues, ein Phänomen. Aber vielleicht ist es auch ein Sprung der Evolution: von der Materie über die menschlichen Götter zur Transzendenz.

Seit ihrem Ursprung, und ganz besonders seit den fünftausend Jahren der antiken Hochkulturen, hatten die Menschen zwar immer Götter angebetet, sich aber doch ihrer Erde zugewandt und sich auf ihr häuslich eingerichtet, so gut es eben ging. Sie liebten ihr Leben und schmückten ihre Häuser und Städte.

Plötzlich wandten sie sich von allem ab, wie wenn sie dessen überdrüssig geworden wären, sie verachteten die Welt und das Leben und setzten es mit der Sünde gleich. Ein Wandel von gar nicht abzuschätzender Bedeutung.

Doch die Wahrheit ist vielleicht, dass sie etwas anderes suchten, etwas mehr, sie richteten ihren Blick auf den Himmel und fanden das Jenseits.

Und nun wurde in Bethlehem – angeblich zur Zeit des Kaisers Augustus – dem Zimmermann Joseph und seiner Frau Miriam aus Nazareth ein Kind geboren, ein Sohn mit Namen Johuschua oder Josua. Der Name Jesus ist griechisch. Die jüdische Bedeutung des Namens ist: »Jahwe hilft«. Jahwe nannten die Juden ihren Gott, so wie die Mohammedaner ihn fast 600 Jahre später Allah nennen werden. Übrigens ist die Ähnlichkeit zwischen den Namen »Jehowa« oder »Jahwe« für den Gott der Juden und »Jupiter« oder »Jovis« für den Gott der Römer auffällig, wie auch »Zebaoth« möglicherweise seine Wurzel in »Zeus« hat.

Jesus soll – nebenbei bemerkt – vier Brüder und einige Schwestern gehabt haben, die aus einer früheren Ehe Marias stammten. Im Markus-Evangelium werden die Brüder Jakobus, Josef, Juda und Simon namentlich erwähnt.

Wenden wir uns jedoch Jesus zu. Es gibt wohl keine andere

Geschichte, die so bekannt ist wie die seine, von der Geburt in der Krippe bis zur Kreuzigung auf Golgatha. Jedes europäische Kind lernt sie in der Schule. Die Fülle der Bücher, der Gemälde, der Nacherzählungen, sogar der mehr oder weniger gelungenen Verfilmungen ist wahrhaft unübersehbar. All das dürfte bekannt sein. Das trifft sicher auch auf die Grundzüge seiner Lehre zu, die in jedem Religionsunterricht behandelt und in jedem Gottesdienst gepredigt wird.

Gewiss ist die Erzählung der Geburt im Stall mit Krippe, Ochse und Esel, Hirten und Heiligen Drei Königen ein Märchen. Sie zeigt jedoch, dass Jesus für die Machtlosen, nämlich die Hirten, und gegen die Machthaber Partei ergriff.

Aber Jesus gibt es quasi doppelt! Der eine ist der Gottessohn der Gläubigen, der andere der Wanderprediger der Bibelkritiker.

Er soll in Bethlehem geboren worden sein, andererseits gilt Nazareth als seine Heimat. Einmal ist er der einzige Sohn der Jungfrau Maria, ein andermal einer von fünf Söhnen von Joseph und Maria. Die einen glauben an seine Wunder, die kein anderer vollbringen konnte, die andern behaupten, dass er bestenfalls einige Kranke geheilt und Dämonen ausgetrieben habe, was damals so ziemlich ein und dasselbe war, wie wir ja auch in Ägypten gesehen haben.

Der historische Jesus ist eigentlich nicht zu finden, es gab keine Zeitzeugen für sein Leben, und schon gar nicht für den Gottessohn. Bestenfalls gab es einen Mann, auf den sich die Heilserwartung seiner Anhänger richtete.

Doch auch wenn Jesus nicht auf historischem Boden steht, so lebt er doch als eine innere Realität in seinen Gläubigen.

Wenn Jesus nicht Gottes Sohn, sondern Mensch war, dann ist er für seine Gläubigen doch der wahre Mensch gewesen, der für sie in vieler Hinsicht die Maßstäbe setzte – auch wenn keiner danach zu leben vermag.

Ein Mensch, der die Welt nachhaltig verändert

Aber, ob Gottes Sohn, Mensch oder Prophet, uns sollen vor allem die Folgen seines Lebens interessieren. Also müssen wir zugeben, dass wohl niemals ein Mensch geboren wurde, der eine größere Wirkung hatte, der mehr bewegte und die Welt nachhaltiger veränderte als er. Es ist nicht anzunehmen, dass er von dieser seiner späten Wirkung auch nur das geringste geahnt hat.

Vielleicht könnte man noch Buddha nennen, doch Buddha kommt aus einem anderen Kulturkreis, er gehört nicht zu unserem Themenbereich, der sich nur mit der Entwicklung um das Mittelmeer und im Abendland beschäftigt. Und Buddhas Wirkung war sanfter, milder, man kann auch sagen: weniger militant.

Allerdings liegt die Militanz des Christentums nicht in der Lehre Jesu begründet, sondern im Charakter der Menschen.

Woher kommt nun aber das Bedürfnis nach Glauben und Religion? Der Mensch hatte es, seit er denken konnte. Und er versuchte es mit zahllosen Mythen und Bildern, mit Märchen, Berichten und Dichtungen zu befriedigen.

Er suchte und sucht die Antworten auf die ewigen Fragen: wie die Welt entstand, warum Unschuldige leiden, warum wir sterben müssen, was nach unserem Tod sein wird. Und vor allem: Welchen Sinn hat unser Leben?

Vielleicht ist es die wichtigste Aufgabe der Religion, all das zu benennen, was unsichtbar, unhörbar und unberührbar ist. Wir Menschen suchen nach einer Erklärung für unsere Existenz, schon vor den griechischen Philosophen. Der Glaube will das Sichtbare mit dem Unsichtbaren verbinden, er stiftet den Sinn, ohne den wir nicht leben zu können meinen, er verheißt die Hoffnung, ohne die wir uns verloren wähnen. Credo, *quia* absurdum. – Ich glaube, *gerade weil* es widersinnig ist –, lautet der Ausspruch eines Römers, des Kirchenschriftstellers Tertullian, der in Karthago, in der Nähe des heutigen Tunis, geboren wurde.

Und ist es nicht oft wirklich absurd, was uns zu glauben abverlangt wird?

Das größte Buch der Weltliteratur

Vielleicht sprechen wir später noch einmal darüber. Denken wir jetzt wieder an Jesus. Stellen wir uns den armseligen Ort Bethlehem vor, wo er geboren wurde, Nazareth, wo er aufwuchs, auch die Stadt Jerusalem zur römischen Zeit, wo er gekreuzigt wurde.

Wie bescheiden war der Ursprung des Christentums. Und welche Ausstrahlung hatte es. Die Pracht des päpstlichen Rom! Die Mönchsorden! Die Kathedralen, die Klöster, die Kirchen in Italien, in Spanien, in England, in Frankreich, in Deutschland – all das entstand aus einer Idee, aus dem Glauben, aus den Worten, die einem einzigen Mann zugeschrieben wurden.

Wir haben Rom gesehen. In der Zeit seiner Blüte, also im 1. Jahrhundert nach Christus, entstand das Christentum. Damals wurde auch die Bibel geschrieben, das Neue Testament, das Alte Testament, das immer noch die Heilige Schrift der Juden ist, ist ja viel älter. Wir sind uns sicher einig darin, ob wir nun gläubig sind oder nicht, dass wir in der Bibel eines der größten und weisesten Bücher besitzen.

Und da die Bibel seit Urbeginn als »wahr« gilt und die Gläubigen ihr Leben danach eingerichtet haben, ist sie für unsere Kultur von größter Bedeutung.

Wir wissen zwar, dass die Evangelien von Menschen geschrieben wurden, die keineswegs göttlich inspiriert waren. Manchmal wird die Bibel auch »Das Märchenbuch der Christen« genannt. Aber sie bleibt unbestreitbar das wichtigste Werk unserer abendländischen Kultur.

Unsere Geschichte seit Christi Geburt, oder sagen wir genauer, seit dem Untergang des Römischen Reiches, ist nur so zu verstehen. Niemals zuvor hatte ein einziges Buch – das nicht einmal gedruckt und daher nur wenigen zugänglich war – in solch ausschließlicher Weise als absolute Wahrheit gegolten, mehr noch, als Quelle allen Wissens und allen Denkens. Jahrhundertelang machten die Menschen des Abendlandes all ihr Handeln von der Bibel abhängig.

Gewiss, das fing schon bei den Juden an, aber die jüdische Religion verbreitete sich nicht, wie das Christentum, über den mediterranen Raum hinaus. Das lag einerseits an der Botschaft Jesu, andererseits an der erfolgreichen Missionstätigkeit des Apostels Paulus. Er war es, der die neue Religion auch auf die nichtjüdischen Völker ausdehnte.

Zwar beruht die Bibel nicht auf der historischen Wahrheit, doch fragt es sich, ob es darauf ankommt. Der große Arzt und tief gläubige Mensch Albert Schweitzer hat schon 1913 sinngemäß gesagt, das moderne Christentum müsse immer mit der Möglichkeit rechnen, dass Jesu Existenz nicht aus der Geschichte bewiesen werden könne. Und für den evangelischen Theologen Martin Kähler war bereits 1892 nicht der historische Jesus wirksam, sondern nur der Jesus, über den gepredigt wird und an den man glaubt – ein wirklich erhellendes Wort, das viel von der inneren Wirksamkeit des Christentums verrät.

Aber wenn man nur den historischen Jesus meint, sind die Zweifel an seiner Existenz, ja am Wahrheitsgehalt der Evangelien berechtigt.

Mehr als zwei Jahrhunderte lang haben die Kopisten Änderungen vorgenommen, Ergänzungen, Verbesserungen – angeblich hunderttausende. Glaubt man dem französischen Philosophen der Aufklärung, Denis Diderot, dann hat es in den ersten Jahrhunderten des Christentums sechzig verschiedene Evangelien gegeben, die er unverdaulich, kindlich und albern nannte. Davon seien nur die vier uns bekannten übrig geblieben, auf die man sich schließlich einigte.

Alle Evangelien und die Briefe des Apostels Paulus entstanden nach Jesu Tod. Keiner der Evangelisten hat Jesus gekannt, auch Paulus nicht. Das Markus-Evangelium wurde etwa 40, das Lukas- und das Matthäus-Evangelium wurden etwa 60 und das Johannes-Evangelium 70 bis 80 Jahre nach dem Tode Jesu geschrieben. Auch existieren die vier Evangelien nicht im Original, sondern nur als Abschriften von Abschriften und wieder neuen Abschriften. Nie hat sich jemand schriftlich über Jesus geäußert, der ihn selbst gesehen hat. Diejenigen, die ihm begegnet sind, haben nichts über ihn geschrieben, und die, die über ihn geschrieben haben, sind ihm nie begegnet.

Nur Paulus wurde bereits wenige Jahre nach der Kreuzigung von Jesus ein Christ. Seine Briefe sind die ältesten Texte des Neuen Testaments, etwa 20 Jahre nach dem Tod Jesu verfasst. Von Jesus selbst gibt es keine einzige schriftliche Aufzeichnung, nicht einmal die Erwähnung eines Augenzeugen, dass er jemals geschrieben hat.

Skeptiker machen sich sicherlich wenig aus der Bibel. Und man muss eingestehen, dass sie auch voll von altem Aberglauben ist und ihm noch heute Vorschub leistet, dass sie dagegen nichts beiträgt zur Ausbildung des Verstandes. Buddha, die chinesischen Weisen Lao-tse und Konfuzius waren Jesus intellektuell weit überlegen. Auch die Schüler des Konfuzius konnten, bereits 500 Jahre vor Jesus, die Worte ihres Meisters mitschreiben. Warum, wenn Gott seine Wahrheit durch seinen Sohn verkünden lassen wollte, warum ließ er diesen Sohn dann nicht selbst seine Worte niederschreiben? Konnte Jesus überhaupt lesen und schreiben – Gottes Sohn? Warum nahm Gott all die Verfälschungen, Missdeutungen, Widersprüche durch die Evangelisten Jahrzehnte nach Jesu Tod in Kauf?

Jesu ungeheure Wirkung liegt also nicht im Wissen und in Erkenntnissen, sondern in seiner Verheißung der Wiederauferstehung nach dem Tode. Das war es, was den Menschen Trost und Hoffnung schenkte. Das war die Botschaft Jesu und die Botschaft der Bibel, die sie hören wollten.

Natürlich wurde die geistige Entwicklung durch diese absolute Bibelgläubigkeit, die keine eigenen Gedanken duldete, für Jahrhunderte blockiert.

Andererseits kam man aber gerade deswegen zu tiefen Wahrheiten. Die Botschaft der Bibel öffnete den Menschen in ihnen ruhende Reichtümer über ihre Wirklichkeit hinaus, beflügelte ihre Fantasie, zeigte ihnen ihre Liebes- und Leidensfähigkeit. Sie forderte Gehorsam, Demut und Hingabe und schenkte grenzenlose Hoffnung.

Jesus selbst verhieß den Menschen Erlösung. Und vielleicht ist nicht der Glaube, sondern die Sehnsucht nach Erlösung die größte Kraft der Seele, denn sie erschafft den Glauben. Also haben weder die ägyptische, noch die griechisch-römische, ja, nicht einmal die jüdische Religion das Bedürfnis der Menschen nach Erlösung befriedigt. Das tat erst Jesus.

Vor allem damals bestand das Leben für die meisten Menschen aus Mühe, Kampf, Plackerei, Kummer und Schmerz. Die Leute waren geplagt von Krankheiten, Alter, Todesangst und immer wieder von Hunger. Da klammerte man sich an die Hoffnung auf ein besseres Leben im Jenseits.

Auch heute kann die Mehrzahl der Menschen ihre Lebensverhältnisse nicht so erträglich gestalten, dass sie keine Erlösung danach mehr zu wünschen braucht. Oder – eine kleine, bevorzugte Schicht – es geht ihnen so gut, dass der Gedanke an den Tod ohne Auferstehung erst recht unerträglich ist.

Paulus: so wichtig wie Jesus selbst

Wir können das Kapitel über die Entstehung des Christentums nicht abschließen, ohne von Paulus gesprochen zu haben. Er ist mindestens so wichtig wie Jesus selbst. Ja, es heißt sogar: »Ohne Paulus kein Jesus«. Paulus legte den Grundstein zum Christentum als Weltreligion, er setzte durch, dass auch Heiden bekehrt werden konnten, ohne dass sie deshalb Juden wurden. Dadurch erst öffnete er das Christentum für jedermann. Mehr als ein Drittel des Neuen Testaments berichtet von Paulus, von seinen Worten und seinen Handlungen.

Geboren ebenfalls während der Regierungszeit des Kaisers Augustus, in Taurus, als Sohn eines jüdischen Bürgers, hieß er zuerst Saulus und verfolgte die ersten Christen gnadenlos. Dabei aber hatte er eine berühmt gewordene Erscheinung. Er selbst sprach von der »Klarheit dieses Lichts«, ließ sich taufen, nannte sich Paulus und bereiste während seines Lebens unermüdlich die ganze damals bekannte Welt des Mittelmeeres, um Christi Lehre zu verkünden, predigend, lehrend und schreibend. So legte er wohl mehr als zwanzigtausend Kilometer zu Fuß zurück.

Er kam durch Kleinasien nach Griechenland, nach Kreta, nach Malta und schließlich nach Rom. Es gab ja damals im römischen Imperium keine Grenzen. Oft musste er fliehen, er wurde gefoltert, vertrieben, gesteinigt, sodass man glaubte, er wäre tot. Er kam nach Athen, das immer noch der Mittelpunkt der Künste und der Philosophie war, wo er freilich keine Anhänger fand.

Aber in Korinth konnte er eine Gemeinde gründen. Als er die Stadt verlassen hatte und erfuhr, dass dort Streit ausgebrochen war, schrieb er die beiden Korinther-Briefe, seine schönsten.

Paulus hat seine Briefe diktiert, meist in Hast, manchmal beim Teppichweben, denn das war sein Beruf. Alle seine Briefe tragen den Charakter mündlicher Mitteilungen, auch das macht sie so lebendig.

In Rom, wohin er schließlich gelangte, soll er außerhalb der Stadtmauern enthauptet worden sein. Man weiß es jedoch nicht gewiss, der Überlieferung nach ist er unter Nero als Märtyrer gestorben. Er wurde nahe der Straße nach Ostia begraben.

Eine umstrittene Figur ist Paulus heute vor allem, weil er sich besonders gegen die Frauen wandte. Von Jesus selbst stammt die Frauenfeindlichkeit des Christentums jedenfalls nicht. Paulus aber reihte sich damit in die Tradition der Griechen und ihrer Philosophen ein. Er ermahnte seine – Jesu – Anhänger: »Die Zeit ist kurz. Für die Zukunft sollen jene, die ein Weib haben, so sein, als hätten sie keins.« Er verlangte, dass die Männer ihre Frauen verlassen, um Christen werden zu können.

Aber er hat auch etwas anderes gefordert, das sich als ebenso wesentlich herausstellen sollte. Er schrieb an seine Schäfchen: »Dass jeder mit seinen Händen arbeite, um seinen Bedarf zu stillen und um denen zu geben, die nicht genug haben.«

Wie wir wissen, war in Griechenland und Rom das Arbeiten verpönt, man überließ es den Sklaven. In Israel dagegen wurde die körperliche Arbeit nicht verachtet. Bei den Juden erlernten auch die Schriftgelehrten einen praktischen Beruf, um ihren Lebensunterhalt zu verdienen. Sie fanden, dass sich das Studium der Thora gut mit der Ausübung eines Handwerks vertrage, weil die gleichzeitige Ausübung zweier Tätigkeiten den Menschen von der Sünde fern halte und jegliches Studium, das nicht von Handarbeit begleitet sei, Nichtstun und Unordnung bewirke.

Diese Ansicht sollte für das Mittelalter, auch für das Mönchstum, von allergrößter Bedeutung werden, bis in unsere Tage.

Eine Welt des Übergangs

In den ersten nachchristlichen Jahrhunderten veränderte sich die Welt in einer Weise wie niemals zuvor. Wieder werden wir einen großen Sprung durch die Jahrhunderte machen, denn die geistige Entwicklung des Menschen legte einmal mehr eine Pause ein, zu Gunsten einer umfassenden religiösen Erneuerung.

Mit dem Christentum, besonders im Mittelalter, trat ein Menschentypus in Massen auf, den es vorher höchstens vereinzelt gegeben hatte – der Glaubensfanatiker. Die Verachtung alles Irdischen, die irrationale Flucht aus der Welt, die doch als Gottes Schöpfung eigentlich anbetungswürdig ist, wurde zur religiösen Bewegung und nahm Ausmaße an wie niemals zuvor.

Daneben blieb natürlich die jedem Geschöpf angeborene

Freude am Leben – aus der ja auch die Angst vor dem Tod resultiert – immer mächtig. Dieser unlösbare Widerspruch führte bei vielen Menschen zu schweren Konflikten, die ihre seelischen Spannungen ins Unerträgliche steigern konnten.

Es wird diese neue Welt sein, mit der wir uns jetzt befassen wollen, eine Welt des Übergangs, von der Antike zu einem christlich geprägten Menschenbild, zu einem Menschen, der beides in sich zu vereinigen suchte, das Christentum und den antiken Geist.

Dafür haben wir einen besonderen Mann ausgesucht. Mehr davon morgen, an unserem vierten Tag.

Inhalt

Der zweite Abend

Philosophen und Frauen

Der dritte Tag

Rom

Der dritte Abend

Literaturnachweis

Alberti L.B.: Vom Hauswesen, München 1986

André J.-M.: Griechische Feste, Römische Spiele – Die Freizeitkultur der Antike, Stuttgart 1994

Aristophanes: Lysistrate, Komödie, Ditzingen 1969

Asimov I.: Das Wissen unserer Welt – Erfindungen und Entdeckungen vom Ursprung bis zur Neuzeit, München 1991

Bannert H.: Homer, Hamburg 1979 (rm 272)

Bildband: Athen und seine große Zeit, Würzburg 1966

Bildband: Rom und seine große Zeit, Würzburg 1966

Brucker G.: Florenz in der Renaissance – Stadt, Gesellschaft, Kultur, Hamburg 1990

Bühler J.: Klosterleben im Mittelalter, Frankfurt a. M. 1989

Bumke J.: Höfische Kultur – Literatur und Gesellschaft. Bd. I/II, München 1986

Cardini F./Fumagalli Beonio-Brocchiere M.T.: Universitäten im Mittelalter – Die europäischen Stätten des Wissens, München 1991

Chenu M.-D.: Thomas von Aquin, Hamburg 1960 (rm 45)

Clark K.: Leonardo da Vinci, Hamburg 1969 (rm 153)

Ders.: Glorie des Abendlandes – Von den Gedanken, Bauten, Büchern, Kunstwerken und Genies unserer Zivilisation, Bindlach 1994

Cribb J.: Geld – Die faszinierende Geschichte der Zahlungsmittel – Vom Silberbarren bis zur »intelligenten« Chipkarte, Hildesheim 1990

Dietel G.: Musikgeschichte in Daten, München/Kassel 1994

Duby G.: Die Zeit der Kathedralen – Kunst und Gesellschaft 980-1420, Frankfurt a. M. 1992

Duin N./Sutcliffe J.: Geschichte der Medizin – Von der Antike bis zum Jahr 2020, Köln 1993

Favier J.: Gold und Gewürze – Der Aufstieg des Kaufmanns im Mittelalter, Hamburg 1992

Fehlig U./Brost H.: Kostümkunde – Mode im Wandel der Zeiten, Wiesbaden 1983

Fink H.: Franz von Assisi – Der Mann, Das Werk, Die Zeit, München 1981

Fölsing A.: Galileo Galilei, Prozess ohne Ende – Eine Biographie, München 1983

Gail A.J.: Erasmus, Hamburg 1974 (rm 214)

Giebel M.: Sappho, Hamburg 1980 (rm 291)

Gobry I.: Franz von Assisi, Hamburg 1958 (rm 16)

Göll H.: Illustrierte Geschichte der Mythologie, Eltville a. Rhein 1991

Grant M.: Die klassischen Griechen – Die Blüte der hellenischen Kultur von Miltiades bis Aristoteles, Bergisch Gladbach 1991

Granzotto G.: Christoph Kolumbus – Eine Biographie, Stuttgart 1986

Gregor J.: Weltgeschichte des Theaters, Zürich 1933

Halstead L.B.: Der Urzeit auf der Spur – Abenteuer Erdgeschichte, Stuttgart 1983

Hellemans A./Bunch, B.H.: Fahrplan der Naturwissenschaften – Ein chronologischer Überblick, München 1990
Hemleben J.: Kepler, Hamburg 1971 (rm 183)
Hemleben J.: Galilei, Hamburg 1969 (rm 156)
Heyden A. v.: Die Tracht der Kulturvölker Europas – Vom Zeitalter Homers bis zum Beginn des XIX. Jahrhunderts, Wiesbaden 1986
Höcker C./Schneider L.: Phidias, Hamburg 1993 (rm 505)
James T.G.H.: Das Leben der alten Ägypter, Augsburg 1994
Jean G.: Die Geschichte der Schrift, Ravensburg 1991
Karamanolis S.: So entstand das Universum – Der Urknall und seine Folgen, Neubiberg b. München 1990
Kerényi K.: Die Mythologie der Griechen, Bd. I/II, München 1966
King M.L.: Frauen in der Renaissance, München 1993
Kirchhoff J.: Giordano Bruno, Hamburg 1980 (rm 285)
Kirchhoff J.: Kopernikus, Hamburg 1985 (rm 347)
Kolumbus Ch.: Bordbuch, Frankfurt a. M. 1981
Kühnel H. (Hrsg.): Alltag im Spätmittelalter, Graz/Wien/Köln 1984
Lambert M.: Ketzerei im Mittelalter – Eine Geschichte von Gewalt und Scheitern, Freiburg i. Breisgau 1991
Lissner I./Rauchwetter G.: Glaube – Mythos – Religion, Bindlach 1990
Magli I.: Die Madonna – Die Entstehung eines weiblichen Idols aus der männlichen Phantasie, München 1990
Martin G.: Platon, Hamburg 1969 (rm 150)
Martin G.: Sokrates, Hamburg 1967 (rm 128)
Mayr E.: …und Darwin hat doch recht – Charles Darwin,

seine Lehre und die moderne Evolutionstheorie, München/Zürich 1994

McCrone J.: Als der Affe sprechen lernte – Die Entwicklung des menschlichen Bewußtseins, Frankfurt a. M. 1992

Messadié G.: Teufel Satan Luzifer – Universalgeschichte des Bösen, Frankfurt a. M. 1995

Meyer C.: Der Aberglaube des Mittelalters und der nächstfolgenden Jahrhunderte, Essen o.J.

Müller A./Ammon R.: Die sieben Weltwunder – 5000 Jahre Kultur und Geschichte der Antike, Klagenfurt o.J.

Nette H.: Friedrich II. von Hohenstaufen, Hamburg 1975 (rm 222)

Neuburger A.: Die Technik des Altertums, Leipzig 1919

Norwich J. (Hrsg.): Illustrierte Weltgeschichte der Architektur – Von der Zyklopenmauer zum Stahlbeton, Stuttgart 1993

Ohler N.: Reisen im Mittelalter, München/Zürich 1986

Orthbandt E.: Geschichte der großen Philosophen, Hanau a. M. 1988

Powell A.: Das Buch vom alten Griechenland, Würzburg 1991

Prause G.: Niemand hat Kolumbus ausgelacht – Fälschungen und Legenden der Geschichte richtiggestellt, Düsseldorf 1986

Presser H.: Gutenberg, Hamburg 1967 (rm 134)

Probst E.: Rekorde der Urzeit, München 1992

Rehmke J./Schneider F.: Grundriß der Geschichte der Philosophie, Bonn 1959

Reinsberg C.: Ehe, Hetärentum und Knabenliebe im antiken Griechenland, München 1993

Renner H.: Geschichte der Musik, Stuttgart 1965
Ries J.: Ursprung der Religionen, Augsburg 1993
Rossiaud J.: Dame Venus – Prostitution im Mittelalter, München 1989
Rump H.U.: Walther von der Vogelweide, Hamburg 1974 (rm 209)
Sagan C.: Unser Kosmos, München 1982
Schipperges H.: Die Kranken im Mittelalter, München 1990
Schlögl H.A.: Echnaton, Hamburg 1986 (rm 350)
Schmitt J.C.: Heidenspaß und Höllenangst – Aberglaube im Mittelalter, Frankfurt a. M. 1993
Sedlmayr H.: Die Entstehung der Kathedrale, Freiburg i. Breisgau 1993
Simon K.H.: Schattenriß, München 1995
Shahar Sh.: Die Frau im Mittelalter, Frankfurt a. M. 1988
Störig H.J.: Weltgeschichte der Wissenschaft, Augsburg 1992
Thiel E.: Geschichte der Mode – Von den Anfängen bis zur Gegenwart, Augsburg 1990
Tresmontant C.: Paulus, Hamburg 1959 (rm 23)
Utrio K.: Evas Töchter, Die weibliche Seite der Geschichte, Wiesbaden o.J.
Weeber K.-W.: Die unheiligen Spiele – Das antike Olympia zwischen Legende und Wirklichkeit, Zürich/München 1991
Williams J.: Leonardo da Vinci, Reutlingen 1966
Wolf H.-J.: Hexenwahn – Hexen in Geschichte und Gegenwart, Bindlach 1994
Zemb J.-M.: Aristoteles, Hamburg 1961 (rm 63)

LEXIKA UND SAMMELBÄNDE:

Museion 2000 1994/1, Kulturmagazin

Lexikon: 7000 Jahre Handwerk und Technik, Herrsching 1986

Lexikon: Dowley T. (Hrsg.): Handbuch – Die Geschichte des Christentums, Brockhaus, Wuppertal 1979

Lexikon: Lexikon der alten Welt. Bd. I., Augsburg 1995

Lexikon: Rachum L.: Enzyklopädie der Renaissance, Zürich

Sammelbände: Kindlers Kulturgeschichte Europas. Bd. I-XX, München 1974

Sammelbände: Durant – Kulturgeschichte der Menschheit. Bd. I-XVIII, Frankfurt a. M./Berlin/Wien 1981-1982

Die Gedichte der Sappho wurden, soweit zitiert, der rororo Bildmonographie »Sappho« entnommen, wobei ich »Wenn du stirbst, ist es aus…« um drei unwesentliche, dem heutigen Leser unverständliche Zeilen gekürzt habe. Der Übersetzer ist Max Treu.

Die Distichen des Platon sind der rororo Bildmonographie »Platon« von Gottfried Martin entnommen. Ich danke dem Rowohlt Verlag in beiden Fällen für sein Entgegenkommen.

Ebenso danke ich dem Reclam Verlag für die Erlaubnis, die Übersetzung von Ludwig Seeger aus seinem Band »Aristophanes: ›Lysistrate‹« zu verwenden.

Max Kruse
IM WEITEN LAND
DER ZEIT
Welt im Aufbruch
cbt